고블린 슬레이어

GOBLIN SLAYER!
He does not let anyone roll the dice.

저자 **카규 쿠모**

일러스트 **칸나츠키 노보루**

고블린 슬레이어

인물 소개

✝

CHARACTER PROFILE

—그러니까 나는,
놈들 입장에서 고블린이다.

고블린 슬레이어

변경 도시에서 활동하는 별난
모험가. 고블린 토벌만 해서
은 등급(서열 3위)까지 올라간
희귀한 존재.

—지키고, 치유하고, 구하라.
『지모신의 세 마디 성스러운 구절』

여신관

고블린 슬레이어와 콤비를 짠
마음씨 고운 소녀.
고블린 슬레이어의 무모한
행동에 휘둘리고 있다.

—무지한 자들이야말로
행복한 것이다.
알게 되는 것은 가장 커다란
기쁨이니까. 『엘프의 격언』

엘프 궁수

고블린 슬레이어와 모험을
함께 하는 엘프 소녀.
탐색자(레인저) 역할을 맡고
있는 굉장한 솜씨의 활잡이.

—그녀에게 중요한 것은,
언제나 날씨, 가축, 작물과
그 사람이다.

소치기 소녀

고블린 슬레이어가 묵고 있는
목장에서 일하는 소녀.
고블린 슬레이어의 소꿉친구.

—펜과 종이도 없이, 어떻게
모험을 할 수 있을까요?

접수원 아가씨

모험가 길드에서 일하는 여성.
고블린 퇴치를 솔선해서 하는
고블린 슬레이어 덕분에
언제나 마음의 짐을 덜고 있다.

―보석도 금속도 연마하기
전에는 모두 돌덩이로다.
사물을 겉모습으로만 판단하는
드워프는 이 세상에 없느니라.

드워프 도사
Dwarf Shaman

고블린 슬레이어와 모험을
함께 하는 드워프 술사.

―용은 도망치지 않는 법.

리자드맨 승려
Lizard Priest

고블린 슬레이어와 모험을
함께 하는 도마뱀 수인 승려.

나를 단련하고 칼날로 해치워라.
피가 나온다면 내 적이 아니다.
―강철의 비밀. 그 중 일부.

중장 전사
Heavy Warrior

변경 도시의 모험가 길드에
소속된 은 등급 모험가.
여기사를 포함한 변경 최고의
파티를 이끌고 있다.

―신비와 사랑은 혀로 자아낼
수록 쉽게 풀어지는 법. 하물며
여인의 아름다움은 어떠하리.

마녀
Sorceress

변경 도시의 모험가 길드에
소속된 은 등급의 모험가.

존경해 마땅한 적을.
내일의 벗이라 부르기는 싫다.
적어도 오늘은.

창잡이
Lancer

변경 도시의 모험가 길드에
소속된 은 등급의 모험가.

사랑이란 서로를 마주보는
것이 아니다.
같은 방향을 함께 보는 것이다.
―어느 시인.

검의 처녀
Sword Maiden

물의 도시에 있는 지고신 신전의
대주교. 과거에 마신왕과 싸운
금 등급의 모험가이기도 하다.

재화는 잃고 일족은 끊어지며
제 목숨도 언젠가는 다하리라
그러나 무훈은
제 손으로 움켜쥔 가장 존귀한 것은
결코 스러지지 않음이니

제 1 장 『마음을 무엇에 빗대리』

Goblin
Slayer
He does not let
anyone
roll the dice.

"오르크볼그가 이상해?"

"오르크…… 어어, 응. 그렇다니까."

몇 번을 들어도 귀에 낯선 그 이름에 약간 당황하면서, 소치기 소녀는 고개를 끄덕였다.

오전의 주점— 모험가들도 나섰고, 손님도 없어 한산한 가게 안이었다.

흐으응. 콧소리를 내면서 야채 이파리를 집는 모습까지 아름다운 하이 엘프도, 이래서는 눈에 띌 수가 없다.

보는 사람이라고는 소치기 소녀와 여신관, 느긋하게 청소를 하면서 일을 쉬고 있는 수인 여급뿐이다.

그녀의 뾰족한 귀는 이쪽 이야기를 듣는 것보다 햇볕을 쬐는 것에 열중하는 것 같았다.

따라서 여신관이 수프를 한 입 먹은 다음, 진지한 표정으로 고개를 끄덕이며 응답했다.

"역시, 미궁 탐색 경기 때부터, 일까요……?"

"그런 것 같단 말이지."

—역시나.

소치기 소녀는 탄식했다. 자기만 신경 쓰는 사소한 것이 아니라,

같은 파티의 그녀도 깨닫고 있었다.

이건 좀 중증이려나—? ……아니면.

—조금 부드러워졌다고, 기뻐해야 하는 걸까……?

그렇게 생각해버리는 걸 보면, 그녀 자신도 꽤나 중증인 상태인 걸지도 모르겠다.

"오르크볼그가 어쩐지 이상한 건 어제오늘 일이 아니잖아."

기다란 귀를 흔들면서 야채를 아삭아삭 먹으며, 엘프 궁수가 천연 덕스레 말했다.

불멸자인 자가 보기에, 필멸자의 감정 변화 따위 사소한 일인 것일까?

어쩌면 그 미약한 마음의 파도마저도 사람으로 포함하여 보고 있는 걸지도 모른다.

그래서—라고 해야 할까? 엘프 궁수는 손가락을 척 세우고 공중에 원을 빙글 그리며 미소를 지었다.

"고블린, 고블린, 고블린. 거기서 조금 벗어났으면 오히려 기뻐해야 할 일 아냐?"

"기뻐해도, 되는 걸까?"

"물론이지!"

소치기 소녀가 어색하게 고개를 갸웃거리자, 엘프 궁수가 주저 없이 대답하며 긍정했다.

한순간 전까지 품고 있던 고민을 이 사람은 참으로 가볍게 해결해버린다.

소치기 소녀는 그것이 어쩐지 눈부셔서, 눈을 살짝 가늘게 떴다.

"그러면, 응. 기뻐할래. ……기뻐하면서—."

"어떻게 해야 할까, 를 생각해야죠."

말을 이은 것은 여신관이었다.

그녀는 버릇없이 숟가락을 입에 물고 있거나, 손가락 끝으로 만지작거리면서 생각했다.

"원인을 잘 모르겠으니까요. 아니, 살다 보면 의미도 없이 풀이 죽는 일도 있기는 하겠지만요."

"너무 바빴던 거 아냐?"

이파리를 먹는 것에 질렸는지, 잘게 썰어 놓은 당근을 물고서 엘프 궁수가 말했다.

요즘 들어서 채소를 좋아하는 귀가 긴 동료가 늘어났다. 그것을 그녀는 무척 좋아하는 기색이었다.

토끼 수인은 그렇다 쳐도, 또 한 명의 엘프는 미묘한 표정으로 야채를 먹고 있었던 것 같지만—.

—낯을 가리는 게 틀림없어!

엘프 궁수는 전혀 신경 쓰는 기색도 없었다. 세상엔 때때로 해결하면 안 되는 일이 있다.

"그러니까? 신주(神酒) 때문에 허둥지둥, 사막에 갔다가, 남자 셋이 어디 다녀오고서. 미궁 탐색 경기잖아."

손을 꼽아 세어 보니, 과연 그렇다. 상당히 여기저기 나서서 이것저것 하지 않았는가?

그리고— 고블린 퇴치가 아닌 안건이 많다.

"소귀 살해자^{오르크볼그}한테는 확실히 좀 버거운 짐이었겠네."

"여러 가지 일을 해주는 건…… 나로서는 기쁘지만 말이지."

"그러면, 좀 느긋하게 쉬도록 한다? ……그러면 되는 걸까요?"

"계속 우리 목장에 있어주는 것도, 나로서는 기쁘긴 한데."

같은 말을 한 번 더 반복하고, 소치기 소녀는 쓴웃음을 지었다.

그것은 역시 기쁘긴 하지만— 그의 꿈을 알고 있는 몸으로서는 이 런저런 생각을 해버리고 만다.

한 번 자리를 잡고 앉으면, 지쳐서 늘어져 버린 사람은 다시 일어 설 수 없을 테니까.

그는 분명히 계속 걸어갈 게 틀림없겠지만, 그래도 만약을 생각하 면—.

"—조금, 싫다 싶은, 부분도 있고."

"그렇, 죠."

그런 마음은 역시 여신관에게도 전해졌는지, 난처한 기색으로 고 개를 갸우뚱거리고 있었다.

"신경 쓰지 마."

소치기 소녀는 쓴웃음을 지으며 말하고, 휙휙 손을 흔들었다.

"어쨌든, 그러면 어떡해주면 좋을까~ 라는 거지. 그걸 물어보고 싶어서 의논을 하는 거예요."

"우으음……."

"딱히."

역시나 엘프 궁수가 아무것도 아니라는 것처럼 말했다.

"그렇게 어려운 일은 아닌 것 같은데."

"그런가요?"

"몸이 지쳤으면 쉰다. 마음이 지쳤다면 즐거운 일을 한다. 그거면 되는 거잖아."

"아아."

갸우뚱하는 표정을 지은 여신관도, 이어지는 말에는 탄성을 지르고 납득하면서 고개를 한 번 끄덕였다.

"그렇네요. 무리하거나 억지 부려서 어떻게든 된다면 모르겠지만, 세상 일이 그렇게 간단하지는 않으니까요."

여신관이 지극히 성실한 표정으로 어디선가 들어본 것 같은 말을 하자, 소치기 소녀는 키득 웃었다.

여신관은 의문스런 표정을 지었지만— 아아, 그래.

오늘은 딱히. 그렇다. 결코 나쁜 일은 아니지만, 그래도 마음이 들뜨는 날은 아니다.

목장에 있어도 일이 손에 안 잡힌다. 그렇다고 거리에 나서서 뭔가 해볼 생각도 안 들었다.

도망치는 것처럼, 상담을 명분 삼아서 — 물론, 상담하고 싶었던 것도 사실이다. — 식사를 하자고 말을 걸었다.

아직 제대로 친구라고 부르기엔 마음속에서도 용기가 필요하긴 했지만.

—두 사람과 만나서 이야기를 했으니 이 식사에 보람이 있었어.

"그러니까, 말이지."

그런 소치기 소녀의 마음을 읽어낸 것처럼, 엘프 궁수의 아름다운 목소리가 재잘거렸다.

신화시대에서부터 이어진 하이 엘프는 먹다가 만 당근을 손에 들고 아침 해처럼 활짝 웃었다.

　"데리고 가면 되는 거야. 모험에."

§

　"그래서, 이번에는 어디로 모험을 가는 게냐?"

　"……."

　고블린 슬레이어는 낮게 신음했다.

　"나 말인가."

　"달리 손님이 없잖나?"

　비좁은 공방이다. 창가 틈으로 들어오는 가느다란 빛 속에서 하얀 먼지가 약간 반짝이고 있었다.

　평소에는 허둥지둥 열심히 허드렛일을 하고 있는 도제의 모습도 지금은 없었다.

　심부름이라도 간 걸까? 아니면 점심이라도 먹으러 나간 걸까?

　다른 사람이 매일을 어떻게 보내는지, 고블린 슬레이어는 생각지도 못하는 일이었다.

　그래서 그는 조금 생각한 다음, 보충하고자 사들인 물건을 가방 안에 넣었다.

　오전에서 오후로 바뀌는 즈음. 이제 슬슬 가야 할 때가 되었으니 너무 오래 있을 수는 없으리라.

　고블린 슬레이어는 돈주머니에서 꺼낸 금화를 카운터 위에 놓고, 철 투구를 살짝 좌우로 움직였다.

"별다른 예정은 없다."

두런두런, 담담하게. 평소처럼 말을 토해내고, 그걸로 부족하다고 생각하여 한 마디 덧붙였다.

"고블린 퇴치겠지."

"그러냐."

공방 주인은 도통 재미없다는 기색으로 코웃음을 치고 턱을 괴었다.

둔탁한 빛을 뿜어내고 있는 금화에 잠시 눈길을 향했지만, 손대지 않고 시선을 철 투구에 돌렸다.

"변화가 없구나."

"그래."

고블린 슬레이어는 고개를 위아래로 흔들어 끄덕였다.

정말이지 그 말이 맞았고, 그것을 바꿀 생각 또한 털끝만큼도 없었다.

고블린은 약하다.

아무리 좋게 말해도 고블린은 가장 약한 괴물에 지나지 않으며, 보잘것없는 위협이다.

고블린의 위험성이라고 해봐야, 아무리 규모가 커도 마을 하나의 존망 정도다.

용, 마신, 거인, 다크 엘프 따위와는 비교할 바가 못 된다.

《죽음의 미궁》을 나아가고, 눈 내린 산을 나아가고, 사막을 나아가고, 용을 상대하고, 미궁 탐색 경기의 감독을 맡았다.

세상에는 그가 생각도 못하는 위협과 위험, 모험이 가득하다.

그걸 알면서도— 고블린을 상대하는 것이 자신의 사명임을 부정하지 않았다.

　그런데, 그때 떠올린 것이 있었다.

　"그 소녀는 어쩌고 있지?"

　"어느 녀석?"

　"검은 호마노를 가진 소녀."^{블랙 오닉스}

　"으음…… 그 녀석 말이구만."

　주인장은 턱을 괸 그대로 시시하단 듯 고개를 돌려 창 바깥을 보았다. 잠이 덜 깬 것 같은 한낮의 길거리 풍경이 보였다.

　"종종 와서는 기름 같은 걸 사간다. 지금은 단골이지."

　돈을 거창하게 뿌리고 가진 않는다만.

　"그런가."

　주인장이 조용히 무뚝뚝하게 중얼거리자 짤막하게 대답했다.

　그러자 주인장이 한쪽 눈만 움직여서 고블린 슬레이어를 흘겨보았다.

　"어딘가의 누구랑 나쁜 부분만 닮지 않으면 좋겠다만."

　"나는 필요한 것만 사고 있다고 생각한다."

　"고블린 퇴치에 필요한 것만, 말이지."

　지긋지긋한 기색으로 내뱉은 주인장은 깊게 한숨을 내쉬고서 귀찮은 듯 목과 어깨를 움직였다.

　굳어진 관절로 소리를 내면서, 카운터 위에 놓인 금화를 안쪽으로 들였다.

　그리고 나서 보낸 시선은, 어쩐지 방금 전과 비교하면 어느 정도 부드러워진 것 같았다.

혹은— 처음 이 가게에 왔을 때보다, 라고 해야 할까?

"뭔가, 어디 다른 곳에 간다거나, 가고 싶다거나 그런 얘기는 없냐?"

"흠."

생각해본 적도 없었다. 그것이 진심이었다.

갈 예정은 없다. 아니다. 의뢰가 있고, 고블린이 나온다면 또 달라지지만. 그것을 예정이라 할 수는 없으리라.

가고 싶은 장소—. ……그런 장소가, 과연 지금까지 있었을까?

이 나라 바깥. 사막. 엘프의 마을. 고대의 유적. 꿈에서도 생각지 못했던 장소들이 아니었던가?

그러한데, 내면에 남아 있는 소망 따위—.

"아아."

문득, 본 적 없는 광경이 뇌리에 떠올랐다. 생각만 해봤을 뿐, 몽상에 머물러 있던 경치.

어렸을 때 몇 번이나 잠자리에서 들었던 이야기. 그러나 분명히 평생 한 번도 가지 못할 장소.

"북쪽의, 산 너머다."

§

"산 너머, 라고요?"

접수원 아가씨는 통통 튀는 마음이 말에 드러나지 않도록 다짐하는 노력을 포기하고, 공처럼 튀는 목소리를 냈다.

"그래."

끄덕 움직인 철 투구는 한낮의 거리를 메운 인파 안에서 붕 떠 있을 정도로 기이했다.

지저분한 가죽 갑옷에, 싸구려 철 투구. 팔에는 자그마한 원형 방패를 고정했고, 허리에는 어중간한 길이의 장검.

미궁 탐색 경기에 나타났던, 깔끔하게 갈고 닦은 은 등급의 자취는 찾아볼 수가 없다.

도저히 달콤한 만남을 하러 오는 차림이 아니다. 여성과 장을 보러 왔는데.

오늘을 위해 확실하게 예정을 정리하고, 조퇴를 해서 집으로 돌아가 옷까지 갈아입은 그녀와 나란히 서서—.

—어울리는지 생각해보면, 분명히 어울리지 않겠지만요.

청초한 하얀 블라우스는 검붉게 얼룩진 가죽 갑옷과 나란히 서도 될 만한 차림이 아닐 것이다.

정성 들여서 빗고 다시 땋은 머리칼도, 다 찢어져 가는 투구의 장식 천과 나란히 서 있으니 우스꽝스러운 모습이다.

그렇지만, 접수원 아가씨가 좋아하는 그는 이 차림의 그였다. 그리고 아무런 불만도 없었다.

"북쪽 산 너머. 황량하고 쓸쓸한 토지에 펼쳐진, 어두운 밤의 나라."

"—아아."

게다가, 그가 이어서 한 말을 들어보라. 접수원은 키득 미소 짓는 것을 참을 수가 없었다.

—그 호걸의 이야기를 모르고서야, 사나이^{마초}라 자칭하며 웃을 수 없으리라.

과거에는 수많은 사람들이 그 활약에 가슴 졸였으나, 지금은 아는 사람이 적은 영웅담.

북방의 야만인, 약탈자, 해적, 용병, 장군, 그리고— 제왕.

수많은 적을 베어내고, 재화의 산을 유린하고, 수많은 옥좌를 짓밟고 선 사나이.

아직 문명의 등불이 작았을 무렵에, 강철 검 한 자루로 세계를 개척한 대영웅.

모험가가 되고자 하는 남자라면, 위대한 그 사나이의 이야기를 한 번은 들어봐야 하리라.

—이 사람도 모험가가 되고 싶은 남자애였다, 라는 거군요.

그것이 참으로 사랑스럽고 뿌듯해서, 접수원은 그대로 그를 끌어안고 싶어졌다.

그 충동을 자중해버리는가 아닌가— 분명 그것이 그녀와 목장에 사는 그 소꿉친구의 차이겠지만.

"음~."

접수원은 그의 말을 머릿속에서 데굴데굴 즐겁게 굴려보며, 노점에 늘어선 장신구에 눈길을 돌렸다.

여러 개 늘어놓은 색색의 리본. 자신의 머리칼에 어울리는 것은 어느 것일까? 여러 개를 골라본다.

"고블린 슬레이어 씨는 어느 게 좋아요?"

"……나 말인가."

"네, 당신이요."

어울리는지 아닌지가 아니라, 좋아하는지 아닌지를 물어보는 건

치사한 걸까?

—아~니, 이건 전략이란 거죠.

이쪽만 그를 생각하며 고민하는 건 불공평하다. 그도, 저를 생각하면서 고민해야죠.

붉은색, 분홍색, 하얀색에 검은색. 짙은 녹색과 파랑. 보라색도 좋지 않을까 생각하는데.

가을과 겨울이 뒤섞인 바람에 살랑거리는 리본이 날아가지 않도록 하면서, 그는 철 투구 너머로 그것을 보았다.

노점 주인이 의문스런 시선을 보내지만, 접수원은 과감하게 무시해버렸다.

지금은 그런 걸 신경 쓸 때가 아니다.

"나는 색은 잘 모르겠다만."

그가 그렇게 말하며 투박한 장갑으로 고른 색을, 접수원은 주시했다.

"하얀색, 이군요?"

"평소의 리본은 노란색이고, 길드의 제복은 검은 색이지. 비슷한 것이 좋지 않은가?"

—아아, 정말이지. 차아암!

스스로도 헛웃음이 나올 정도의 싸구려 심장이 춤추는 것처럼 신나게 뛰었다.

평소의 자신을 보고, 알고, 기억해주고, 그것을 고려해주다니.

—그렇지만.

접수원은 춤출 것 같은 발을 어떻게든 붙잡아두고, 심술궂게 입술을 샐쭉 내밀었다.

"좋아하는 색을 물어봤는데요?"

"음……."

낮게 신음한 그는 입을 다물고 뭔가 생각한 끝에 짧은 말을 자아냈다.

"하얀색은 싫어하지 않는다."

"그러면, 오늘은 그걸로 용서해드릴게요."

까르르 웃고서, 접수원은 「이걸로 할게요」라며 그가 고른 하얀 리본을 집었다.

고블린 슬레이어가 고개를 끄덕이고 가게 주인에게 은화를 건넸다. 주저하지 않는 것은 그의 미덕이라고 생각한다.

"고맙습니다."

접수원은 리본을 품에 안고서, 그에게 웃으며 말했다.

"하지만, 북쪽이요? ……눈 내린 산 너머에 가신 적은, 아직?"

"그래."

세로로 흔들리는 철 투구.

"아직, 없다."

그것은 갈 일이 없으리라고, 그렇게 말하는 어조였다.

"으음."

접수원은 입술을 삐죽거렸다. 그렇게 말하는 건 치사하다고 생각해버렸다.

"갈 수 있다고 말씀 드리면 어쩌실래요?"

통통통. 가볍게 달려서 그의 앞에 나서더니, 빙글 돌아보았다.

시야 구석에서 땋은 머리채가 꼬리처럼 움직였다.

고블린 슬레이어는, 신음 소리도 없이 멈춰 섰다. ―우두커니 서
고 말았다.

지나가는 사람들의 한복판이다. 오가는 사람들이 의문스런 눈길
을 보내며 그와 그녀를 피해 지나간다.

그 말 없는 압력에 밀린 것처럼, 그는 한 걸음 앞으로 움직였다.

"갈 수 있나?"

"가고 싶은지 아닌지를 물어보고 있는걸요?"

"……음."

그는 낮게 신음했다.

다시 입을 다물고 멈춰 섰다. 척 보기에도 생각에 잠긴 걸 알 수
있었다.

―어떤 표정을 하고 있을까요?

저 철 투구 안에서. 기대를 해주고 있을까? 즐거울 거라고 생각해
주고 있을까?

아니, 이 사람과 알고 지낸 지도 벌써 몇 년이나 지났다. 생각하
는 것 정도는 알 수 있다.

동료 ― 라고 부르는 걸 그는 아직도 주저하는 모양이지만 ― 에
대해서, 목장에 대해서.

그리고 분명, 고블린에 대해서.

그것은 몇 년 전부터 줄곧 변함이 없었다. 그렇지만 변한 것도 있
었다.

―고블린이 아닌 것에 대해, 생각을 해주잖아요.

변화는 좋은 것도 있고, 나쁜 것도 있다. 그렇지만 접수원은 그것을 좋은 변화라고 생각했다.

변하지 않았던 사람이 조금이라도 변하고자 하는 것이다.

—좋은 일이 아니면 대체 뭐라고 하겠어요?

잠시 지나서.

"……가능하다면."

드디어 나온 대답은 긍정적이라고 하기에는 퍽이나 소극적인 것이었지만.

접수원은 숨을 들이쉬고, 내뱉고, 고개를 숙였다. 어떤 표정을 짓든 용기가 필요한 법이다.

결심하고서 한 걸음 앞으로 나선다. 손을 뻗어 그의 투박한 손을 잡았다.

"그러면, 마침 딱 좋은 모험이 있어요!"

—점심을 먹을 때까지, 미소가 좀 진정되면 좋을 텐데.

§

"북쪽이라 하셨는가……. 으으음."

리자드맨 승려가 부르르 몸을 떨고 신음한 것은 이튿날의 일이었다.

모험가 길드, 대합실 한 구석. 긴 의자에 모인 다섯 명의 모험가는 그 의뢰 앞에서 생각에 잠겼다.

그것은 그들이 평소에 보는 양피지— 다시 말해서 고블린 퇴치 의뢰하고는 전혀 달랐다.

정중하게 장식이 되어 있고, 화려하게 춤추는 글씨체로 적혔고, 잉크마저도 뭔가 고급스런 것인 모양이다.

무엇보다도, 애당초 게시판에 나붙은 적이 없으리라. 구멍도 뚫려 있지 않았다.

그렇다면—.

"은 등급에 어울리는 의뢰란 거구나!"

추위를 염려하고 있는 리자드맨 승려 옆에서, 엘프 궁수는 기분 좋게 길쭉한 귀를 흔들면서 가녀린 가슴을 쭉 폈다.

"이거 좋아. 오르크볼그치고는 보기 드물게 잘했어!"

"그런가."

끄덕 움직이는 철 투구. 그것을 본 하이 엘프는 이히히 웃으며 악동처럼 재는 표정을 지었다.

"받을 거야, 받을래. 나는 꼬~옥 갈 거야, 이거!"

"너는 내용도 모르지 않느냐?"

손가락을 척 내미는 동작마저도 우아한 엘프를 무시하고, 드워프 도사가 두터운 손가락으로 의뢰서를 집었다.

꼼꼼하게 바라보는 그것에서 춤추고 있는 문자는—.

"북방 변경의 시찰인고?"

"그래."

또 철 투구가 흔들렸다.

"나도 자세하게는 모르겠지만, 전쟁을 하고, 화친을 하고, 동맹을 맺어서…… 얼마 전 이 나라에 더해진 영지라고 한다."

"호오."

드워프 도사가 의문스런 소리를 내면서 수염을 매만졌다.

"전쟁 같은 것을 했었구먼."

"나라와 나라의 커다란 전쟁은 예전 임금님 때까지만 했었어요."

으응. 여신관이 입술에 가녀린 검지를 대고서 천장을 올려다보았다. 분명히, 그랬었을 거다.

"《죽음의 미궁》 사건 뒤에도, 저기, 마신왕이 나타났으니까요. 그때였다고 생각해요."

"얼추 그 전쟁이란 것 때문에 벌 받은 거 아냐?"

엘프 궁수가 야유하듯 말했다. 흄으로서는 쓴웃음을 짓는 수밖에 없었다.

망자와 역병이 온 나라를 뒤덮는다. 무시무시한 위협이다. 마지막에는 혼돈의 군세와 대규모 전쟁을 벌였다.

욕심에 빠진 흄이 저지른 결과라고 하면, 흄은 부정할 수가 없다.

—그렇지만.

피폐한 국력을 바로 세운다—. 이런 것에 대해 여신관은 잘 모르지만, 어려운 일이라는 건 알고 있었다.

그 시찰을 통해 조사하는 것이 중요하다는 것도, 해야 하는 일이라는 것도 알았다. 그러나.

"그걸, 저희들이 해도 괜찮은 걸까요?"

여신관은 그 점이 신경 쓰였다.

사삭, 앉은 위치를 바꾸어 고개를 길게 뻗으니 드워프 도사가 「오냐」 하고 서류를 내밀었다.

감사의 말을 하고 들여다본 서류의 문자는 무척 달필이다. 그것만

봐도 평소에 하는 의뢰와 천지차이였다.

그러나 여신관의 표정에 불안이나 자신감 부족, 그런 것은 드러나지 않았다.

다소 있기는 해도, 표정에 드러날 정도는 아닌 것이리라.

드러난 것은 의문과 확인이다. 10피트 막대로 미궁의 바닥을 찌르며 앞으로 나아가는 것 같았다.

당사자는 결코 아직 깨닫지 못했을 성장에, 드워프 도사는 기분이 좋아져서 껄껄 웃었다.

"뭐, 골치 아픈 정치 같은 것에 대해서야, 윗분들이 생각할 일이지."

괜히 나서서 시비를 걸지만 않는다면, 사람과 사람이니 술을 나누며 이해하지 못하란 법이 없으리라.

드워프 도사는 드워프에게 지극히 당연한 신념에 따라, 딱히 불안하단 생각 없이 받아들였다.

그것은 고블린 슬레이어도 마찬가지인지, 그는 가죽 장갑을 뻗어 서류 위에 손가락을 올렸다.

"언젠가, 그쪽에도 모험가 길드를 세우고 싶다고 하는군."

"하하. 그 전에 우리가 보고 오너라— 아니군."

벌컥. 허리에 찬 화주를 들이켜고, 드워프 도사가 수염에 묻은 방울을 핥았다.

"우리들을 **보여주고 싶다**라는 계구먼."

"그런 것은 나는 잘 모른다."

그렇지만, 이 괴팍한 모험가가 이해하고 있을 것은 명백했다.

알아둬야 할 것을 알라. 척후의 기본을 지키는 남자가 생각해보지 않았을 리 없다.

그도 그럴 것이 이 다섯 명을 보라. 기이한 풍채의 전사, 이교의 신관, 드워프, 엘프, 리자드맨이다.

북방 사람들에게는, 상당히 기묘한 파티이며——.

——**우리가 바로 모험가로소이다**, 이것이구먼.

은 등급이라면 그만한 태도를 보여주리란 기대도 있으리라.

그 정도까지, 이 카미키리마루는 알고 있음이 틀림없으리라. 드워프 도사는 짐작했다.

—이 또한 성장이라 하면 성장이구먼.

이것은 함께 해줘야 하리라. 젊은이가 앞으로 나아가려는데, 발을 잡아끌어서야 그저 노인네가 아닌가?

"이 모루하고 같은 의견인 것은 불만이다만, 나도 받으마."

"나도 술통이랑 같이 가는 건 바라던 바가 아니야."

"아, 저, 저도 갈게요!"

시끌벅적하게 시작된 대화를 가뿐하게 흘려들으면서, 여신관이 황급히 가녀린 손을 들었다.

드워프와 엘프의 말싸움은 딱히 방해할 필요도 없는 걸까? 아니면 익숙해진 걸까?

적어도 지금 그녀가 배려하며 시선을 돌린 곳은——.

"괜찮으세요?"

"우으음……."

파란 얼굴, 아니 원래 파랗다. 어쨌거나 비늘에 둘러싸인 기다란 목을 늘어뜨리는 리자드맨 승려 쪽이었다.

"겁을 먹고 의지가 꺾이는 자는 용과는 거리가 멀지니, 가야할 터이네. 할 터이네만……."

깊숙하게, 아가리에서 숨을 내쉬고 리자드맨 승려는 빙글 눈을 돌렸다.

"참으로 추울 테지. 북쪽 산의 더욱 너머라 하면."

절실하게 곱씹어보는 말에는 진심에서 우러나온 실감이 담겨 있었다.

그 너무나도 비장한 기색에, 여신관은 무심코 흘릴 것 같았던 웃음을 죽였다.

그도 그럴 것이 그에게 추위란 것이 사활 문제임을 잘 알고 있으니까.

"새로운 외투라도 사는 건 어때? 그리고, 뭔가 마법의 장비 같은 거!"

물론 엘프 궁수는 천연덕스러웠다.

눈 내린 산에서 춥다고 소란을 피우면서도 별 일 없었던 것을 보면, 하이 엘프는 참으로 속세와 동떨어져 있다.

리자드맨 승려는 그녀가 신이 나서 한 말을 들으면서도 팔짱을 끼고, 우으음 신음했다.

"함부로 도구에 의지할 수만도 없는 법일세. 무시무시한 용이 되고자 하는 몸으로서는――."

"그러니까 추위에 멸망한 거 아냐?"

"으으윽……."

찍 소리도 못한다는 건 이런 경우일까?

"너무 괴롭히지 말거라."

드워프 도사도 쓴웃음을 지었다.

하지만 그도 그럴 것이 이 리자드맨이 고개를 축 늘어뜨리는 모습 같은 것은 그리 흔히 볼 수 있는 것이 아니다.

엘프 궁수는 보기 드문 것을 보고서, 비늘을 손가락으로 콕콕 찌르며 놀리는 꼴이었다.

드워프 도사가 「어찌 좀 해보거라」 하고 말없이 바라보자, 여신관은 난처한 기색으로 입을 열었다.

"새로운 기적을 받았으니까요. 어쩌면 그걸로 조금은—."

언제 말할까, 언제 말할까, 남몰래 고민하고 있던 것이었다.

자랑하듯 말하는 건 어린애 같고, 그렇다고 사뭇 당연한 것처럼 말하는 것도 오만이 지나치다.

그리고 기왕이면 칭찬받고 싶었다. ……아니, 그렇게 생각하니까 어린애인 거겠지만.

"굉장하잖아!"

그런 여신관의 갈등을 한 마디로 날려버리는 것처럼, 엘프 궁수가 밝고 통통 튀는 목소리를 냈다.

바람에 날리는 나뭇잎처럼 분방하게, 그녀의 호기심은 곧장 여신관에게 직진했다.

"응, 언제? 언제 받았어?"

"요전에, 미궁 탐색 경기 끝나고서…… 인데요."

몸을 쭉 내밀며 물어보는 나이차가 큰 친구의 모습에, 여신관은 쑥스러운 기색으로 볼을 붉적였다.

부끄럽기도 하고 기쁘기도 하다. 노력하고 있으니 괜한 겸손도 그

만두기로 하자.

"고맙습니다."

결국 나온 말은 그것이었다. 분명 그게 옳을 것이다.

"지모신님께서, 말씀을 내려주신 것 같은— 그런 느낌이 들어서요."

그래서 사원에 틀어박혀 몸을 정결히 하고, 며칠 동안 침묵을 지키는 수행을 거쳐서, 드디어.

—드디어?

자신 안에 떠오른 말은, 과연 미숙하기 때문일까? 혹은 보통 사람에겐 어려운 고행이었기 때문일까?

—어느 쪽일까요⋯⋯?

알 수 없으니 자신을 가지는 것도 어렵다. 결국 한 걸음씩 나아가는 수밖에 없는 것이다.

"일단, 기적을 내려 주셨으니⋯⋯ 지모신님은 인정해주신 것 같아요."

"잘 됐잖아. 축하해!"

그것을 자기 일처럼 기뻐해주는 친구가 있다는 것은 분명히 행복한 일이 틀림없다.

꺄아꺄아. 끌어안는 그녀의 가녀리고 유연한 몸과 숲의 내음에 가슴이 설렌다.

"고맙습니다."

여신관은 다시 한 번 같은 말을 하면서 그 포옹을 받아들였다.

그 떠들썩한 두 명을 가만히 바라본 다음, 잠시 지나 고블린 슬레이어가 입을 열었다.

"······뭐, 나는 북쪽 산 너머에 대해 이야기로 들어본 것밖에 없다."

묵직한 어조로 말한 그는, 분명히 계속 생각하고 있었으리라.

철 투구를 돌려서 리자드맨 승려 쪽을 보고, 그는 담담하게 말했다.

"나는 가보고 싶다 생각한다만, 무리해서 따라오라 하진 않는다."

대답은 금방 돌아오지 않았다.

일동은 힐끔거리며 얼굴을 마주보고, 눈짓을 나누었다.

"그렇다는구먼."

그리고 드워프 도사가 입을 열었다.

"카미키리마루는 북쪽 산 너머, 어둠과 깊은 밤의 땅까지 가보고 싶다 하느니라."

"그것만 들으면 음울하네~."

엘프 궁수가 노래하듯 속삭였다.

"가고 싶다니까 어쩔 수 없지만."

그리고 두 사람은 악동이 장난을 거는 것처럼, 희미한 웃음을 지었다.

여신관도 같은 마음이었다. 가만히, 리자드맨 승려의 축 늘어진 긴 목 끝으로 눈길을 보냈다.

잠시 지나 그 리자드맨이 깊숙하게, 턱 안쪽에서 숨을 내쉬었다.

"······뭐, 어쩔 수 없는 일이로군. 용은 도망치지 않는 법이니."

"그런가."

"그렇다네."

리자드맨 승려가 부담 없이 고개를 끄덕이자, 여신관이 살짝 작은 가슴을 쓸어 내렸다.

—역시, 모두 함께 가는 편이.

좋다고, 생각하는 것이다.

고블린 슬레이어. 그녀가 존경하고 그 등을 따르는 모험가는 분명히 변했다.

변하고 있다는 것은, 조금씩 변했다는 것이다.

그는 미궁 탐색 경기의 마스터가 되었다.

그리고 그가 모험을 떠나자고 말했다.

이번에는, 북쪽 땅끝자락까지 여행을 하자고.

그것을 이루어주는 것이 조금이라도 은혜 갚기가 된다면— 좋겠다고 생각한다.

그러나 그것뿐이 아니다. 그것뿐일 리는 없었다.

"다 함께 하는 모험은 분명히 즐거울 테니까요!"

그 말을 듣고서, 엘프 궁수가 「잘 아는구나」 하며 별처럼 눈빛을 반짝거렸다.

모험이란, 그래야 하는 법이다.

§

그렇지만.

"그러니까…… 어디에 넣어뒀더라……?"

모험을 떠나기 전부터 악전고투하는 것은 늘 있는 일이다. 여신관은 길드 2층의 자기 방을 휘젓고 있었다.

준비 없는 모험이란 무모하기 짝이 없는 일이다.

그것을 여신관은 첫 모험에서 통감했다.

같은 전철을 밟는 것은 최초의 동료들에 대해서도 실례이리라.

모두 모여 있었다면. 분명히 지금쯤 웃으면서, 농담을 나누며 준비를 하고 있었을 것임이 틀림없다.

──틀림없는, 걸까?

가능성의 이야기다.

여신관은 붕붕 고개를 좌우로 흔들고, 영차하며 선반 안쪽에서 원정용 가방을 끌어냈다.

"……응. 역시 조금, 먼지가…….."

쓰지 않는다. 놔둔다. 장비나 도구 같은 것은 그저 그것만으로 열화 되는 법이다.

손질을 게을리 하지 않는다고 말은 해도, 갖가지 장비를 언제나 유지하는 것은 힘들다.

──여행에 익숙한 모험가 분들은 필요할 때만 사고, 끝나면 팔아 버린다고 들었지만요.

자신은 그것을 아깝다고 생각해 버리니까, 여차할 때 손질을 해야 하리라.

"벌레 먹은 곳이 없으면 좋겠는데요……."

가방에서 꺼낸 것은 겨울용으로 마련한 외투와 장화 같은 이것저것이었다.

과거에 승급 심사를 받을 때, 기합을 넣어 조달한 고급품이라서 애착도 있다.

겨울이 끝나면 쓸 곳도 없으니 넣어두는 수밖에 없었지만, 또 나설 차례가 왔다.

"열심히 일을 해줘야 하니까요."

좋아. 고개를 끄덕이며 세트를 끌어안았다. 폐가 되지 않도록 살금살금 방을 나서서 아래층, 바깥으로.

모험가 길드 뒤의 해가 잘 드는 장소를 빌려서 모두 펼쳐보도록 하자.

펄럭. 천을 깔아두고 그 위에 장비를 쭉 늘어놓는다.

외투, 장화, 밧줄과 갈고리. 모험가 세트도 잊지 않는다.

이번에는 멀리 원정을 가니까, 겨울용 장비뿐 아니라 평소 쓰던 것도 잘 살펴야 하리라.

막상 던진 갈고리가 깨져서 풀리거나, 밧줄이 끊어져서 떨어진다면 웃어넘길 수 없다.

분명히 드워프 도사가 술법으로 낙하 제어를 해주겠지만—.

—방심하지 마라. 망설이지 말고 해라. 술법을 낭비하지 마라. 니까요.

숙명이든 우연이든 피해갈 수는 없지만, 스스로 살고자 하는 노력은 언제나 해야 하는 법이다.

"일단 도구는 펼쳐서 말려두고— 문제는 옷이네요."

죽 늘어놓아 햇볕을 쬐어두기만 해도 꽤 달라지지만, 만약의 만약을 생각해두자.

여신관은 일어서서 그 걸음으로, 역시 미리 이야기를 해둔 주방 뒷문으로 갔다.

"오, 왔다왔다."

© Noboru Kannatuki

문을 열자마자 함박웃음을 지은 수인 여급이 맞이해주었다.

요리사들이 분주하게 움직여 다니는 주방은 들여다보기만 해도 얼굴에 김이 닿는다.

그 맛있는 냄새만 맡고서도 느슨해질 것 같은 볼을 열심히 끌어올리고, 여신관이 고개를 숙였다.

"죄송해요. 고맙습니다."

"에이 됐어. 평소에도 이것저것 먹으러 와주잖아? 이 정도는 별것 아냐."

수인 여급이 「잠깐 다녀올게~!」 하면서 요리장에게 말을 걸고, 분주하게 부뚜막으로 다가갔다.

그리고 거기에 올려놓은 한 아름은 되는 커다란 냄비를 훌쩍, 가볍게 들어 올려버렸다.

"자 그럼 가자! 바깥으로 가면 되지?"

"아, 네!"

한순간 눈을 동그랗게 뜬 여신관이 허둥지둥 당황하며 고개를 끄덕였다.

"이쪽이에요!"

도우려고— 한다기보다 스스로 어떻게든 옮겨보려고 했었는데, 한 발 늦어 버렸다.

수인 분들의 힘은 굉장하네. 알고는 있었지만 그저 놀라울 따름이었다.

여신관은 앞장서서 친구를 이끌며 길드 외벽에 세워둔 공용의 커다란 대야를 빌렸다.

데굴데굴 굴려서 본래 장소까지 도착하자—.

"영, 차. 에잇……!"

"좋아, 그러면 붓는다~!"

옆으로 눕힌 대야에 부글부글 끓어오른 냄비의 물을 단숨에 붓는다. 탁한 회색의 그 물은 재를 끓인 잿물이었다.

요리 냄새와는 또 다른 냄새에, 두 사람은 얼굴을 마주 보면서 키득 웃어버렸다.

"그렇지만 모험가들도 힘들겠어. 멀리 나설 때마다 이렇게 손질을 하는 거잖아?"

나는 못하겠어. 수인 여급이 펼쳐놓은 짐들을 빤히 보았다.

갈고리 밧줄에 쐐기, 눈길에서 신발에 감는 미끄럼 방지구 등등, 평소의 생활에서는 그다지 볼 수 없는 것들뿐이다.

빤히 몸을 구부려 들여다보는 모습은 마치 노점 앞에서 발길을 멈춘 어린애 같았다.

붕붕 흔들리는 꼬리를 어쩐지 모르게 눈으로 좇으면서, 여신관은 고개를 끄덕였다.

"벌레가 무서우니까요. 안에 넣어둔 만큼, 손질하는 수고는 어쩔 수 없어요."

"벼룩 같은 건 정말로 그렇겠네."

"이도 싫어요."

소녀 두 사람이 절실한 기색으로 고개를 끄덕였다. 수고가 들더라도 방치하는 것보다는 훨씬 좋다.

벌레들에게 물리고 싶지 않은 것은 물론이고, 무엇보다도 한창 또

래의 소녀로서도 그렇다.

"귀족님들이 눈가에 바르는 그거, 뭐라고 하더라?"

그래서 필연적으로, 대화는 그런 방향으로 흘러갔다.

젤리 같은 살덩이가 달린 손으로 눈가를 만지는 동작에, 여신관이 「네」 하고 고개를 끄덕였다.

"눈썹 먹? 바림? 연지나 공작석 부순 거랑 백분을 섞어서 반죽한 것도, 벌레 퇴치가 된대."

"비쌀 것 같네요……."

"비싸겠지. 나는 엄두가 안 난다니까."

수인인 그녀도 그렇고, 신을 섬기는 그녀도 인연이 없는 물건이다. 동경하긴 하지만, 엄두가 안 난다.

그리고 땀 흘리며 요리를 하는데도 좋지 않고, 모험에 나서면 분명히 화장이 흐트러질 것이다.

―수인 분들은 그다지 땀을 흘리지 않는다고 들었지만요.

김을 쐬면 자연스럽게 번지고 녹아버릴 것이다. 어쩔 수가 없다. 두 사람은 웃었다.

"그럼, 나는 이만 돌아가야 되니까."

"아, 네. ……고맙습니다."

휙휙 흔들리는 털가죽의 손에 준비해둔 은화를 건네고, 여신관은 인사를 했다.

잿물을 준비해주는 것도 수고가 드는 일이니까, 수고비를 지불하는 건 당연한 일이다.

그렇게 직장으로 돌아가는 친구를 배웅하고서, 한숨을 쉰다.

"……좋아!"

휙휙 장화와 양말을 벗어 옷자락을 걷어 올리고, 소매를 걷어붙이며 기합을 넣는다.

그리고 끄집어낸 겨울용 의복을 대야 안의 잿물 안에 던져 넣었다.

다음은 대야 안에 맨발을 넣고, 꾸우욱 옷을 밟아서 씻어내면 된다.

"웅……."

김이 오르는 잿물은 따뜻하고, 맨발을 담그기만 해도 슬그머니 퍼지는 온기가 기분 좋다.

그렇지만 거기에 빠져 있을 틈은 없었다. 찰박찰박, 찰박찰박. 발을 움직였는데.

"영차, ……영, 차……아."

—동료 분들 것도 함께 해버리는 게 좋았을까요?

과연 어떨까? 파티의 동료들은 겨울용 장비를 보관해뒀을까? 아니면 다르게 준비할까?

숙달된 모험가쯤 되면, 그런 것의 대처법을 한둘쯤 알고 있을지도 모른다.

—고블린 슬레이어 씨한테 물어 봐야겠어요.

웅. 발을 움직이면서 고개를 끄덕이고, 길드 2층의 창문 중 하나를 힐끔 올려다본다.

엘프 궁수가 묵고 있는 그 마굴을 생각하면, 겨울 준비는 뭐 그렇다 치고—

—나중에 돌입해야겠어요.

결의와 사명감, 비장한 각오를 가슴에 품고서 여신관은 당당하게 고개를 끄덕였다.

그런데—.

"우에……."

"후배의 눈이 없다고 긴장 풀지 마. ……하수도에서 벗어나도 더러워지는구나, 결국은."

"에이 뭘요. 나는요 그렇게 신경 안 쓰거든요?"

문득 질색하는, 그렇지만 떠들썩하고 밝은 목소리가 셋 들렸다.

힐끔 돌아보자, 그곳에는— 역시 친구들의 얼굴이 셋 있었다.

평상복을 입은 소년소녀 옆에서, 쫑긋이 흔들리는 하얗고 기다란 귀.

다 함께 피와 진흙으로 지저분해진 장비들을 끌어안고 있는데…….

"오늘도 대승리, 였나요?"

여신관이 볼을 느슨히 풀면서, 반쯤 놀리며 위안의 말을 걸었다.

"그럼. 내 뭉개돌이가 붕붕 기합을 질렀지……!"

그렇게 말하며 보이지 않는 곤봉을 휘두르는 시늉을 하는데, 상당히 자세가 잡혀 있다.

그가 곤봉과 장검을 잘 연구해서 구사하는 것은 여신관도 알고 있었다.

생각해 보면 멀리 와 버렸다—. 이렇게 잘난 척 생각하는 것은 너무 선배 티를 내는 것이다.

"죄송해요. 금방 끝낼 테니까요……."

쑥스러움에 시선을 돌려 발치를 보았다. 찰박찰박. 서둘러서 의복을 밟았다.

그 맨발에 정신이 팔렸을 소꿉친구를 팔꿈치로 찌르고, 지고신의 성인을 건 소녀가 웃으며 말했다.

"괜찮아. 이 녀석이 투정을 부린 탓에 늦어버린 거니까. 순서를 지켜야지."

"와아, 이건 겨울 준비네요. 또 산에 올라가는 건가요?"

그리고 이번에는 쫑긋쫑긋, 하얀 토끼 소녀가 짐과 의복을 들여다보았다.

방금 전에도 본 광경이네. 여신관은 무심코 또 다시, 위아래로 움직이는 기다란 귀를 눈으로 좇았다.

"산……."

몸을 숙인 그녀의 귀, 등, 엉덩이, 그 위에서 흔들리는 동그란 꼬리.

"……의 너머로 가요."

"호에……. 그런 곳에는요. 나는요. 가본 적이 없어요. 또 무척 멀리 가는 거네요."

느긋하게 말을 하는 걸 들어보니, 그녀도 북쪽 너머는 잘 모르는 것이리라.

혹시 뭔가 정보를 얻을 수 없을까 하던 아련한 기대는, 결국 기대에 지나지 않았던가…….

"무시무시한 무변(武弁)자가 있으니까 가면 안 된다고 겁을 주고 그랬거든요."

"무변? ……무변자(武邊者)?"

"그러니깐요. 약탈이다~ 한대요. 할부지가 별로 상관하지 말자고 했다고 했거든요."

강한 무사, 라는 것일까? 생각지 못하게 날아온 말에, 여신관은 눈을 깜박였다.

할아버님의 이야기. 그렇다면 훨씬 옛날? 하지만 토끼 수인 분들은 세대교체가 빠르다고 하니까……?

"젠장, 좋겠다아. 나도 그런 데 가보고 싶어……."

그런 식으로 여신관이 홀로 생각하는 옆에서, 소년이 절실하게 파란 하늘을 올려다보며 말했다.

"그거잖아. 검의 해안 북방의, 늘 봄인 도시라거나……." <small>소드 코스트</small> <small>네버 윈터</small>

"그렇게 유명한 장소는 아니지만요……."

옛날 이야기에 나오는 잊힌 지명들을 듣고, 여신관도 무심코 쓴웃음을 지었다.

그도 그럴 것이 발길 닿은 적 없는 땅이 아니다. 자신은 아직 이야기로만 들어본 토지이긴 하지만.

"그래도, 그 다크 엘프 탐색자도 북방에서 활약했다고 들었거든?"

"그건 서사시니까 그렇지." <small>사가</small>

흥. 소녀가 코웃음을 쳤다.

"선량한 다크 엘프는 그리 흔한 게 아니야."

"그렇네요……."

여신관도 수확제나 사막, 그리고 간접적으로 신주 사건에서 다크 엘프와 대면하긴 했었지만.

―엘프의 지인, 인 분도 그리 많지는― 않나요……?

엘프 궁수가 최근에 친해진 그 척후 여성하고도 그녀는 그다지 인연이 없었다.

선량한 다크 엘프. 쌍검을 찬 실력파 탐색자에 대한 것은 전설이다. 다시 말해서— 옛날이야기.

그렇다. 옛날이야기에 나올 법한 영웅이기에, 그러한 미답의 땅에 발을 들이는 것이다.

그러나 그녀가 가는 장소는 그런 땅이 아니다. —그럴 것이다. 모르는 것뿐일지도 모르지만.

"우리는 얼음바람의 계곡에서 공포^{호러}한테 당해 죽을걸."

아이스윈드 데일

죄 없는 천진한 야망도, 현실적인 한 마디 앞에서 풀이 꺾여 버리는 것은 어쩔 수 없다.

"하지마안, 나라의 의뢰로 변경을 조사하러 간다. 그러면 금 등급 같은 사람이 가는 모험이잖아."

그리고 그 현실의 날카로운 말은 여신관의 움직임을 움찔, 붙들기에 충분하고 남았다.

첨벙. 발소리가 나며 물이 튀기고, 그녀는 자신의 옷을 맨발로 밟은 자세 그대로 굳어버렸다.

"아, 아뇨⋯⋯."

목소리가 떨렸다.

"그렇지는⋯⋯ 않을, 거라고⋯⋯ 생각, 하는걸요?"

의식하지 않았던 것은, 아니다. 의식을 하고 있었기에, 생각하지 않으려고 했다.

적어도 그녀 자신은 아니다. 파티의 일원이며 노력은 하고 있지만, 역량은 아직 멀었다.

심호흡을 하고, 마음을 진정시키고, 말없이 다시 찰박찰박 세탁물을 밟았다.

"하지만 청옥이잖아."

"그치~?"

"우우…….."

그러나 친구들은 놓아줄 셈이 없었다. 여신관은 고개를 푹 숙인다. 두 사람이 싱글싱글 웃고 있는 걸 알고 있기에 으그그, 소리를 내봐야 승산이 없다.

"아, 맞다~."

그리고 여전히 토끼 소녀는 분위기를 무시하고, 털가죽이 뒤덮은 손으로 찰싹 손뼉을 쳤다.

"그러면요. 조금 언니야한테 일을 의뢰해도 되는 걸까요?"

"일……?"

첨벙첨벙 세탁을 계속하면서 고개를 들자 「응」 하고 하얗고 기다란 귀가 세로로 흔들렸다.

"편지랑 짐을요. 내가 썼거든요. 산에 전해주면 좋겠어요."

"편지……는 알겠지만, 짐이요?"

딱히 거부하진 않는다. 오히려 기꺼이 받아줄 셈이지만, 어떤 짐일까?

여신관이 고개를 갸웃거리자, 흰 토끼 엽병이 「에헤헤」 하고 쑥스러운 웃음을 지으며 짐을 뒤졌다.

"이거거든요, 이거……!"

그리고 소녀가 자랑스럽게 꺼낸 것은 참으로 훌륭한 트롤의 송곳니였다.

§

"……또, 멀리 나가는 거냐?"

"그것이, 네."

고블린 슬레이어는 애매하게 고개를 끄덕였다.

"그렇게 될 거라고, 생각합니다."

"그렇군."

그의 맞은편에 앉은 목장 주인은 중얼거리면서, 짧고 간결하게 고개를 끄덕이며 숨을 내쉬었다.

목장의 본채. 식당에서 나누는 대화였다.

저녁놀이 지기에는 아직 이르고, 늦은 오후라고 하기에는 늦은 시간이었다.

도시에서 돌아온 고블린 슬레이어는 소꿉친구인 소녀보다 먼저 목장 주인을 발견했다.

그는 야외에서 할 일을 마친 다음인지, 휴식을 하는 모습으로 의자에 앉아 있었다.

고블린 슬레이어가 의자를 끌어와 앉아도 「돌아왔군」 하고 짧게 말할 뿐이다.

그것은 평소와 같은 태도였다. 그렇기에 고블린 슬레이어는 조금 고민했다.

뭐라고 해야 할까? 아니, 무슨 말을 하려고 하는 걸까?

스스로도 판단을 하지 못한 채, 고블린 슬레이어는 다시 새로운 의뢰를 받았다고 말했다.

그 결과가—.

"뭐, 내가 뭐라고 할 일이 아니지."

이 담백한 한마디였다.

고블린 슬레이어는 철 투구 안에서 그 말을 어떻게 받아들여야 하는지 망설이며 신음했다.

그것을 눈치챈 것은 아니겠지만, 목장 주인이 힐끔 시선을 그에게 보냈다.

"네가 하는 일이다. 남자가 시작한 일이다. 거기에 말참견을 하는 건 무책임한 짓이지."

"……그런, 걸까요."

"그렇고말고."

목장 주인이 조용히 고개를 끄덕였다.

"네가 스스로 관리하고, 잘 풀어 나가도록 해라."

"……네."

"다만, 그 애한테도 확실하게 말을 해두고."

"그럴 셈입니다."

"그렇겠지."

목장 주인이 말하고 희미하게 웃더니, 천천히 일어섰다.

독립농민이기에, 그의 발걸음은 아직도 단단하고 듬직하다.

그렇지만 어쩐지 노쇠의 그림자를 지고 있는 것 같기도 하며, 어쩐지 지친 것 같기도 했다.

그가 그대로 본채 안으로 가버리자, 고블린 슬레이어는 덩그러니 남겨지고 말았다.

자신의 내면에 쌓여 있는 감정의 종류 따위, 그는 결국 이해한 적이 없었다.

가능한 것은, 생각하는 것뿐이다.

—그 애는.

지금쯤, 소를 외양간으로 되돌려 놓고 있을 무렵일까? 낙타를 보살피고 있을까?

어느 쪽이든 가서 이야기를 해야 한다. 미루었다가 좋아지는 일 따위 그리 많지는 않다.

고블린 슬레이어는 덜컹, 소리를 내면서 일어섰다.

다시 본채에서 밖으로 나올 때, 등 뒤에서 카나리아가 찌르르 우는 소리가 들렸다.

그 소리를 끊어내는 것처럼 등 뒤의 문을 닫고서 한숨을 쉰다.

세상은 검붉고, 저녁의 어둠이 짙어졌다. 벌써 상당히 쌀쌀하다.

숨을 내쉬자 철 투구 틈으로 흘러나온 호흡이 하얗게 물들며 피어올랐다.

—아아.

벌써 1년인가? 그 소녀를, 고블린 퇴치에 끌어들여 버린 뒤로.

그 1년 동안, 자신은 얼마나 앞으로 나아갔을까?

하얀 김을 따라 하늘을 보자, 검은색이 파랗게 번지며 반짝반짝 하얀 빛이 보였다.

구름 위, 별 아래, 그 틈을 날아가는 한 마리 새매가 있었다.

그 대현인의 이야기에 마음이 설렌 것은 과연 얼마나 옛날 일이었을까?

누나가 들려준 것 같기도 하고, 음유시인이 노래했던 것을 들은 것 같기도 하다.

어린 시절부터 들으며 몇 번이나 그려봤던 이야기는 하나하나가 낡고 얼룩이 져 있었다.

엘프의 마을에 갔다. 수도를 찾아갔다. 죽음의 미궁에 들어갔다. 동쪽 사막을 답파했다.

그리고 이번에는— 북쪽 산의 더욱 너머에 가는 것이다.

가보고 싶었다. 갈 일은 없을 거라 생각했다. 어렸을 때부터, 계속 그랬다.

자신의 생애는 그 자그마한 마을 안에서 모두 끝날 것이라 생각했다. 그것을 알고 있다고 생각했었다.

일이 이렇게 되다니. 예전에 단 한 번이라도 상상한 적이 있었을까?

그런데—.

"어라……?"

벌써 돌아왔네. 저편에서, 하얀 김으로 미소를 가리면서 소꿉친구인 소녀가 걸어왔다.

"어서 와."

일을 하고 왔을 텐데, 그녀는 피로한 기색이 느껴지지 않는 모습으로 말했다.

"그래."

그는 고개를 끄덕였다.

"다녀왔다."

두 사람은 곧장 본채로 돌아가지 않았다.

황혼의 붉은 해에 그림자가 늘어지는 것을 보며, 잠시 입을 다문 다음 어느 쪽이랄 것 없이 걷기 시작했다.

가는 곳은 목장 부지를 둘러싼 울타리다.

훨씬 옛날에 여기가 아닌 장소에서 그랬던 것처럼, 소치기 소녀는 울타리에 기대듯 앉았다.

어렸을 때는 가벼운 몸놀림으로 뛰어 올랐었는데, 어른이 되면 어째서 할 수 없게 되는 걸까?

"어째서일까?"

"모르겠다."

고블린 슬레이어는 고개를 옆으로 저었다. 정말로, 알 수 없었다.

어렸을 때는, 그랬다. 어른은 뭐든지 할 수 있는 거라고 생각했었는데…….

―뭘 할 수 있다는 것인가.

이렇게 지평선 너머, 사방의 끝자락 너머로 가라앉는 저녁 해를 보며 그리 생각하게 된다.

불과 몇 개월 전에, 저 머나먼 곳 너머로 다녀왔다고는 도저히―.

―아니, 해가 가라앉는 것은 서쪽이군.

정반대다. 바보 같은 사고에, 철 투구 안에서 볼이 움직였다. 말도 나올 것 같았다.

"또, 멀리 가게 됐다."

"모험?"

"이라고, 생각한다."

살짝 아래에서 들여다보는 그녀의 시선에 고개를 끄덕이고, 새삼 그는 시선을 저 너머로 보냈다.

사방세계의 끝자락. 그 중 하나에 살며시 닿을 법한 탑의 정상에는 전에 가본 적이 있다.

그러나, 그게 어쨌다는 것인가? 사방세계의 모든 것을 해명한 것도 아닌데.

무엇보다도, 그것은 자신의 모험이 아니지 않았던가?

이번에는 자신의 모험이다. 이렇게 말하기에는 아직도 강한 주저와 기피감을 느끼지만.

"북쪽 산의, 너머다."

"후응⋯⋯."

소꿉친구 소녀는 그저 조용히 중얼거리고, 팔랑팔랑 허공을 차는 것처럼 다리를 흔들었다.

문득 그 얼굴이 이쪽을 돌아보자, 붉은 머리칼이 저녁 해를 받아 타오르는 것처럼 반짝였다.

보석 같은 눈동자가 투구의 면갑을 꿰뚫고 그를 똑바로 바라보았다.

몇 번이나, 그녀의 눈동자를 이렇게 똑바로 봤을까? 도저히 그럴 만한 용기가 없는데도.

"또 『가도 돼』라는 말 듣고 싶어?"

"⋯⋯."

그녀는 주저 없이 파고든다. 그것도— 언제부터였을까?

어렸을 때는 그랬던 것 같다⋯⋯. 재회한 뒤에도, 그랬던 것 같다.

누구보다도 무엇보다도 자신보다도 그를 잘 알고 있는 건 다름 아닌 그녀였다.

뭘 숨길 수도 없을 것이고, 숨기고 싶지도 않았다.

"그래."

그는 순순히 고개를 끄덕였다. 오기를 부려서 후회하는 것은 한 번으로 족하다.

"한심하군. 나는."

"그렇네에……"

부정하는 말은 없었다.

그녀는 난처한 것처럼 표정을 찡그리며 웃었다.

"그렇네에."

다시 한 번 그 말을 반복했다.

"한심하고, 귀찮고, 어쩌면 멋없을지도 모르지만."

"……"

"하지만, 응. 나는 좋다고 생각해요. 그런 네가."

고블린 슬레이어는 끊어진 호흡을 재개하는 것처럼 깊은 숨을 내 쉬었다.

"……그런, 가."

"그럼."

소꿉친구 소녀는 언제나 그러는 것처럼, 뭔가를 가볍게 걷어차 버리고 울타리에서 내려왔다.

바로 옆으로 가볍게 그녀가 다가와서, 투박한 가죽 장갑 위로 그의 손을 잡았다.

철 투구를 움직이자, 면갑과 이마가 부딪힐 정도의 거리에 그녀의 눈길이 있었다.

"다녀와. 이거면 되지?"

"……."

눈동자가 가깝다. 숨결이 투구 안쪽까지 들어오는 것 같았다. 볼이, 빨갛다.

"……된다고, 생각한다."

"좋아!"

떨어져가는 저녁 해와 정반대다. 눈부신 아침 해처럼 웃음을 보이고, 그녀는 고개를 끄덕였다.

"기념품도 말이지. 기대하고 있을게. —동물이 아닌 걸로 부탁하고 싶은데."

"기념품 말인가."

"뭐, 그 전에 저녁부터 먹어야지. 아하하, 순서가 이래저래 엉망이네."

그녀는 이미 본채를 향해 걷기 시작했고, 붙잡은 손을 그대로 잡고 끌었다.

그리고 고블린 슬레이어는 그녀에게 늦어지지 않도록, 단단히 한 걸음 앞으로 발을 디뎠다.

제
2
장
『안개 낀 산을 넘어서』
Over the misty mountain

Goblin
Slayer
He does not let
anyone
roll the dice.

"자, 그러면. 조심해서 다녀오세요!"

마음씨 좋은 토끼 부인에게 배웅을 받은 지 사흘. 고블린 슬레이어의 파티는 휘몰아치는 눈 한복판에 있었다.

보다 정확하게 말하면, 눈보라가 휘몰아치는 바위산의 암벽에 새겨진 가늘고 미덥지 못한 산길이었다.

암벽에 달라붙어야 할 정도로 가는 산길. 바람이 강하다. 눈보라인지 소나기 속인지도 모르겠다.

슬금, 슬금. 발을 미끄러뜨리는 것처럼 내밀고 아래를 내려다본다. 그렇지만 눈보라 탓에 앞이 안 보인다.

내뱉는 숨결이 입에서 나오자마자 쩌저적 얼어붙는 것은 기분 탓일까? 아니면 진실일까?

―조심하지 않으면, 죽어버릴 것 같아요……?!

무심코 여신관은 그렇게 생각했다. 파티의 내심은 모두 엇비슷하리라.

그도 그럴 것이 이것은 산길이라기보다 좁은 벼랑 같은 것이며, 아래는 끝도 없는 암벽이다.

수직은 아니지만, 그렇게 보이는 시점에서 험준함을 짐작할 수 있는 법이다.

떨어지기라도 하면 바위와 눈과 얼음에 살이 깎여나간다. 과연 목숨과 몸이 남아 있는 것은 어느 정도의 거리까지일까?

굴러 떨어지는 공포가 발을 붙잡는 것은 나아가기 전이었다. 한 걸음 나아가 버리면 멈출 수도 없다.

오히려 멈추면 떨어져 버릴 것 같다고 생각해 버리는 경우가 있다. 여신관은 그것을 처음 알았다.

"괜찮아~?"

귀 덮개가 달린 모자를 쏙 뒤집어쓴 엘프 궁수의 목소리가 희미하게 들렸다.

토끼 부인의 마음이 담긴 요리가 그리워서 어쩔 줄 모르는 마음을, 여신관은 간신히 떨쳐냈다.

"괘, 괜찮⋯⋯아요!"

목소리가 전달이 되고 있을까? 아니, 괜찮으리라. 저 소중한 친구는 하이 엘프니까.

나뭇가지 위를 뛰노는 것처럼 산길을 나아가는 그녀의 손이 휙휙, 커다랗게 흔들리는 것이 보였다.

"다른 녀석들은~? 떨어졌어~?"

"안 떨어졌느니라⋯⋯! 이보거라. 비늘 친구, 버텨보거라⋯⋯!"

"우으음⋯⋯!"

그리고 드워프 도사와 리자드맨 승려의 목소리는 여신관의 등 뒤에서 들린다.

드워프 도사가 마치 깃털 덩어리처럼 보이는 리자드맨 승려의 몸을 지탱하고 있었다.

『이것이라면 선조들께서도 탐탁찮은 표정은 않으실 걸세』하더니, 그는 그런 외투를 조달해왔다.

선명한 색의 깃털이 바람과 눈을 막아내고 물을 튕겨낸다. 언뜻 보기에도 따뜻해 보였지만—.

"이것은, 상당히 어려운…… 일이로군……!"

바위산에 달라붙은 지네처럼 가느다란 길은 리자드맨 승려의 체구와 비교하면 더욱 좁다.

날카로운 손톱발톱으로 붙잡고 있으니 떨어질 걱정은 없겠지만, 이 추위가 문제다.

드워프 도사가 온석을 마련하여 보조해주고 있다지만, 난관이란 것은 틀림없으리라.

고생하면서 나아가는 모습은 분명히 우습기도 하지만, 오히려 걱정이 앞선다.

그렇지만 여신관 또한 동료를 걱정할 여유 따위 남아 있지 않았고—.

"오르크볼그, 잠깐만. 여기까지 와서 말하기도 좀 그렇지만, 역시 좀 무모한 거 아냐?"

"이야기는 들었지만, 역시 험난하군."

—앞서가는 두 사람은 어째서 이렇게 익숙한 걸까요……?

밧줄도 쳐놓지 않은 가는 길. 몇 걸음 잘못 디디면 나락의 바닥까지 직행한다.

물론 그 몇 걸음을 잘못 디딘다는 일은 어지간해선 없겠지만…….

목장 주인에게 받았다는 외투를 두른 고블린 슬레이어는 별 거 아니란 것처럼 나아간다.

낑낑거리면서 길을 나아가는 몸으로서는 부럽기도 하고, 질투도
난다. 양쪽 모두를 담은 눈으로 보게 된다.

물론 그것이 척후와 탐색자의 경험 덕분이라는 것을 알고는 있지만.

보이는 세계는 흑백이 뒤섞여 그저 회색이다. 고오오오 휘몰아치
는 바람 소리뿐.

산이란 것은 역시 사람이 사는 장소가 아닌 것이리라.

"하다못해 어디에 한 번 쉴 수 있는 장소 같은 거 없을까?"

"조금 앞에, 동굴이 있다고 들었다."

"그렇다고, 해요!"

여신관이 뒤의 두 사람에게 소리 높여 외쳤다. 오~냐. 드워프 도
사의 대답에 숨을 내쉬었다.

―힘내야죠……!

평소의 버릇으로 꼬옥 주먹을 쥐다가, 자세가 무너질뻔하여 황급
히 암벽에 달라붙었다.

석장을 등 뒤로 돌려놓았고 넘어진다고 그대로 떨어지지는 않겠
지만, 그래도 조심해야 한다.

―지팡이를 떨어뜨려 버리면…….

분명히, 다시 되찾을 수 없을 거라는 사실이 참으로 두려운 일이다.

그렇게 슬금슬금 걸어가는 가운데, 고블린 슬레이어는 도무지 멈
추지 않는다.

그는 벽에 손을 대고, 바위를 붙잡고, 다리를 내밀어, 망설이지
않고 결단적으로 걸음을 나아가고 있었다.

물론— 훌쩍, 훌쩍. 시냇물의 징검다리를 건너는 것 같은 하이 엘프와는 비교가 안 되겠지만.

"무척 능숙하네."

그 엘프 궁수가 문득 감탄하여 중얼거리는 말이 들렸다.

"오르크볼그. 알고는 있었지만 이럴 때 쓰는 기술 익혔어?"

"일단은."

그는 다음으로 발 디딜 곳을 정확하게 찾아 걸음을 나아가면서, 마지못해 인정하는 것처럼 말했다.

발을 멈춘 고블린 슬레이어는 외투에 묻은 얼룩을 가볍게 문질러 털어내면서 덧붙였다.

"그러나, 나보다 능숙한 자는 잔뜩 있다."

"예를 들면?"

"시노비라고 불리는 자들의 일화는 수없이 많다."

고블린 슬레이어는 문득 입을 다물고 낮게 신음한 다음, 떠올린 것처럼 말을 이었다.

"스승에게 들었다. 낭떠러지 절벽을 구멍 밧줄도 도구도 없이, 자_{프리 솔로}
유롭게 단독으로 오르는, 등반의 달인이 있다고."

"떨어지면 죽잖아, 그거."

"물론, 죽는다."

철 투구가 세로로 흔들렸다.

"그래서 나는 못했다."

"기가 막혀."

엘프 궁수가 말하는 그대로의 어조로 말했다.

"해낸 녀석도 있지만, 시험해보려고 했다는 게 기막혀."

"그런가."

흄이 가진 힘은 나도 생각지 못하는 부분이 있다. 그는 남의 일처럼 중얼거리고 묵묵히 나아갔다.

여신관은 뒤쳐지지 않으려고 필사적이라, 그 대화를 대부분 정확하게 들을 수 없었다.

아니, 필사적인 것은 딱히 그것뿐이 아니다.

그녀는 앞을 보고 나아가다가, 살며시 뒤를 보았다. 남은 두 명의 동료에게 「괜찮으세요?」 하고 말을 걸었다.

대열의 중앙이라는 것은 최초의 모험 이래, 암울한 추억이 있는— 그런 위치였지만.

동시에 파티 전체를 눈여겨보고 주위를 배려할 수 있는 것은 역시 그녀의 위치뿐이다.

역시 이것 또한 몇 번이고 짊어졌던 역할이며—.

—맡겨주신 거니까요.

그렇게 생각하면 자신감하고는 또 다른, 자부 같은 것이 마음속에 솟는 것이다.

"하지만, 또 다른 길도 있었잖아?"

여기가 가장 빠를 것 같기는 했지만. 엘프 궁수가 가볍게 말을 걸었다.

하이 엘프의 노래하는 것 같은 말은 이 눈보라 안에서도 귀에 쏙 들어오니 신기한 일이다.

"왜 이 길로 골랐어?"

고블린 슬레이어는 금방 대답하지 않았다.

기묘하고 괴팍한 모험가는 지금까지 그런 것처럼 묵묵히 손과 다리를 움직이며 모두를 이끄는 것처럼 나아갔다.

다행히 엘프 궁수의 참을성이 바닥나기 전에 동굴의 어둠이 절벽에 보였다. 그 무렵, 그가 말했다.

"지나가보고 싶었다."

어쩐지 이번 모험은 처음부터 끝까지 이럴 것 같다. 여신관은 각오를 굳혔다.

§

동굴의 표식은 옅은 녹색의 장화였다.

눈덩이 속에 파묻히듯 쓰러진 누군가의 발에, 그것은 고스란히 남아 있었다.

등반 도중이었는지 하산 도중이었는지는 알 수 없지만— 언젠가 여기에 도달한 모험가였으리라.

여신관은 말없이, 그 이름도 모를 누군가의 명복을 빌며 지모신에게 기도했다.

이런 장소에서 사람 한 명을 짊어지고 오르는 것도, 내려가는 것도, 모두의 목숨을 위태롭게 만드는 일이 틀림없다.

그렇기에— 그는 계속 여기서 수많은 모험가를 맞이하고, 배웅하고 있을 것이다.

"선생님에게, 이 근처는 바위 거인의 싸움터라고 들었지."

"그거, 만나지 못해서 유감이겠네."

풀썩. 등에 지고 있던 짐을 내려놓은 고블린 슬레이어 옆에서 엘프 궁수가 혀를 내밀었다.

약간 얄궂다는 어조였지만, 하이 엘프라 해도 평생에 걸쳐 보기 쉬운 광경은 아니다.

그렇다면 유감이란 것은 반쯤 진심이었을지도 모르겠다. ―그건 그렇다 치고.

눈보라를 맞고 있었는데, 툭툭 눈을 털어내기만 해도 엘프 궁수는 평소의 미모를 되찾았다.

이런 부분은 역시 필멸자인 흄과 생물로서 위계가 다른 까닭이리라.

여신관은 눅눅해진 자신의 외투가 얼어붙지 않도록 벗고, 짜내면서 다른 사람들을 살폈다.

고블린 슬레이어는 신중하게 외투의 이물질을 떨쳐내고, 정성스레 접으며 동굴 안쪽으로 눈길을 보내고 있었다.

그렇다면, 신경 쓰이는 것은―.

"괘, 괜찮으세요……?"

"으음."

리자드맨 승려도 완만한 소리를 내면서 깃털 외투를 벗고 있었다.

"어찌어찌 버티고 있다네."

"자, 일단 벗고서 한 잔 마시거라. 몸을 안 데우면 죽을 게다. 농담이 아니라."

드워프 도사가 던진 호리병을, 리자드맨 승려가 「고맙네」 하고 받아서 떨리는 손으로 마개를 뽑았다.

그 동안에, 여신관이 불을 피우고자 동굴 안쪽으로 굴러들어온 가지와 이파리를 주웠는데—.

"……젖어 있네요."

하긴 당연하다.

가지, 이파리. 그것이 없어도 이끼나 다른 것. 어디든지 뭔가 상황에 따라 연료가 되는 것은 존재한다.

그러나 눈을 맞아서 상당히 눅눅해졌다. 도저히 불쏘시개나 장작으로 못 쓰겠다.

그러면 어찌 한다…….

한때는 그저 이것만으로 풀이 죽었겠지만, 여신관은 입술에 손가락을 대면서 생각했다.

"우~웅…………?"

그 중얼거리는 소리가 들린 것일까?

동굴 안쪽을 주의 깊게 살피던 고블린 슬레이어의 철 투구가 빙글 돌았다.

"횃불은 있나?"

"아, 네."

물론이죠. 여신관이 고개를 끄덕였다. 모험가 세트. 모험에 나설 때는 잊지 말 것.

"횃불은 다소 젖어 있어도 불이 붙는다. 그걸로 말려라."

"아."

그렇구나. 여신관은 손뼉을 쳤다. 그렇게 단순한 것이었던가?

해결 방법을 알았으니, 다음은 익숙했다.

익숙하게 모닥불을 준비하여 불을 붙인 횃불을 대고, 말리면서 태운다.

모험가를 몇 년 하면 이 정도는 쉬운 일이다. 불의 열과 밝기는 무척이나 마음을 진정시켜준다.

남몰래 「호오」하고 한숨을 쉬었을 때, 고블린 슬레이어가 고개를 끄덕였다.

"횃불이 없어도, 생목이 있으면 문제없다. 그건 젖어 있더라도, 불 자체는 쉽게 붙는다."

"엘프 앞에서 생목을 태우는 이야기를 하다니. 배짱 좋은걸?"

엘프 궁수가 장갑 따위를 벗고 손발과 귀를 주물러 풀면서, 날카로운 눈초리로 입술을 삐죽거렸다.

살아 있는 사람의 몸이라도 주위에 노출되면 얼어붙기도 하고, 썩기도 하는 것이다.

언젠가 눈 내린 산에서 겁주던 일을 그립게 생각하면서, 여신관도 그녀를 따라 했다.

땀에 젖어 축축해진 양말의 여분도 이번에는 잘 챙겨왔다.

"……으으음. 미안하네만, 그것이."

소리를 낸 것은, 모두 자연스레 불과 가장 가까운 장소를 양보한 리자드맨 승려였다.

깃털 외투를 두르고 있어도 역시 리자드맨. 추위에 약한 것은 어쩔 수 없는 일이리라.

그러면서도 이 길을 고른 것에 불평 한 마디 안 하는 것 또한, 리자드맨다웠다.

"출발하기 전에 말했던 기적이란 것을, 지금 이 자리에서 소망해도 되겠는가?"

"아, 알겠어요!"

여신관이 고개를 끄덕끄덕 위아래로 움직였다.

"옷만 널어놓고 곧장!"

"뭐, 그 전에 너희들도 한 모금씩 술을 마셔두거라."

드워프 도사가 씨익 웃고, 리자드맨 승려가 돌려준 술 호리병을 흔들었다.

"화주는 좋구먼. 살짝 맛만 보아도 몸의 중심이 따스해지니 말이다."

"그런 걸 마시면 머리가 폭발해버릴 거야."

그렇게 말하면서도, 엘프 궁수는 순순히 호리병을 받아서 살짝 핥는 것처럼 입에 머금었다.

우헤에. 마치 매운 것이라도 씹은 것처럼 표정을 찌푸리고 혀를 내밀며, 한숨.

"자, 너도."

"고, 고맙습니다……."

술기운에 볼이 붉게 물든 엘프 궁수가 호리병을 건네자, 여신관은 조금 가슴을 설레며 받았다.

이 하이 엘프가 술에 약하다는 것은 파티의 모두가 알고 있지만, 그래도 더욱이 아름다운 것은 종족 탓일까?

여신관은 언제나, 나날이 그녀의 세세한 움직임에 눈길을 빼앗겨버린다.

"오르크볼그는? 어떡할 거야?"

"나도."

그는 조금 입을 다문 다음에, 짧게 말했다.

"한 모금 마시지."

눈에 물에, 땀도 난다. 젖으면 괜히 추워져서 체력을 **빼앗기고**, 바깥에 나가면 얼어서 더욱 추워진다.

그렇다면 눈 내린 산을 나아가기 위해 온기를 쬐고, 옷을 갈아입고, 손발을 주무르는 것은 대단히 중요하다.

그림책이나 서사시 따위에서 영웅들의 이런 장면이 묘사되는 일은— 그다지 없다.

이야기 속에서 그들은 평소와 다름없는 모습으로, 평소와 다름없는 모험을 펼치는 법이다.

영웅이 눈밭에 발을 붙들려 넘어지거나, 장작을 주우러 다니며 불을 피우는 것에 고생하는 일은 없다.

여신관도 이렇게 모험가가 되지 않았다면 평생 몰랐을 것이다.

"……밧줄로 모두 몸을 묶고 걸어가거나 하는 편이 좋지 않았을까요?"

"때와 장소에 따라 다르다."

"소승이 발을 헛디디기라도 하면, 다들 한꺼번에 나락의 바닥으로 떨어지니 말일세……."

"드워프가 떨어져도 똑같으니까 위험도가 두 배네~."

"……하이 엘프한테 무게 이야기를 들으면, 아무도 뭐라 할 수가 없구나."

그렇게 옷과 장비를 말릴 준비를 갖추고, 술의 열기로 한숨을 돌린 참에.

"그러면, 저기, 해볼게요."

짤랑. 석장을 청량하게 울리면서, 여신관이 슥 일어섰다.

심호흡을 하고, 양손으로 매달리듯 석장을 쥐어 의식을 천상의 저 높은 곳까지 고양시킨다.

영혼을 잇는 것이다. 기도이기도 하며, 엎드려 비는 것이기도 하며, 그저 하염없이 경애를 전달하기 위해서.

"《자비 깊은 지모신이여, 그 손길로 부디 이 땅을 정화해 주소서》……."

그리고 그렇기에, 기적은 일어난다.

기적의 보답으로 기도를 하는 것이 아니다. 신앙의 보답으로 기적이 있는 것이 아니다.

지모신의 보이지 않는 온화한 손길이 바위굴 안에 닿고, 후우 숨결을 불어넣은 것처럼 따스함이 찾아온다.

동굴 입구에서 불어 닥치는 바람과 눈도, 지금은 신의 손길에 가로막혔다.

그야말로 《생츄어리》의 기적, 그 자체였다.

"오, 오오……. 이거 참으로, 감사할 따름일세……!"

철썩. 리자드맨 승려가 꼬리로 돌바닥을 때릴 정도의 활력을 되찾은 걸 보니 효과는 확실하다.

"소승이 선조를 섬기는 몸이 아니었다면, 지모신을 섬겼을지도 모르겠다네."

"그러면서 치즈를 만들고 말이야. 뭐, 너라면 어울리겠네~."

지모신과 뿌리가 같은, 자연의 화신인 엘프 궁수는 마음 편한 기색으로 깔깔 웃었다.

그녀는 마치 여기가 자기 방인 것처럼 팔다리를 뻗고 편히 쉬면서 눈웃음을 지었다.

"신의 기적이라. 수도 없이 봤지만, 신기한 느낌이야. 목소리가 들리는 거랑은 다른 거지?"

"뭐, 정령들과 신은 영 다른 게다."

"저도 그렇게 말로는 잘 설명할 수가 없어요."

드워프 도사의 맞장구에 여신관은 쑥스러운 웃음을 지으며 볼을 풀고, 자그마한 엉덩이를 바위에 착 내렸다.

실제로 이것을 말로 설명할 수 있는 자는— 어지간히 신들에게 사랑 받고 있는 게 아닌, 덕이 높은 승려이리라.

아니, 어쩌면 그런 사람들이기에 더욱 신에 대해 명확하게 논하는 일 따위를 피하는 것일까?

어쨌거나 미숙한 몸인 여신관에겐 도저히 불가능한 일이었으니—.

"훌륭하군."

가까운 사람의 한 마디.

"방어에는 쓸 수 있나?"

"《프로텍션》하고는, 또 다르니까요." ^{성스러운 벽}

고블린 슬레이어의 속물적인 의문에도, 쑥스러워하면서 대답하는 것이 고작이었다.

"방어라기보다는…… 지켜 주신다, 정화해 주신다, 라고 해야 할까요……. 으음……."

"어쨌거나 감사해 마땅한 일이라고 생각하면 되는 거잖아."

그렇게 말한 엘프 궁수는 이미 짐에서 식량을 꺼냈다. 식사를 할 셈인가 보다.

설산 행군은 체력이 소모된다. 휴식은 중요하다. ―설령 하이 엘프라고 해도.

이파리 꾸러미를 휙휙 흔들면서, 엘프 궁수는 언니가 동생을 타이르는 것처럼 가르침을 논했다.

"존귀한 것에 대한 감사가 부족하다니까, 오르크볼그."

"흠."

소리를 흘린 철 투구가 잠시 입을 다물고, 잠시 지나 순순히 고개를 끄덕였다.

"분명히, 그렇군. 감사한 일이다."

틀림없다. 고개를 끄덕이는 고블린 슬레이어 앞에서 「좋았어!」 하고 기분 좋게, 엘프 궁수가 식량을 먹어 치웠다.

엘프의 구운 과자. 여신관도 한 입 먹어보고 좋아하게 된 그것을 나눠달라고 말하는 것은―.

―조금 창피한 것 같아요…….

그런 이야기를 하면서, 하물며 기도를 한 직후에 천상의 잔향 같은 것을 느끼고 있는데.

여신관은 숨을 내쉬었다. 먹고 싶은 듯 과자를 보다니 마치 어린애 같지 않은가?

"진미!"

드워프 도사는 물론이고, 리자드맨 승려도 재빨리 치즈를 꺼내 탄

성을 지르며 깨물었다.

─저도 뭔가 먹어둬야죠.

그리고 가방으로 손을 뻗는 참에─. ……문득, 입에 과자를 문 엘프 궁수와 눈이 마주쳤다.

"머을래?"

"……주세요."

지모신이 분명 미소를 짓고 있을 감각이 느껴져서, 여신관은 부끄러움에 눈을 깔았다.

그리고 파티는 주섬주섬, 호화롭지는 않지만 풍요로운 식사와 단란한 시간을 즐겼다.

말린 고기와 딱딱한 빵을 깨물고, 눈을 떠다 냄비에 넣어 불에 올린다. 따스한 물을 듬뿍 마신다.

딱히 고블린 퇴치를 하고 있는 와중이 아니다.

하물며, 서둘러서 가야 할 여로도 아닌 것이다.

우뚝 선 바위산. 안개와 눈이 휘몰아치는 산맥을 넘어서, 북쪽으로 여행한다.

가본 적이 없는 장소, 본 적이 없는 땅으로 간다. 이것은 모험이다.

여행을 하는데 필요한 것은 걸음을 멈추고 지나가는 비도 즐기며 가는 융통성─.

이라고 노래한 것은 과연, 이름 높은 도적이었을까? 이름을 떨친 술사였던가?

어느 쪽이든, 그야말로 지고의 말이라고 여신관은 생각했다.

"하지만, 날씨가 이대로면 아무래도 좀 힘들지 않아?"

엘프 궁수는 옆에 있는 리자드맨 승려가 구운 치즈 한 덩어리를 가로채면서 말했다.

"아아……!"

한탄하는 그에게, 치즈를 입에 넣은 채 엘프의 구운 과자를 떠넘겼다.

"치즈랑 같이 먹으면 맛있을 거야. 아마."

"오호라……!"

—그래요. 이건 싸움이 아니네요.

신이 나서 구운 과자를 갈라 치즈를 끼우는 리자드맨 승려를 보며, 여신관은 자세를 바로잡았다.

"눈이 조금 잦아들 때까지 기다려도 되겠지만…… 어느 정도 걸릴지 알 수가 없으니까요."

산의 날씨는 변덕스럽다.

그렇다기보다, 역시 산은 사람의 영역이 아니다. 이것 자체가 이미 다른 세계 같은 것이다.

산이라는 장소는 누구에게나 평등하며, 결코 자비를 내리지 않는다.

지날 수 있는 길, 먹을 수 있는 것, 물까지 모든 것이— 있어야 할 장소에 그저 있을 뿐이다.

무사히 살아서 산을 빠져나가려면 지식과 경험, 기술, 그리고 숙명과 우연이 있어야 한다.

산이 그곳에서 살아가는 자에게 손길을 내미는 일을— 기대해서는 안 되는 것이다.

—이건, 지모신님의 가르침이지만요.

조금, 이해했다……는 생각이 들었다. 여신관은 요즘 들어서 그렇게 생각하는 일이 늘었다.

사막 안에서 그 다채로운 죽음에 습격을 받았을 때를 생각해보면 된다.

자연이란 혹독한 것이라는 지모신의 가르침을, 여신관은 새삼 확인할 수 있었다.

"먹을 것도 물도 있으니까, 며칠 머물러도 하산할 수 있을 거라고 생각하지만요……."

"후퇴는 용기지만, 답파하고 싶네. 모험가로서는."

엘프 궁수가 은 등급의 긍지를 드러내면서, 사뭇 당연하다는 태도로 입술을 풀었다.

꾀를 부리는 것과 영리함. 겁을 먹는 것과 신중함. 이것들은 비슷하지만 다른 것이며, 그러나 경계선은 애매하다.

논리를 늘어놓고, 위험을 설파하며 모험에 나서지 않는 것은 누구나 할 수 있다.

모든 것을 알면서도 도전하고 답파하는 것이야말로 모험이며, 모험가인 것이리라.

"무리, 무모, 무책은 피해야겠지만요."

"자유기사도 결국은 3무주의를 고쳤으니까, 당연하지."

그리고 그런 것을 알고 있기에, 이 나이 차이가 큰 친구는 실력이 있는 것이다.

한쪽 눈을 감는 동작에 여신관이 「네」 하며 고개를 끄덕이고, 고블린 슬레이어는 「흠」 하고 신음했다.

"그렇다면, 길을 바꿔야 하겠군."

"이 부근에서 길을 바꾼다 하면……."

술을 들이켠 드워프 도사.

"……아아, 여기가 거기로구먼."

"알고 있나?"

"그야 드워프 아니더냐? 오히려 네가 알고 있다는 게 놀랍구나. 이제는 꽤나 오래 된 이야기인데."

"선생님…… 스승에게 배웠다."

그랬구먼. 드워프 도사는 그걸로 납득한 모양이지만, 여신관과 엘프 궁수는 얼굴을 마주보았다.

온기를 쬐는 것과 치즈에 열중하는 리자드맨 승려는 그렇다 치고, 엘프 궁수가 기다란 귀를 흔들었다.

"뭔데? 지름길이라도 있어?"

"있다."

고블린 슬레이어가 고개를 끄덕였다.

"이 안에, 지하도가 있다."

§

그곳은 오래되고, 곰팡이가 피고, 잊혀 가는, 그런 공기가 떠도는 장소였다.

동굴의 가장 안쪽, 커다란 도끼칼로 베어낸 것 같은 균열을 통해 안으로 내려간다. 좁은 길이다.

그렇다. 자연스럽게 생긴 균열 같지만, 그곳은 분명히 길이었다.

발 디딜 곳이 있고, 손잡을 곳이 있고, 깊숙한 곳으로 나아감에 따라 통행이 쉬워진다.

한편으로 길은 몇 갈래로 분기되고 굽어지며, 미로의 양상을 띠기 시작했다.

아마도— 천연의 바위굴을 누군가가 인위적으로 정돈하여 통로로 만들어놓은 것이 틀림없다.

치켜든 횃불의 어렴풋한 빛에 떠오르는 암벽의 그림자에서, 여신 관은 기술자들의 흔적을 본 것 같았다.

그 탓인지 여신관은 문득, 옛날이야기로 들은 머나먼 고대의 이야 기를 떠올렸다.

드워프들과 레아, 혹은 흄과 엘프와 드워프와 레아들의 모험담을 아는 자도 이젠 적었다.

하물며, 이 동굴을 빠져나가 북방에서 나타난 야만인 영웅담 따위 는—.

"이 부근은 신화시대의 전장이라, 성터^{테레인}도 많이 남아 있느니라."

그 사고를 가로막은 것은, 드워프 도사의 담담한 말이었다.

불빛이 필요 없는 그는 대열의 후방에 있으면서도, 빤히 암벽을 바라보며 손바닥으로 매만졌다.

"엘프의 요새도 있는가 하며는, 드워프의 요새^{드워프 포트리스}도 있지. 그리고 드 워프의 요새라 하면—."

"지하도도 있다는 거네."

말을 잇는 것처럼, 알만하다는 표정으로 엘프 궁수가 중얼거렸다.

그녀 또한, 역시 어둠을 내다보는데 빛이 필요하지 않다.

엘프라는 것은 그 존재 자체가 별빛 같은 것이니까— 라고 말한 시인이 있었다.

그러나 실제로 여신관의 눈에는 그 머리칼이 어둠 속에서 반짝이는 것처럼 보이니까 신기한 일이다.

"뭐 드워프의 구멍파기는 인정해줄게. 다크 엘프에게 지는 것도 좀 그럴 테니까."

"비교 대상이 다크 엘프라는 것 말고는 들어주마."

흥. 코웃음을 치는 드워프 도사였지만, 목소리를 들어보니 그리 불쾌한 칭찬의 말은 아니었던 모양이다.

엘프와 드워프의 험악한 관계, 그리고 다크 엘프 사이의 악연은 어린아이들마저 알고 있지만—.

—보다 깊숙한 부분을 아는 것은 본인들뿐이니까요.

흄인 여신관은 생각도 못하는 부분이 있을 것이다.

생각을 하면서도, 그녀는 미덥지 못한 불빛을 손에 들고 발치나 벽, 머리 위를 조심했다.

—만약 혼자서 이런 곳에 오게 된다면.

분명히 길을 잃고 영원토록 탈출하지 못했으리라. 어디를 어떻게 지났는지 기억이 애매했다.

아무리 여기가 드워프의 손길이 닿은 지하도라고 해도, 흄에게는 그저 동굴에 지나지 않는다.

그도 그럴 것이, 가로 폭은 충분하지만 천장의 높이는 부족하다.

"지상보다는 따뜻하지 않은가. 과연, 젖을 빠는 자들은 땅에 파고

들어 난을 피했다는 것이로군……."

그렇지만, 그래도 리자드맨 승려에게는 바깥보다 훨씬 편한 모양
이다.

기다란 목을 내리고 성큼성큼 지하도를 기어 나아가는 모습은 그
야말로 리자드맨이라고 해도 될 자세였다.

"선조들도 지하에 내려왔다면, 무시무시한 용의 제국 한둘쯤 세
웠을지도 모를 일일세."

"언젠가의 요새 때도, 시간이 있다면 지하도를 찾아봐도 좋았을
테지만."

고블린 슬레이어가 말한 것은 여신관이 영애검사— 여상인과 알
게 된 모험이었다.

그러고 보니, 그 무시무시한 고블린의 요새 또한 과거에 드워프가
세운 성이었다고 했던가?

—만약 날이 맑았다면.

이 산의 위에서 그 성채를 볼 수 있을까? 혹은 눈에 파묻혀 버렸
을까?

"그《터널》은 큰 도움이 됐다."

"되었다. 그것은 내가 했다기보다, 정령의 힘이니라."

"눈사태는, 별로 좋지 않았지만요."

그렇게 생각하고, 여신관은 콕 찌르는 것처럼 못을 박으며 입술을
삐죽거렸다.

고블린 슬레이어는 입을 꾹 다물고, 엘프 궁수가 키득키득 웃었
다. 웃기는, 했지만.

"아무래도 좋은데, 길은 제대로 알고 있는 거지?"

그녀로서는 그게 걱정인가 보다.

아무리 하이 엘프라도 땅속 깊숙한 곳에서는 감각이 둔해지는지, 쫑긋쫑긋 기다란 귀가 흔들리고 있었다.

여신관의 등 뒤에서 그 모습을 보고 있던 드워프 도사가 느긋한 목소리.

"엘프가 죽을 때까지는 나갈 수 있을 게다."

"그건 싫어어. 몇 천 년이나 여기를 헤매다니."

질색하는 엘프 궁수가 손을 흔들며 응답했다. 재미 하나도 없다고, 더욱 한 번 더 투덜거린다.

"이런 데 있으면 그야말로 다크 엘프가 돼버릴 거야. 그리고 이상한 괴물들뿐이잖아."

"이끼가 끼고 버섯 하나쯤 자랄지도 모르겠구먼."

"드워프도 바위의 친척이잖아."

평소와 같은 대화. 떠들썩하고, 진정이 된다.

여신관은 언제나, 이렇게 지하에 도전할 때와 미궁에 들어갈 때는 긴장하고 있었다.

처음부터, 계속— 아마도 평생 변하지 않으리라. 그렇게 생각할 정도였다.

—그렇지만.

익숙해졌다고 생각한다. 긴장은 한다. 그러나, 긴장하는 것에도 익숙해졌다.

그리고 주위에서 동료들이 떠들썩하게 소란을 피우는 것에 얼마나 도움을 받고 있는 걸까?

"뭐, 아까도 말한 것처럼 오랜 옛날의 전장이니라. 그러하니, 있다고 하면—."

드워프 도사가 중얼거리던 말이 멈추고, 그리고 발이 멈추었다.

좁고, 샛길도 많고, 개미굴 같은 지하도 한복판에서, 모험가 파티는 대오를 다시 짰다.

과거였다면 여신관은 아무것도 모른 채 당황하고 소리를 내어 질문을 했으리라.

그러나 지금은, 알 수 있다.

목덜미가 따끔거리며 솜털이 곤두서는 감각. 작은 가슴 속에서 심장이 맥동한다.

그녀는 석장을 단단히 고쳐 쥐고, 끝이 없어 보이는 암흑 너머를 보았다.

"있다고 하면."

고블린 슬레이어가 허리에서 어중간한 검을 뽑았다.

"잔당 놈들이겠지."

어둠 속에서, 여신관의 몸에 익숙한 기척이 왈칵 다가오는 걸 알수 있었다.

"GOOROGGBBB……!!"

—놈들이 온다.

§

"어째서 이런 곳에 고블린 놈들이 있는 거야!"

엘프 궁수의 항의는 어둠을 꿰뚫으며, 그대로 두개골을 뚫고 뇌에 박히는 형태로 고블린에게 닿았다.

비명도 못 지르고 뒤로 넘어가 쓰러지는 동포도, 고블린에게는 길가의 돌과 다름없다.

"GOROGB!!"

"GBBF! GROGB!!"

간신히 목숨이 붙어있다 해도, 발길에 차이고 짓밟혀 뭉개지면 어차피 죽는 법이다.

"오르크볼그랑 모험을 나서면 대개 이렇다니까. 책임져줄 거야?!"

"모른다."

담담하게 응답하면서, 고블린 슬레이어가 정면에서 고블린 무리에 뛰어들었다.

"GOROG?!"

그는 일단 방패를 내밀며 몸통 박치기로 하나를 막아내고, 곧장 장검을 역수로 쥐어 왼쪽으로 휘둘렀다.

"이걸로 둘!"

"GRGGOOB?!"

동료 옆을 빠져나가려고 한 한 마리가 목이 수평으로 뚫리며 피거품을 뿜었다.

고블린 슬레이어는 칼날을 비틀어 확실하게 죽이고, 발을 앞으로 들어 고블린의 사타구니를 짓밟아 뭉갰다.

"GBBORGB?!"

"그리고, 셋이다."

부드러우면서도 불쾌하다. 그러나 통쾌한 감촉. 발버둥 치면서 바닥을 굴러다니고 몸서리치는 고블린.

그 목을 향해, 고블린 슬레이어는 기계적으로 뽑은 칼날을 박아 넣어 죽였다.

한 호흡에, 세 마리.

선두에 나선 얼치기 놈들이 순식간에 살해당하자, 후속이 미약하게 머뭇거리며 걸음을 멈추었다.

"GOROGG……?!"

"GORG! GOBBGRRGB!!"

——체격이 좋군.

서로를 밀치면서, 어떻게든 다른 놈을 앞으로 밀어내려는 고블린을 앞두고 고블린 슬레이어가 신음했다.

보통 고블린은 흄의 허리춤 정도 되는 왜소한 체구인 것에 비해, 눈앞의 놈들은 가슴께까지 된다.

팔도 두껍고, 다리도 두껍다. 어디까지나 평소에 마주치는 고블린 놈들과 비교해서, 그렇다는 것이지만—.

—그렇지만, 문제는 없다.

크다고 해도, 홉 고블린 놈들하고는 거리가 멀다.

그리고 무엇보다, 허둥지둥하면서 틈을 노리는 눈빛은 잔꾀만 부리는 고블린의 그것이다.

그렇다면 아무 문제없다. 고블린 슬레이어는 손에 든 검을 치켜들어 던졌다.

"GBBBORGB?!"

"넷. 수를 알 수 없다. ─돌파한다. 길은 어느 쪽이지?"

"오냐!"

드워프 도사가 외쳤다.

"다음 분기점까지 달려서 오른쪽으로 내려가거라!"

목에서 칼날이 돋아난 고블린이 숨지는 것을 기다리지도 않고, 모험가들은 달렸다.

돌격을 받아 당황하는 고블린 놈들에게 화살을 쏘면서, 전위는 시체에서 검을 뽑아 더욱 앞으로 나선다.

구석구석 모조리 베면서, 여신관이 주검을 뛰어넘고 리자드맨 승려가 확실하게 숨통을 끊는다.

다음은 드워프 도사의 지시에 따라, 지저로 이어지는 심연으로 몸을 던진다─.

"GORGGBB!!"

"GBBG! GBOGGB!!"

"……쫓아 오고 있어."

횃불의 어슴푸레한 불빛 가운데, 숨가쁘게 달리면서 엘프 궁수가 기분이 틀어진 기색으로 기다란 귀를 흔들었다.

이쪽 기분에 맞춰서 추격이 끊어지는 일은 그다지 있을 수 없다.

개미굴처럼 복잡하게 엉킨 지하도 여기저기에서 고블린의 역겨운 욕지거리와 발소리가 울린다.

이 파티에게 그것은 익숙한 것이었지만.

"수는 열…… 아니, 조금 더 있나? 스물은 안 돼. 소리가 울려서 조금 알기 어렵네."

"홉 고블린……하고는, 다른……거죠?"

학, 학. 잘게 호흡을 흘리면서 달리는 여신관도 표정에 긴장은 없었다.

딱딱하고, 주위를 경계하고는 있지만, 공포나 두려움 같은 것은 떠올라 있지 않았다.

힐끔 곁눈질로 그 모습을 확인한 엘프 궁수는 그녀가 깨닫지 못하게 웃음을 꾹 참았다.

고블린 퇴치는 정말이지 불쾌한 것이지만, 흄의 성장을 보는 것은 진정으로 즐거운 것이다.

"아니야?"

"보통보다…… 조금 크기는 하지만요. 그 정도는 아니, 니까요."

여신관은 달리면서, 미약하게 자신의 어깨를 신경 쓰는 동작을 보였다.

언젠가의 모험에서 그 부드러운 살결을 물렸던 일은— 기억에 단단히 새겨져 있을 것이다.

—그 상대는 상당히 거물이었지.

마음의 상처가 되지 않아 참 다행이다. 엘프 궁수는 자신도 상당히 비참한 꼴을 당했던 것을 잊고 고개를 끄덕였다.

"뭐, 조금 귀찮다…… 싶은 정도네."

"애당초 우리가 멋대로 무슨 목 무슨 종이라고 구별을 하고 있는 것이니 말일세."

"명확한 차이 따위 없겠지…… 음."

리자드맨 승려에게 맞장구를 친 고블린 슬레이어가 언제나 짧은 그 말을 더욱 잘라냈다.

가늘고 길고 비좁은 통로에서, 문득 커다란 동굴로 뛰쳐나온 것이다.

그곳을— 과연 무어라 형용해야 좋을 것인가?

드워프 촌락의 폐허라 부르기에는 너무나도 주저되는 꼴이었다.

대장장이 신의 은총이 두터운 기술자들이 만든, 한숨이 나올 정도의 멋진 작업은 이미 흔적도 없다.

무너져 가고 삭아버린 건물에는 썩어가는 목재가 무질서하게 연결되어 대충 쌓여 있었다.

통로가 복잡하게 뻗어 뒤엉키고, 당장이라도 무너질 것 같으면서 서로를 지탱하고 있었다.

빈민굴 같은 것을 억지로 동굴에 밀어 넣고 난폭하게 흔들어대면 이렇게 되지 않을까?

엘프 궁수에게 그것은 어쩐지 개미집을 연상시키는, 기괴한— 무언가의 둥지처럼 보였다.

―폐가의 왕이네.

그런 것이, 인정하는 건 석연찮지만 지상에서 비견될 것이 얼마 없는 드워프의 성채를 망치고 있었다.

이것도 고블린 놈들이 없었다면, 시간을 들여서 — 엘프로서는 짤막하게 — 구경을 할 수 있었을 텐데.

"도시인가?"

"그보다는 거주구역이구먼, 요새의."

그러나 고블린 슬레이어가 발을 멈춘 것은 딱히 구경하기 위해서가 아니다.

드워프 도사가 호흡을 정돈하면서 역겨운 기색으로 말을 내뱉고, 입가심으로 술을 들이켰다.

"마신 놈들과 싸울 때, 모두가 이 성에서 싸우다 죽고, 거기에 혼돈의 군세가 들어와서는⋯⋯."

"시간의 흐름 앞에 놈들도 여기를 버렸거나, 토벌됐음이라. 그런 일도 있는 법일세⋯⋯."

어쩌면 과거에 이 폐허를 무대로 한 모험도 있었을 지도 모른다네.

리자드맨 승려의 말에, 여신관은 재빠른 동작으로 한쪽 무릎을 꿇고 손가락으로 성인을 그렸다.

짧게, 그렇지만 마음에 담긴 묵도를 바치는 것을 기다리는 동안 고블린 슬레이어의 철 투구가 흔들렸다.

"어떻게 보나?"

그는 숨도 거칠어지지 않고 말했다.

"고블린 놈들이 통과할 수 있겠나?"

"길 안내를 할 만한 놈이 없으면, 위로 올라오지는 못할 게야."

드워프 도사가 눈을 가늘게 뜨고 너저분한 회랑을 노려보았다. 고블린 슬레이어는 「흥」 하고 소리를 냈다.

"우리들 뒤를 따라온 놈들만 빼고서, 로군."

"허면 놈들을 죽이고, 우리들이 탈출을 하게 되면, 다음은 서로 잡아먹으며 전멸할 걸세."

리자드맨 승려의 말에 고블린 슬레이어는 철 투구를 세로로 끄덕였다.

어디서 들어왔든. 고블린 슬레이어는 신음했다.

"덩치가 큰 고블린. 추운 곳에 사는 짐승이 더 몸집이 크다는 것을, 상당히 옛날에 들은 적이 있다만."

"뭐든지 좋은데 말야."

엘프 궁수가 기다란 귀를 쫑긋거리더니, 밀려드는 고블린의 발소리를 경계하면서 말했다.

"눈먼 자가 봉인되어 있거나 그렇지는 않은 거지?"

"하늘을 나는 산호충 놈들이라면, 훨씬 지하 깊은 곳이니라."

"폴립?"

드워프 도사가 기가 막힌다는 기색으로 말하자, 여신관이 고개를 갸웃거리며 일어섰다.

"오랜 생물이 꽤 남아 있거든."

엘프 궁수가 말하자 일단 그녀도 납득한 모양이다.

여신관은 툭툭 무릎의 먼지를 털어내고 짤랑, 청량한 소리를 내며 석장을 고쳐 쥐었다.

"죄송해요, 기다리셨죠."

"아닐세. 그러나, 벽과 천장을 뚫어내면 탈출은 쉬울지도 모른다네."

"드워프가 만들지 않았느냐? 고블린 따위는 못 뚫는다. 억지로 뚫으려 하면 무너질 게야. 폐허는 그렇다 치더라도."

리자드맨 승려와 드워프 도사의 대화를 들은 여신관이 「응?」 하며 입술에 손가락을 댔다.

잠시, 지나서.

"······고블린은, 무너지는 것까지 생각 못 할 거라고 생각하는데요?"

"얼른 나가는 게 좋지 않아?!"

"동감이다."

엘프 궁수의 다급한 목소리에 고블린 슬레이어가 고개를 끄덕였다.

"GOROGBB!"

"GRGB!!"

모험가들이 텅 빈 거리로 뛰어드는 것과 고블린 놈들이 그곳으로 쏟아지는 것은 거의 동시.

"내가 최후미를 맡지."

"소승도 함께 하겠네."

촥. 발을 미끄러뜨리며 전위 두 명이 속도를 늦추어 후방으로 돌아갔다.

이런 부분은 호흡이 딱 맞는다. 그 옆을 달리는 동료들도 가볍게 고개를 숙이며 발걸음을 서두른다.

―그래도, 그것만 하면 싱겁단 말이지.

상쾌하게 달리면서, 활짝 입술을 핥은 엘프 궁수가 상반신만 등 뒤로 틀었다.

"거기!"

"GBBBORG?!"

과연 고블린이 지른 비명은 허를 찔렸기 때문일까? 아니면 고통 탓일까? 혹은 양쪽일까?

현을 당기는 손도 보이지 않는 속사가, 앞서 달리던 고블린의 가

습팍을 완전히 꿰뚫었다.

제대로 한 번 보지도 않고 길옆에서 쏘아낸 사격에 여신관이 「와」
하고 소리를 냈다.

하이 엘프의 활은 언제 봐도 신들린 솜씨다. 몇 번을 봐도 감탄이
흘러나오는 법이다.

"흐흥……!"

"자랑할 틈이 있거든 일이나 하거라, 일이나……!"

"그쪽이야말로 길 잘못 들지 마! 이쪽은 드워프의 길 같은 건 머
리 부딪친단 말야!"

두 사람의 대화에 「하, 하」 규칙적인 숨을 쉬면서 여신관의 입에
웃음이 흘렀다.

비좁은 지하도, 밀려드는 고블린들. 필사적으로 달리는 어둠 속.

그 모든 것이 역겨운 기억을 불러일으키는 불씨가 되지만―.

―지금은, 무섭지 않으니까……요.

오히려, 이럴 때 그다지 도움이 안 되는 것이 다소 안타까울 정도
였다.

등 뒤에서 들리는 검격음처럼 고블린 놈들과 맞설 수 있는 것도
아니다.

소검이 으르렁대고, 손톱 손톱 송곳니 꼬리를 휘두른다. 고블린의
단말마가 오르고, 피냄새가 떠돈다.

―저렇게는, 될 수 없으니까요.

그 여기사처럼 잊힌 고대의 비검을 휘두르는 모습에 동경하는 바
가 없는 것도 아니지만.

그렇다고 달리면서 슬링으로 투석하기에는 아직 수련이 부족하다.

기적은 아까 휴식을 하면서 한 번 써버렸으니까 아껴두고 싶고—.

—횃불도, 이 두 사람과 함께여서는 자신을 위한 것이다.

아무래도 색적이라는 의미에서, 흄의 동그란 귀는 엘프의 귀를 당해낼 수가 없다.

이렇게 되면 이제 넘어지지 않고 머리를 부딪치지 않도록 조심하여 진지하게 달리는 수밖에 없다.

거기까지 생각하고, 여신관의 볼이 풀어졌다.

—익숙해졌네요.

정말이지, 고블린 퇴치를 하는 와중에 그런 걸로 고민하다니. 이래서야 긴장감이 부족하다.

적재적소. 지금은 자신이 나설 차례가 아닌 것뿐. 해야 할 일을 하고, 생각하는 건 나중이다.

"—늘 있는 일이지만, 끝이 없군."

"히약!"

그래서 「좋아」 하고 다시 긴장을 다짐한 참에 들린 말에, 여신관은 무심코 소리를 내버렸다.

물론 그 목소리의 주인이 말하는 건 언제나 고블린에 대해서이며, 그녀의 속내에 대해서가 아니다.

그러나 신관장의 설법에 집중하지 않았을 때, 어쩌다가 문답의 상대로 지명된 기분이었다.

두근두근. 힘차게 뛰는 작은 심장을 진정시키려고 심호흡을 한 번.

힐끔, 어깨 너머로 등 뒤를 보자, 검붉은 피로 지저분해진 철 투구가 이쪽을 향해 달려오는 모습이 보였다.

손에는 못 보던 녹슨 검. 방패가 피에 젖어 있는 걸 보니, 맨손일 때 방패로 때리고 빼앗은 것이리라.

그리고 그의 더욱 뒤에는 리자드맨 승려의 기다란 목이 있다. 눈알을 빙그르 돌리고 한쪽 눈을 감았다.

―다행이야.

"두 분 다 무사해요!"

여신관은 숨을 내쉬고, 앞서 가는 두 사람에게 외쳤다.

엘프 궁수의 기다란 귀라면 말하지 않아도 알겠지만, 그녀는 전달하는 게 중요하다고 생각했다.

그 증거로 늘씬하게 뻗은 손이 휙휙 흔들리자, 여신관은 살짝 고개를 끄덕였다.

그렇다면, 다음으로 할 일은 상황 확인.

"……수, 많은가요?"

"흘러 들어온 놈들치고는."

고블린 슬레이어는 싸움 직후인데도, 여신관의 물음에 흔들림 없이 대답했다.

"그러나 방랑부족^{트라이브}이라고 부를만한 수는 아니다. 척후를 하다가 길을 잃은 것인지도 모르겠다만."

"그러면, 무리의 본체가 있는 걸까요……?"

그렇다면, 그걸 쳐야 하리라. 그러나― 그렇다면 어디에? 찾을 방법은…… 아니다.

"일단 눈앞의 고블린을 해치우고, 이 지하도를 나가는 게 먼저.

네요."

"그래."

고블린 슬레이어는 고개를 끄덕이고 한 마디 덧붙였다.

"맞다."

"하하하, 발을 묶고자 버티면 어떻게든 되는 법이겠네만."

콱콱. 피와 내장의 냄새를 맡고 하얀 숨결을 거칠게 뿜어내는 리자드맨 승려가 발톱으로 돌바닥을 찬다.

"이제 슬슬, 소승의 심장도 데워진 참일세!"

"바깥에 나가면, 또 다시 식어버릴 텐데요?"

그러니까 무리는 금물. 조금 긴장하면서 쓴 소리를 하자「이거 당했군!」하고 대답한다.

"제법 할 말을 하게 되시었군. 이거 참으로, 소승도 단련을 쌓아야겠네."

"그, 그렇지는 않아요……!"

야유하는 투의 말을 듣고 쑥스러움에 느슨해지던 볼을 억지로 긴장시켰다.

지금은 겸손도 수치도, 하고 있을 만한 상황이 아니리라.

"어쨌든지, 얼른 정리를 하고 싶군."

─이건, 역시.

어쩐지 고블린 슬레이어에게서 마음이 들떴다고 해야 할지, 위화감이 느껴진다─.

"다들, 머리 조심하거라아!"

그러나 그런 생각에 잠겨 있을 틈도 지금의 여신관에겐 없었다.

드워프 도사의 묵직한 소리가 들린 곳 앞에는 무심코 눈이 동그래질 정도로 낮은 천장이 있었다.

아무 특색 없는 지하도라 해도 흄이나 엘프, 리자드맨에게는 치명적인 함정이다.

"드워프의 길은 너무 좁아……!"

전혀 속도를 줄이지 않고 화살처럼 뛰어드는 것은 하이 엘프 정도나 되어야 하리라.

땅바닥에 쓰러지는 게 아닐까 싶을 만큼, 앞으로 기울인 자세로 달려가는 그녀는 신록의 색을 띤 바람이다.

여신관은 몸을 굽혀서 필사적으로 뒤따라가는 수밖에 없다. 석장이 걸리지 않도록 짧게 잡았다.

가녀린 체격은 마녀나 검의 처녀와는 비교도 안 되지만, 이럴 때는 참으로 편리하다―.

"이거야, 원……! 참으로……!"

그야말로 땅을 기는 도마뱀 같은 모습의 리자드맨 승려는 아무래도 조금 힘든 모양이다.

여신관은 그에게 맞추어 속도를 늦추며, 상황을 전달하고자 소리를 높였다.

"고블린 슬레이어 씨!"

"횃불을 다오."

"네!"

딱 맞는 호흡으로 내민 손에 여신관이 타오르는 횃불을 건네는 것은 한순간도 걸리지 않는다.

촥. 발을 미끄러뜨리며 속도를 늦춘 고블린 슬레이어가 또 다시 최후미로 돌아간다.

다소 천장이 낮은 것은 고블린에게 아무런 문제도 되지 않는 것이다.

"GORGOGGBB!!"

"GBB!! GOROOGBB!!"

그러나 수가 줄어도 기세가 줄지 않는 고블린 놈들은 모든 것을 자기들 좋게 해석한다.

저 커다란 녀석은 얼빠지게도 이 정도의 길에 걸려 버린 게 틀림없다.

덩치만 크고 머리가 나쁘다. 덩치가 큰 놈은 느림보에다 바보라는 게 세상의 이치다.

뭉개버려라. 죽여라. 지금까지 이 녀석들이 해온 일을 똑같이 해줘라.

그리고 너희들이 이 녀석 탓에 고생하는 사이, 나는 흄의 소녀나 엘프 소녀를 받아가마.

—이 따위 생각을 하고 있겠지만.

"활을 가진 놈이 없는 게 다행이군."

고블린 슬레이어는 어리석은 — 결코 용감하지 않다 — 선두의 고블린을 방패로 때렸다.

"GOROGB?!"

코가 뭉개져서 지저분한 피를 뿜으며 날아가는 고블린이 후속의 동포를 끌어들이며 넘어졌다.

안면을 누르며 몸부림치는 동료라 해도, 고블린 놈들에게는 그저 방해물에 지나지 않는다.

짓밟고, 매도하고, 걷어찬다. 다시 말해서 몇 초 동안, 앞서 가는 모험가에 대해서는 머리에서 빠져나간다.

시간 벌이는 이걸로 충분하다.

"작별이다."

고블린 슬레이어는 타오르는 물의 병을 횃불과 함께 내리치고, 얼른 길에서 뛰쳐나왔다.

등 뒤에서 작은 병이 깨지는 소리와 함께, 고블린의 절규, 타오르는 불꽃의 열기.

"너무 그렇게 활활 태우지 좀 마……!"

그리고 앞에서는 허리에 손을 대고 있는 엘프 궁수의 푸념이 그를 맞이해 주었다.

고블린 슬레이어는 철 투구 안에서 시선을 좌우로 돌려, 여신관, 리자드맨 승려, 드워프 도사를 확인.

아무래도 낮은 길을 빠져 나온 앞에는 아직도 이 드워프의 도시가 펼쳐지는 모양이다.

복잡하게 쌓인 폐허의 그림자가 우뚝 선 것이 어슴푸레한 불빛에 떠올라 잘 보이고 있었다.

여신관이 이미 다음 횃불에 불을 붙인 것을 보니 정말이지—.

—상당히, 익숙해졌군.

묵묵히 선 듯 보이는 고블린 슬레이어에게 엘프 궁수가 귀를 흔들며 펄펄 화를 냈다.

"바람의 정령이 적으니까 숨 막히잖아."

"……그리 쉽게 일어나는 일은 아니다."

깊은 숨을 내쉬고, 고블린 슬레이어는 한 마디로 내쳤다.

"《파이어 볼트》를 70발쯤 쏘아내기라도 하면 다르겠다만."

그게 뭐야? 엘프 궁수는 항의하고자 입술을 삐죽거렸지만, 나온 말은 전혀 다른 것이었다.

"—또 온다! 서둘러!"

"GROOROOGB……!"

용도 그렇고 고블린도 그렇고, 녹색 피부의 괴물 놈들이 끈질긴 것은 과연 어째서일까?

불덩어리가 되면서도, 불의 벽을 뛰어넘어 밀려드는 고블린 놈들.

그것은 역시 용기 따위가 아니라— 그저 분노에 날뛰는, 혹은 명청한 녀석과는 다르다는 오만함 탓이다.

드래곤을 똑같이 취급하면 숨결을 쏟아내도 불평할 수 없으리라.

동료를 짓밟으면서 밀려드는 혼돈의 무리를 확인하고, 고블린 슬레이어는 낮게 신음했다.

"간다."

"말할 것도 없느니라— 이쪽이로다!!"

모험가들은 드워프 도사의 호령에 따라, 숨을 정돈할 틈도 없이 다시 달렸다.

피아의 전력 차이를 따져보면, 단순하게 고블린 슬레이어 일행이 유리하리라.

그렇지만 상대의 수가 모두 얼마인지 알 수 없다. 그리고 고블린의 수와 비교해서 모험가들의 체력은 유한하다.

지상으로 나올 때까지 고블린을 죽여야 하겠지만, 시간을 들일 수는 없으리라.

뭔가 필요하다. 뭔가— 그렇다. 길을 알고 있는 것 이상의 무언가.

그리고 그것은, 가는 길에 펼쳐진 거대한 절벽이란 형태로 나타났다.

물론 드워프 도사가 모두를 이끌고 있으니, 그 길에 잘못이 있을 리 없다.

드워프의 지하도시를 깊게 베어내며 펼쳐진 그것은 거대한 어떤 수로 같은 것이었을까?

만약 모험가들 중 누군가가 나락을 들여다보았다면, 식어서 굳어 둔탁하게 빛나는 검은 금속을 보았으리라.

그곳은 훨씬 오랜 시대, 드워프의 노에 아직 불이 끊이지 않았던 무렵에는 녹은 쇳물의 강이었다.

그리고 도시에 뭔가 흐르고 있는 이상, 필연적으로 그것 또한 당연히 존재하고 있었다.

난간은 낮고, 폭은 넓다. 삐걱삐걱 소리를 내며 공기의 순환에 흔들리는 그것은 금속의—.

—구름다리!

"떨어뜨려요!"

지형의 이점을 얻었다. 맨 먼저 외친 것은 여신관이었다.

"아아, 정마알!"

옆에서 엘프 궁수가 탄식과 함께 땅속에서 하늘을 우러르며, 쓸데없는 행동에 한 수를 소비했다.

"술법을 쓸 때로군."

© Noboru Kannatuki

그리고 고블린 슬레이어의 결단은 역시 언제나 망설임이 없다.

"선조님에게 혼쭐이 나겠구먼……!"

"이미 고블린이 들어앉은 시점에서 설교는 각오해야지!"

"맞는 말일세."

등 뒤에서 밀려드는 고블린의 무리를 간과하면, 그것에야말로 선조들도 화를 내리라.

드워프 도사는 표정을 찌푸리고서, 짧은 팔다리를 바삐 움직여 구름다리를 건넜다.

일이 이렇게 되면 선도할 필요도 없으니, 그 머리 위를 훌쩍 엘프 궁수가 뛰어넘었다.

"어차피 떨어뜨릴 거니까, 되도록 한가운데까지 끌어들인 다음에 떨어뜨리고 싶네……!"

"동감이다."

"암, 그렇고말고……!"

이렇게 되면 전위 두 사람은 다리 위의 기사가 되고자 버티고 서서 고블린의 앞길을 막는다.

"GOBGOB!"

"GRG! GORB!!"

손마다 잡다한 무기를 들고 밀려드는 고블린의 무리.

단단히 만들어진 철의 다리라도, 전장이 되면 격렬하게 흔들리고 출렁거리는 법이다.

발소리에 맞추어 끼이익 새된 비명을 지르는 다리 위에서, 일단 모험가들의 방패와 손톱이 울부짖었다.

"GRROGOB?!"

"GROB?!"

"칫……!"

갈고리 손톱에 양단된 고블린. 목을 얻어맞은 고블린 앞에서 고블린 슬레이어가 혀를 한 번 찼다.

녹슨 검을 아무렇게나 난폭하게 휘둘러댄 탓인지, 날을 세우지 못하고 검신이 부러졌다. 꼴사나운 공격이다.

─집착했다고 생각하지는 않는다만.

그는 망설임 없이 자루를 돌려 역수로 쥐고, 치켜든 짧은 칼날을 아래로 때려 박았다.

"GGOBGRGG?!"

부러진 직검이라도, 이렇게 억지로 쑤셔박으면 목숨을 빼앗기에는 충분하다.

고블린 슬레이어는 목에 박힌 검을 놓고, 고블린의 손가락을 걷어차 부수어 곤봉을 빼앗았다.

"샤아아!!"

"GOROOGBB?!"

그 찰나, 그의 머리 위를 지킨 것은 크게 휘두른 리자드맨 승려의 기다란 꼬리였다.

근육과 뼈의 덩어리는 무시무시한 위력의 채찍이 되어, 고블린의 갈비뼈와 내장을 한꺼번에 부수고 날려버렸다.

"GOBOBRG?!"

"GRRG! GOBRO!!"

얻어맞은 고블린은 이미 다 죽어간다. 그리고 그 질량과 기세는 고스란히 강대한 무기가 되었다.

토사물을 뿌리면서 다리 위를 굴러간 고블린이 후속과 부딪쳐서, 몇 마리 고블린을 넘어뜨렸다.

그리고 자신을 방해하면, 목적보다도 상대에 대한 매도를 우선하는 것이 고블린이다.

"하하하, 소귀 살해자 선생도 무기를 소중히 다루게 된 것인가?"

"나도 시도 때도 없이, 무기를 던지는 건 아니다."

"GBBORGB?!"

고블린 슬레이어는 무심한 손놀림으로 곤봉을 던져, 장애물^{시체}을 하나 추가했다.

"필요할 때뿐이다."

"그러신가."

리자드맨 승려가 송곳니를 드러내며 웃었다. 고블린 슬레이어의 철 투구가 세로로 흔들린다. 때가 됐다.

꾸물거리며 다리 위에서 뒤엉킨 고블린 놈들에게서, 두 모험가는 펄쩍 뛰어 물러났다.

그리고, 동시에—.

"《자비 깊은 지모신이여, 어둠 속 길 잃은 우리들에게 성스러운 빛을 베푸소서》!!"

땅속에서마저 하늘 높은 곳에 닿는 기도가 낭랑하게 울려 퍼지고, 찬란한 빛이 혼돈의 어둠을 쫓아냈다.

누구에게 허가를 구하지 않고도, 지금이 호기라는 것을 읽어낸 여신관은 망설이지 않았다.

그녀가 치켜든 석장에는 지모신이 밝힌 빛이 깃들어, 고블린 놈들에게 평등하게 쏟아져 내렸다.

"GOBOG?!"

"GBGRR?!?!"

치켜든 석장에서 쏟아져 내리는 빛에, 고블린 놈들이 안면을 누르면서 아우성치고 몸부림쳤다.

눈가에서 뚝뚝 지저분한 눈물을 흘리는 모습은 가엾지만, 그러나 자비를 베풀 가치는 없으리라.

고블린에게 손을 내밀어 봐야 돌로 머리를 후려갈긴다는 것은 이 자리의 모두가 알고 있었다.

그리고 끌려 나오고, 발이 묶이고, 그리고 「홀리 라이트(성스러운 빛)」로 멈추어, 다리의 중앙.

"잡았구나……!!"

동료들이 펄쩍 뛰어 피한 것을 보자마자, 드워프 도사의 손바닥이 철썩 철교를 때렸다.

머나먼 고대에 선조가 놓았을 철교가 그 순간 크게 뒤틀리며 으르렁거렸다.

"《흙의 정령(노옴)아, 흙의 정령(노옴). 통을 돌려라. 휘휘 돌려라, 돌려서 놓아라》!!"

나사가 튕겨나간다. 철근이 휘어진다. 사슬이 늘어나 끊어진다. 강선이― 뿌득 소리를 내면서 끊어졌다.

사방세계에서 가장 강대한 힘 중 하나인 중력의 손이 고블린과 함께 드워프의 다리를 움켜쥔 것이다.

"GOBRG?!"

"GOBOBROR?!?!"

이미 당황해 봐야 어쩔 도리가 없다.

오랜 옛날, 이 녹슨 쇳물의 길에 붉디붉게 빛을 뿜는 것이 흐르고 있을 무렵과 비교해서— 과연 어느 쪽이 나은 것일까?

고블린 놈들은 벗어날 수 없는 나락으로 순식간에 끌려 내려간다. 비명마저도 길게 꼬리를 끌지 않았다.

왜냐하면 고블린 놈들의 단말마 따윈 원수를 멸하는 드워프 다리의 함성 앞에서 지워지는 법이다.

차디차게 식어 굳어버린 흑철에 다리가 격돌하는 굉음은 그야말로 뇌명 같았다.

바닥이 우르르릉 흔들리며 잔해가 춤추고, 저 높은 천장에서도 먼지가 후두둑 춤추며 떨어졌다.

무심코 여신관이 「히약」 하고 소리를 내며 몸을 움츠리고, 엘프 궁수는 견디지 못해 귀를 막고 웅크렸다.

그런 소녀들 옆에서 리자드맨 승려와 고블린 슬레이어를 맞이한 드워프 도사가 자랑스럽게 코웃음을 쳤다.

"나는 신비의 불을 섬기는 자로다. ……생명의 창조주라 하며 으스대야 했을꼬?"

"……뭘 엘프처럼 말하고 있어."

"다물거라. 바보 녀석 같으니."

대장장이 신이 천벌을 내릴걸. 엘프 궁수가 푸념했지만, 드워프 도사는 단숨에 웃어 넘겼다.

그로서는 선조가 만들어낸, 위대한 철교의 마지막에 더 관심이 있는 모양이었다.

동방의 식물로 만들어진 스키틀^{호리병}을 흔들자 출렁, 미덥지 못한 물소리가 났다.

드워프 도사는 그 마개를 뽑아서 계곡 아래 누워 있는 다리를 향해 술을 촤 뿌렸다.

"벌꿀주, 사과주, 혹은 뿌리주라도 좋으니…… 생명의 물이 없으면 못해먹겠구먼."

그렇게 말하고, 드워프 도사는 얼마 안 남은 술을 단숨에 벌컥 마셨다.

횟술―이 아니라, 뭐든 구실 삼아서 마시는 것뿐이네요. 여신관은 후우, 숨을 내쉬었다.

그러면 걱정 없다. 술을 마시는 것이 드워프란 것이며, 마시지 않는 드워프는 드워프라 할 수도 없으니까.

"다리를 떨어뜨려버렸는데, 돌아가는 길은 있을까요?"

"뱀의 길은 뱀이 알고, 드워프의 길은 드워프가 아느니라."

그것에 드워프 도사가 술 방울을 수염에 묻히면서 답했으니, 걱정은 없으리라.

자신이 혼자 여기에 있으면 어떻게 할 수도 없겠지만― 다행히 동료가 있다.

그 일원으로서 자신도 열심히 탐색을 했고, 여차할 때 기적을 행사하고, 모두 무사하다.

여신관은 응, 응. 하나씩 손가락을 꼽아 세어보고 뭔가 납득했는지—.

"······좋아!"

하며 주먹을 쥐고, 일단 자신이 한 역할에 납득했다.

요즘 들어서 자주 하는 그 동작을 리자드맨 승려가 눈웃음을 지으며 바라보는 것은 알아채지 못했다.

알아채 버리면, 분명 그녀는 움츠리고 부끄러워할 테니 리자드맨 승려도 말할 셈은 없었다.

대신 그는 고블린 슬레이어를 바라보며 즐겁게 혀를 날름거렸다.

"돌아가는 길은, 분명히 빙 돌아가게 되시겠군."

"상관없다."

고블린 슬레이어는 짤막하게, 그러나 확실히 말했다.

"갔다가 돌아오는 것을, 그리 서두르는 여행이 아니다."

누가 가산을 팔아 치우는 것도 아니다. 그렇게 중얼거린 말의 의미는, 여신관은 알 수 없었다.

§

눈물이 또르르 떨어질 만큼 눈부시다는 것이 어느 정도일까? 여신관은 이제 와서 통감했다.

어두운 드워프의 지하도시를 빠져 나온 그녀가 처음 본 것은 백색, 이라고 말하는 수밖에 없었다.

아침해인지 저녁해인지도 알 수 없는 그 백광이 마치 얼음 파편처

111

럼 눈을 찌른 것이다.

견디지 못하고 팔로 얼굴을 가려서, 아프고 번지는 눈동자를 보호하며 눈꺼풀을 깜박거리기를 반복했다.

어째선지 기묘한 무지개색의 안개가 꿀렁거리며 떠돌아, 초점이 맞아도 사물을 보기가 어려웠다.

—만약 고블린이 아직 살아 있다면.

큰일이 났을 거다. 자신의 부족함을 저주하며, 드디어 간신히 바깥을 보게 되자—.

"이거, 눈……의, 빛……인가요……?"

온 사방에 펼쳐진 은빛 세계가 마치 타오르는 것처럼 황황하게 반짝이고 있지 않은가?

고블린 슬레이어마저도 「음」 하고 신음한 걸 보면, 그 또한 예상 밖이었던 것일까?

순막을 내리며 눈을 가늘게 뜬 리자드맨 승려가 「이거 참으로」 하며 추위에 떨고, 힘든 기색으로 말했다.

"이거, 뼈가 시릴 정도로 추운 곳임에도 사막과도 같은 빛일세……."

"흐흥."

일부러 소리 내어 말하면서 엘프 궁수가 꺼낸 것은 잘게 틈을 내어 놓은 가죽제 안대였다.

그것을 그녀는 기다란 탓에 고생해가며 귀에 끈을 걸어 착용하더니, 자랑하듯 여신관 쪽을 돌아보았다.

"—어때? 이 차광기!"

"……그건, 어느 틈에 산 건가요?"

"출발하기 전에 친구한테 이런 게 있다고 들었거든. 드디어 나설 차례가 온 거지!"

좋겠지! 그녀는 가녀린 가슴을 자랑스럽게 쭉 폈지만, 저것이 하이 엘프에게 필요한 것일까?

—저래서는 상당히 시야가 좁아질 것 같은데…….

아니 하지만. 전에 한 번 써봤던 고블린 슬레이어의 철 투구도 상당히 시야가 좁았다.

그렇다면 문제없는 걸지도 모르지만……. 아니, 그래도, 하이 엘프한테는 필요 없지 않을까?

그런 것을 사다 보니, 그녀의 방이 그러한 꼴이 되는 것 같은데…….

—뭐, 즐거워 보이니까 괜찮겠죠.

괜히 쓸데없이 잘난 척하며 지적할 것은 아니리라. 그리고 무엇보다도, 여신관도 흥미가 있었다.

"나중에 잠깐 빌려주실 수 있을까요?"

"물로온! 하지만 흠은 조금 시야가 좁아질지도 몰라."

그러한 여자들 두 사람의 흐뭇한 대화를 한 번 보고서, 고블린 슬레이어는 낮게 말했다.

"……불의 냄새가 나지 않나?"

"엉?"

입가와 수염에 묻은 술 방울이 얼어붙기 전에 드워프 도사가 소매로 닦아냈다.

"코가 망가진 것은 아니더냐? 유적 안에서 막 나온 참이니 말이다."

"그럴지도 모른다. ……어이."

"어? 뭔데?"

부름을 들은 엘프 궁수는 설원에 발자국도 남기지 않고 다리를 흔들었다.

"적 탐색?"

오르크볼그도 눈부셔서 잘 안 보이는 거지! 엘프 궁수는 기다란 귀를 자신 있게 흔들고 눈에 힘을 주었다.

차광기를 쓰고 있는데도, 눈 위에 손바닥까지 올릴 필요가 있는 걸까? 여신관은 알 수 없었다.

—뭐, 즐거워 보이니까 괜찮겠죠.

반복해서 생각하고, 여신관은 납득하며 고개를 끄덕였다. 꼭 저 차광기를 빌려봐야지.

그렇지만, 그런 느슨함도 엘프 궁수의 한 마디로 바짝 긴장을 되찾았다.

"——타고 있어."

저 먼 곳을 보는 눈에 힘을 주고 귀를 기울인 엘프 궁수가 담담하고 날카롭게 말을 이었다.

"흄에게 보일지는 모르겠지만. 연기가 나. 전쟁 소리도."

"고블린인가요?"

"아니—."

엘프 궁수는 차광기 너머로 여신관을 보고, 한숨을 쉬었다.

"아닐 거야, 아마도."

"고블린이 아닌, 가."

고블린 슬레이어는 힐끔 등 뒤의 바위에 새겨진, 드워프의 것치고는 커다란 철문을 보았다.

땅 아래에 꿈틀거리고 있던 고블린 놈들과 관계가 있을까? 없을까? 아니, 이 세상에 사소한 일 따위는 없다.

나비의 날갯짓은 저 먼 곳의 폭풍이 되고, 섣불리 불태워버린 마을에서는 영웅이 나타나는 법이다.

—흥.

자신이 생각한 것이지만, 도무지 앞뒤가 안 맞는 말이었다. 의지할 생각도 없었다.

할 것인가, 말 것인가? 이 세상의 모든 것은 결국 이것이다.

"가자."

그는 곤봉을 아쉬울 것 없이 놓은 다음에 주운, 드워프제로 보이는 검을 칼집에 넣었다.

드워프의 칼은 흄에게는 어중간한 길이지만, 고블린 슬레이어에게는 익숙한 길이다.

익숙한 길이라고 생각했었—는데.

"——?"

아마도 오랜 옛날의 누군가가, 북방에 사는 누군가가 제작을 부탁했으리라.

그가 잡고 있는 것은 참으로 두껍고, 길고, 묵직한, 장대하다고 해야 마땅한 장검이었다.

여신관에게는 다소— 아니, 대단히 기묘하고 익숙지 못한 광경이었다.

반사적으로 붙잡았을 때는 그렇다 쳐도, 그가 불평하지 않고 그것을 허리에 찼으니까.

무심코 고개를 갸웃거리고 눈을 깜박거린 것 또한 무리가 아니었다.

"해의 위치와 산의 형태로 짐작하건대."

리자드맨 승려가 혀를 내밀었다.

"목적지인 도시도 이 근처일걸세."

"지금부터 가도, 도착할 무렵에는 전부 끝났을 것 같지만 말야."

엘프 궁수가 차광기를 이마로 밀어 올리며 말했다.

"어찌되었건."

고블린 슬레이어는 단정적으로 말했다.

"가지 않는다는 선택은 없겠지."

모험가들은 부정하지 않았다.

재빨리 고개를 끄덕인 그들은 최악, 눈을 차면서 경사면을 달려갔다.

열심히 달리는 사이, 여신관도 지금이 저녁이고 저 타오르는 듯한 빛이 저녁놀이라는 것을 알 수 있었다.

선도하는 엘프 궁수의 발자국 — 비유다. 하이 엘프는 눈을 밟지 않는다 — 을 따르며, 하얀 숨결을 뱉는다.

말없이 달리는 고블린 슬레이어의 등을 보며, 좌우, 후방, 늦어지는 기색의 리자드맨 승려를 신경 쓴다.

그러는 사이에 여신관의 눈에도, 몇 줄기 피어오르는 검은 연기가 보이게 되었다.

연기의 근원은— 도시다.

그것은 지금 그녀들이 달려 내려가는 바위산을 등지고, 눈과 나무들과 바다가 둘러싸고 있는 도시였다.

——항구도시.

여신관은 그것을 태어나 처음 보았다. 어촌이나 물의 도시하고는 전혀 다르다.

살짝 높은 구릉에는 돌로 만들어진 신전이 있고, 집들은 뒤집어놓은 배와 비슷한 삼각형의 초가지붕.

작은 만에는 나무 부두가 튀어나와 있고, 본 적이 없는 길쭉한 범선이 여러 척 머물러 있었다.

그러나, 이국의 경관에 넋이 나갈 여유는 여신관에게는 없었다.

정연하게 늘어선 배들 사이로, 억지로 비집고 들어온 배가 여러 척 항구에 파고들어 있었다.

그리고 거기서 뛰쳐나온, 역시 본 적 없는 장비의 전사들이 도시를 공격한다.

도끼를 휘두르고, 검을 휘두르고, 통이나 상자를 빼앗고, 그리고 소녀들을 들쳐 메고 배로 달려간다.

"사람을, 납치해서—?!"

그렇게 말하다가, 여신관은 눈을 깜박거렸다.

틀림없는 약탈이다. 고블린들의 그것을 몇 번이나 보았다. 틀림 리 없었다.

그런데— 그러나.

소녀들이 꺄꺄 좋아라 소리를 지르며 약탈자의 목을 끌어안아 매달리는 모습은 본 적이 없다.

볼을 저녁놀과 다른 장밋빛으로 물들이고 볼에 입맞춤을 하는 모습은 상상도 하지 못했었다.

"어, 에—. ······어·········에에?!"

혼란과 수치로 볼이 붉어졌다. 그래도 발을 멈추지 않은 것은 칭찬받아 마땅한 일이리라.

차츰 보이는 그 광경. 약탈자들이 지르는 승리의 함성, 남자들의 분한 목소리, 처녀들의 환성.

"······저거 뭐야? 여자애들, 엄청 기뻐하는데?"

—그랬던 것이다.

"영문을 모르겠어."

엘프 궁수가 한없이 웅변적으로 말했다. 그녀의 표정도 마찬가지였다.

잡혀서 끌려가는 소녀들 자신이 꺅꺅, 기뻐하며 남자들을 끌어안는 것이다.

거기서 펼쳐지는 것은 틀림없는 만행인데도, 고블린의 그것과는 전혀 달랐다.

"아—. ··········저것은, 신부맞이 같은 것일세······."

리자드맨 승려가 추위 탓에 대단히 느릿한 목소리를 내면서, 느긋하게 기다란 목을 돌렸다.

"신부맞이?"

머리에 물음표를 떠올리면서 한 말은 이상한 음조가 아니었을까?

상황과 인식의 차이를 사고가 따라잡지 못했다. 신부맞이. 신부맞이? 결혼식?

"소승의 향토에 있는 것이네만, 딸이 잡혀갔으니 어쩔 수 없이 결혼을 인정하는 풍습이라네."

"어쩔 수 없이라니……."

"그렇고말고."

엘프 궁수가 기겁하는 시선을 보내지만, 기다란 목은 당연하단 듯 위 아래로 흔들렸다.

"신부를 빼앗을 수 있는 무위, 벗, 지혜의 증거. 이 정도로 분명한 것이 없지 않은가?"

"……그러니까."

엘프 궁수의 목소리가 뾰족해졌다.

"네 아내는, 잡혀오는 거야?"

"모두 그런 것은 아닐세. 허나 그만큼 그 신부를 바랐다는 것이니, 대개 부부 사이는 원만하지."

"문화가 달라……."

푹 고개를 숙이는 엘프 궁수를 보고, 드워프 도사가 감출 생각도 없이 껄껄 웃었다.

여신관도 어쩌면 좋을지 몰라서, 매달리는 것처럼 고블린 슬레이어를 보았다.

뭐라고 해야 할까— 긴장 했다가, 그걸 풀었다가, 다시 금방 긴장하고…… 그리고서 이거다.

—아무리 분위기가 마구 흔들리는 것이, 모험이라고 해도 말이죠……!

진지해져야 할지, 느긋해져야 할지, 전혀 알 수 없었다.

"어떡하죠……?"

"……이야기를 들어봐야겠지."

고블린 슬레이어는 몇 초 정도 입을 다문 다음, 그렇게 조용히 말했다.

"어쨌든지요?"

"어쨌든지다."

그리고— 모험가가 경사를 달려서 내려왔을 무렵에는 예상대로 모두 끝나 있었다.

항구에서 유유히 배가 철수하여 돌아가고, 남은 사람들은 분한 기색이지만 심각한 기색은 아니었다.

불꽃과, 피. 전쟁의 잔향이 떠돌고, 무너진 건물이나 끊어진 팔다리가 흩어져 있는 가운데에서는 어울리지 않는 모습이다.

여신관은 비틀비틀 술에 취한 것 같은 감각에 빠지면서도, 어떻게든 호흡을 하여 숨을 정돈했다.

그도 그럴 것이, 이쪽에서만 도시를 발견한 것이 아니다.

저쪽도 이 전쟁을 하는 와중에 구릉을 내려오는 수상쩍은 파티의 존재를 발견한 것이다.

지저분한 갑옷의 전사, 이교의 신관, 그리고 엘프에, 드워프에, 리자드맨이 모인 일당.

모피를 입고 도끼를 손에 들었으며 근육이 다부진 남자들에게서, 날카로운 시선이 여신관의 작은 몸에 꽂혔다.

—인식표는—.

쓸 수 없다. 이 땅에는 모험가 길드가 아직 없다. 모험가 따윈 신원이 분명치 않은 무뢰배들이다.

여신관은— 과거 사막에서도 느꼈던 것과 비슷한 긴장 탓에 무심코 가슴팍에 댄 손을 꾹 쥐었다.

사소한 동작마저도 주저하게 된다.

무기를 손에 든 사람들과 다섯 명의 이방인이 마주보았다.

뭐가 계기가 되어 모든 것이 나쁜 방향으로 흘러가게 될지 상상도
되지 않았다.

신들이 마른침을 삼키며 주사위 눈을 지켜보는 것도 당연한 일이
리라.

《숙명》과 《우연》, 그리고 기도하는 자의 의지와 행동의 결과는 누
구도 읽어낼 수 없는 것이니까.

어떡할 거야? 엘프 궁수가 날카롭게 중얼거렸다. 리자드맨 승려
는 입을 다물었고, 드워프 도사는 어깨를 으쓱거렸다.

"…………남쪽의 왕국에서 왔다."

맨 먼저 움직인 것은, 고블린 슬레이어였다.

그는 그 한 마디로 모든 것을 설명할 수 있다는 것처럼 잘라 말하
고, 그리고 한순간, 주저했다.

"모험가다."

대답은 없었다.

전쟁의 흥분을 아직도 강하게 드러내는 남자들은 술렁거리며 무
슨 일인지 알고자 낮은 목소리로 속삭인다.

여신관은 석장에 매달리듯 손을 미끄러뜨렸다. 어떻게 되든, 대응
할 수 있도록.

시선을 좌우로 움직일 여유는 없지만, 동료들도 그러고 있으리란
것은 짐작할 수 있다.

잠시, 지나서— 짤그락. 금속이 스치는 소리가 나고 군중이 둘로 갈라졌다.

나타난 것은 한 명의 젊은 아가씨였다.

무릎 아래까지 내려오는 훌륭한 흑철의 사슬 갑옷을 입고, 손에는 방패와 두꺼운 창날의 강철 창.

그래도 숨길 수 없는 우미한 능선을 그리는 가슴에서 이어지는 허리는, 가는 끈으로 꽉 조여 놓았다.

허리띠에는 흑철의 열쇠 꾸러미가 그야말로 신분을 증명하는 것처럼 짤그락거리며 매달려 있었다.

그리고 그 훌륭한 조각 같은 몸 위에는 눈보다도 하얗고 아름다운 얼굴.

정성스레 땋아 놓은 눈부신 금색으로 반짝이는 머리칼— 분명히 옅은 다갈색 머리칼이다. 눈동자는 호수처럼 깊은 녹색.

한쪽 눈을 뒤덮은 것처럼 천이 감겨있지만, 그것도 그녀의 미모를 해치지는 못한다.

여신관은 「와」 하고 숨을 삼켰다. 눈길을 빼앗겼다, 라고 말해도 되리라.

그도 그럴 것이 하이 엘프 말고, 이 정도로 아름다운 사람을 본 것은 지고신의 대주교 이후 처음이었다.

갑옷의 모양 따위는 다르지만, 전쟁의 여신을 그대로 묘사하면 이렇게 될 것 같았다. 그런 여성이었다.

머리칼 사이로 드러난 액관을 보면, 고귀한 지위의 여인이 틀림없다.

그리고 그 아리따운 여성은, 일동을 돌아보며 살며시 장밋빛 입술

을 풀었다.

여신관은 꿀꺽 마른침을 삼키고, 자신의 자세를 바로 잡으며 등을
쭉 펴고—.

"까마댕이 멀기서 잘 오십서. 여 오죽잖은 덴데, 마 펭기 시이소."

"……에."

무심코, 엉뚱한 소리를 내버렸다.

"아가, 서방님아^{이야, 서방님께 이야기는 들었습니다만.}헌티 이바구 들었는디, 가악중에 친척이 오가가^{난처하게도, 갑자기 친척이 찾아오고} 머어하다 아임니꺼.^{말았어요.}"

부지근해가 열없심데이— 라고 말을 하지만^{소란스러워서 부끄럽네요}, 여신관은 도무지 알 아들을 수가 없었다.

선도해주는 아름다운 여인이 쑥스러운 기색으로 볼을 긁적이는 모습을 보니, 부끄러워하는 것일까?

그리고 아무래도, 그녀는 이 영토를 맡고 있는 인물의 안주인, 아 내라고— 하는 것 같다.^{후스프레이야}

그리고 그녀의 어조를 들어보니, 아무래도 이 전쟁은 역시 그리 당황해서 허둥거릴 일도 아닌 모양이다.

—늘 있는 일, 이라는 것 같은데요.

짱짱하게 밟아서 다진 흙의 땅을 걸으면서, 여신관은 당혹을 감출 수가 없었다.

그것은 이 이향(異鄕)의, 커다란 농원처럼 보이기도 하는 불가사 의한 거리 경관 탓이 아니다.

여기저기 팔다리가 흩어져 있고, 피가 스며 나오고, 시체나, 부상 자의 기척 때문도, 아니었다.

전쟁을 한 다음인데도 불구하고, 커다란 축제 뒤처럼 즐겁게 정리를 하는 사람들.

그리고— 명랑하게 논하는 안주인의 그 말 때문이었다.

신화에 이르기를, 바람 되는 교역신이 말을 만드시고 지혜의 신이 문자를 만드셨다.

그것이 널리 사방세계의 모든 말을 가진 자가 쓰는 공통의 말과 문자인데—.

—그러니까, 그 이전부터 말은 있었다는 거죠.

그것이 엘프어든, 드워프어든, 혹은 이런 북방 사람들의 말이든.

여신관도 변경에서 태어나고 자랐다. 다소의 방언은 익숙한 데다가 이해도 한다.

그러나 이 정도로 이질적인 공통어는 처음 들었다. —사막의 백성은 교역신의 은총이 두터웠던 것이다.

"어긋지기가……." (이방인이군)

"저 펜수 바라. 꺼죽하다 않나……." (저 두목을 좀 봐라. 볼품이 없구만)

"씨디잖은 소리해라. 전사는 매꼬롬하이가 아이다. 뚝심아이가." (시답잖은 소리를 한다. 전사는 차림새가 아니야. 뚝심이지.)

"낡아가 배도 드베르그 검이라카이. 깔끔밧은 기로 했다." (낡았지만 드베르그의 검이잖아. 좋은 걸 가지고 있구만.)

"저가 노푼 내가 찐 잔등 넘구가 온 기야 영척없다." (저 높은 영봉의 산을 넘어서 온 틀림이 없지.)

"나랏님아랑 겉은 향리서 왔다쿠대……." (나랏님이랑 같은 향리 녀석들인가)

"긇타카드만." (그렇지)

"에식아는, 귀댜가?" (저 여자애는, 귀댜인가)

"우리 짝 왈박대기랑 발가이 다리다." (우리 쪽 말괄량이하고는 딴판이구만)

덧붙여서 여신관의 몸이 굳어지는 이유는, 전사들의 서슴없는 시선과 낯선 속삭임이었다.

왈박대기라고 불린 선도하는 그녀가, 「이놈」 하고 말하자 전사들
이 사삭 눈길을 피했다.

무슨 야유— 친근함이 담긴 놀림을 받고서, 대화를 나눈 거라고
짐작할 수 있었다.

그러나 의미는 알 수가 없다. 자신들을 보며 하는 말의 의미도.

이교이기 때문에 희한하게 보는 건지, 젊은 소녀라고 얕보는 건지
도 알 수 없다.

물방울 모양의 투구를 쓴 전사들은 드워프를 풍채 그대로 두면서
흄으로 바꾼 것 같은 풍모였다.

근육이 불끈거리며 듬직하고, 수염이 났다. 둥그런 바위가 움직이
는 것 같기도 했다.

여신관으로서는 기묘하게도, 뿔이 돋은 투구를 쓴 사람은 없었다.

북방의 야만족이라고 하면, 그림책에서는 언제나 그런 식으로 그
려지고 있는데—.

"용이가."
용이다.

"저그야 도마배미제."
저건 도마뱀이지.

"바꾸 본새가 지질긋다."
생긴 게 험악하구만.

"저가 저 애씨, 바라. 저가 알브 아니가……?"
저기 저 아가씨, 봐라. 저거, 알브 아니야

"긇쿠다. 알브가 있네……."
그러게, 알브가 있구만

"……선녀맨추다."
선녀같구만

"허덜시리 이쁘쿠네. 배기만 혀도 소름이 디비진다……."
어마어마하게 미인이구만. 보기만 해도 소름이 돋아

그리고 전사들은 물론, 불탄 흔적을 치우는 주민을 포함하여 주목
의 대상이 된 것은—.

말괄량이

"우음, 추위가 사무치는구려……."

"더 뻣뻣하게 서서 걸어. 다들 보고 있잖아."

터버덕터버덕 독특하게 걷는 리자드맨 승려와— 그 옆에서 춤추듯 걸어가는 하이 엘프다.

아름다운 머리칼을 나부끼면서 희한한 기색으로 여기저기 살피는 모습이지만, 어디까지나 우아하고 아름다웠다.

놀라운 것은, 그 옆을 걸으면서도 뒤지지 않는— 이 북방의 왕비이리라.

"절므이라. 미안심더."

젊은이들이라. 죄송해요.

"에이~ 그냥 흔히 볼 수 없으니까 그런 거지. 북방에는 이제 하이 엘프는 거의 다 유세에 가 버렸으니까."

남아 있는 씨족도 그다지 주거지역에서 나오지 않거나, 완전히 사람과 섞여 버렸고.

당사자인 엘프 궁수는 주목을 받는 것에 익숙하다는 수준을 넘어서, 공기처럼 받아들였다.

여신관은 부럽다고 생각하면서, 살며시 그녀 뒤에 숨어 자신에게 오는 시선을 막으려고 했다.

평소부터 이 친구가 아름다운 것은 알고 있었지만, 정말 세속과 동떨어진 미모다. 절실할 정도로 생각했다.

"드워프는 별로 신경 안 쓰나 본데?"

"그야, 우리는 이 근처에 사는 녀석들한테 무기를 팔기도 하느니라."

그에 비해, 느긋하게 흙 길을 걷는 드워프 도사는 자주 다닌 거리를 가는 것처럼 편한 분위기다.

이 파티 안에서 가장 견문이 넓고, 그런 의미에서 어른은 그였다.

북방에도 몇 번인가 온 적이 있는가 했는데—「그것은 아니고」하며 그가 웃었다.

"같은 강철의 신을 모시지 않느냐? 흄과 드워프이니 사촌…… 아니구나, 육촌쯤은 될 게야."

"아아, 대장장이 신님……."

여신관이 고개를 끄덕끄덕했다. 신을 섬기는 몸으로서는 당연히 배운 적이 있는 신 중 하나였다.

그렇지만, 여신관도 그다지 많이 아는 것은 아니다.

오래되고, 무시무시하고, 그리고 수수께끼가 많은 신이라는 건 기억하고 있었다…….

—고블린 슬레이어 씨는…….

어쩌고 있을까? 여신관은 스윽 시선을 흘려서 싸구려 철 투구를 찾았다.

처음에 나섰기에 파티의 리더로 판단된 그는, 그 안주인 바로 뒤를 따르고 있었다.

주변 사람들의 속삭이는 소리 따위 신경 쓰는 기색도 없이, 평소처럼 성큼성큼 거침없는 발걸음으로—.

——어라?

무심코 여신관은 고개를 갸웃거렸다.

고블린 슬레이어의 투구에 달려 있는 닳아빠진 장식천이 평소보다도 많이 흔들리고 있다.

아니, 아마도 투구 자체가 이쪽저쪽을 보고 있는 것이다.

불타버린 집들, 혹은 건재한 집. 그리고 나아감에 따라 우뚝 선 신전.

그 모든 것에 그가 눈길을 보내고 있는 것이다. 경계를 하고 있는 걸까? 여신관은 긴장했다.

"……벽돌인가 했는데, 아닌 모양이군."

그런 것이 신경 쓰이는 건가요?
"그칸 가가 아다시푸소?"

안주인은 투명한 미모에 산뜻한 미소를 지으며, 장밋빛 입술에서 아름다운 소리를 자아냈다.

맞아요. 이탄이죠. 딱히 놀랄만한 건 아닙니다.
"기요. 이탄이지예. 배랑 놀랄기는 아님더."

"그렇군."

고블린 슬레이어는 참으로 만족스럽게 고개를 끄덕였다.

"이탄이었군."

그리고 「듣는 것과 보는 것은 큰 차이가 있는 법이다」 하고 그는 철 투구 안에서 중얼거렸다.

그의 목소리는 낮지만 무기질적이지도 담담하지도 않았다. 여신관은 눈을 깜박거렸다.

"그러면, 저것은?"

이어서 고블린 슬레이어는 불쑥 손가락을 뻗어, 거리 너머에 우뚝 선 그림자를 가리켰다.

여신관의 기억이 옳다면, 저곳은 분명히 항구 방향이었을 것이다.

항구에 서 있는 거대한— 나무로 만들어진 탑치고는 작고, 망루치고는 가는 무언가의 그림자가 뻗어 있었다.

탑도 망루도 아니라면 뭘까? 여신관에게는 아무리 봐도 「팔」처럼 보이는— 무언가.

"아아, 한 다리끼하지예. 저가 크레인임더." 아아. 재미있죠? 저건 기중기랍니다.

그러자 안주인이 생긋 웃으며, 마치 자기 일처럼 기뻐하며 찰싹 손뼉을 쳤다.

"배에거 짐 부리는 긴데, 서방님아가 수도에도 잡은기 있다고, 갤추 줬어예." 배에서 짐을 내리는 건데. 서방님이 수도에도 같은 것이 있다고. 가르쳐 주셨어요!

들어보니, 어방진 짐이라도 작대기가 필요 없어서 참으로 편하다 고 한다. 커다란 짐 지게

안주인은 살며시 허리에 차고 있는 열쇠 꾸러미를 어루만지고, 손 짓과 몸짓을 섞으며 설명해 주었다.

덕분에 여신관도 어떻게든 항구에 있는 그것이 짐을 올리고 내리 는 장치라는 걸 이해했다.

"호에……."

여신관이 조금 넋 나간 소리를 흘리면서, 거대한 나무 팔이 짐을 붙잡는 모습을 상상했다.

그것은 참으로 현실과 동떨어진 광경이었다. 마술 같은 것이 아닐 까 생각하지 않을 수 없다.

물론 안주인의 말을 아무래도 다 이해할 수가 없어서, 틀린 부분 이 있을지도 모르지만…….

"그렇군."

고블린 슬레이어는 다시 한 번, 「그렇군」 하고 중얼거리더니 고개 를 끄덕 움직였다.

"참으로 흥미롭다. 그러면—."

여신관은 바짝 정신을 차렸다. 석장을 단단히 쥐고서 입을 열었다.

"저기, 그게, 고블린 슬레이어 씨……?"

"뭐지?"

"신경 쓰이는…… 건가요?"

"그래."

철 투구가, 망설임 없이 깊숙하게 위 아래로 움직였다.

"대단히 신경 쓰인다."

그에게서 처음 들어보는 목소리. 어떻게 대답하면 좋을까? 여신관은 말문이 막혔다.

그에 비해 안주인은 여신 같은 얼굴에 자애를 드러내면서, 기쁜 기색으로 눈웃음을 지었다.

그렇게 신경 쓰인다면, 나중에 가보시겠어요?
"그래 아다 시푸면, 난제 가 보실라요?"

"꼭 부탁하지."

고블린 슬레이어의 말은 평소처럼 결단적이었다. 여신관은 다시 눈을 깜박거렸다.

"그러나, 일단 인사부터 해야 한다."

그러나, 다행히도 여신관의 당황은 금방 사라졌다.

생각해보면 그럴 때가 아니었다, 라고 해야 할까?

안주인이 멈춰서고, 그리고 고블린 슬레이어가 멈춰선 곳은 어전의 대문 앞이었다.

여기가 서방님이 있는 본채의 현관입니다.
"여가 서방님아 있는 스칼리가 현관임니더."

—이 너머에…….

이 땅을 다스리는 영주님이 있는 것이다. 여신관은 꿀꺽 마른침을 삼켰다.

그런 그녀의 긴장을 간파한 것처럼, 안주인의 깊은 눈동자가 장난
스럽게 반짝였다.

"모험가 여러분, 마 들어오시소."
<small>─모험가 여러분. 부디, 들어오세요.</small>

여신관은, 다시 정신을 바짝 차렸다.

§

"보이소, 서방님아. 모험가님아 오싥지예."
<small>실례합니다. 서방님. 모험가 님이 오셨어요.</small>

"오오, 그쿠다. 안들아. 욕 봤다."
<small>오오. 그월군. 안주인. 정말 고생했어.</small>

"짜다라 맹키로 아임더."
<small>이 정도는 아무것도 아니에요.</small>

"아짐찮다. 자, 머이 불 찌이라. 날이 칩다. 에식아는 몸이 상그라
면 둘지모나다 했다."
<small>고맙군. 자, 일단 불을 쬐도록 해.   날이 추워.   여자들은 몸이 식으면
건강에 안 좋다더군.</small>

"예……."
<small>네</small>

고개를 숙인 안주인이, 서방님아, 민지럽다……하고 볼을 붉히며
작게 속삭였다.
<small>서방님도 참. 이럴 때</small>

허리에 찬 열쇠 꾸러미를 살며시 손가락으로 매만지는 동작에서
느껴지는 것은 사랑스러운 마음이다.

─아무래도, 부부 사이는 참으로 원만……하신 모양이네요.

어슴푸레한 건물 안이다. 그래도 여신관은 허둥지둥 몸을 굳히면
서, 작게 심호흡을 했다.

북방 야만족의 왕. 아니, 영주나, 족장, 그렇게 부를지도 모르지
만…….

─무시무시한 무변자가 있으니까 가면 안 된다고 겁을 주고 그랬

거든요.

―그러니깐요. 약탈이다~ 한대요.

여신관의 머릿속에서, 그것은 수염이 돋아난 험상궂고 무시무시한 거한으로 그려지고 있었다.

분명히 왕만 뿔이 돋아난 투구를 쓰고 있을 게 틀림없다. 그리고 갑옷도 입고 있고…….

애매모호한 인상이 험상궂고 무시무시한 고대의 왕의 모습을 취하는 것보다 빠르게, 저벅저벅 발소리가 울렸다.

고블린 슬레이어가 겁먹지 않고 발을 옮긴 것이다.

"와, 와……!"

다른 모두가 이어서 움직이는 것보다도 더욱이 한 박자 늦게, 여신관도 허둥지둥 앞으로 나아갔다.

저택― 스칼리^{본채} 안이 어슴푸레한 것도 당연했다.

이탄을 쌓아 올려 만들어진 집 안에는 창문 같은 것이 전혀 없었다.

굳이 찾아보자면 삼각 지붕에 천창이 있었지만, 그곳에는…….

―무슨, 가죽……일까요?

흐릿하게 비쳐 보일 정도로 얇은 짐승 가죽이, 착 붙어 있었다.

그렇지만, 불빛이 전혀 없는 것은 아니었다.

여신관은 방의 바닥이 흙바닥이고, 중앙에 있는 커다란 불구덩이가 활활 불을 머금고 있는 것을 깨달았다.

그 덕분에 따뜻한 것이리라. 그리고 불구덩이를 끼고서, 벽 앞에 긴 의자가 늘어서 있었다.

상자와 비슷하게 생겼으니, 수납도 겸하는 것이리라.

—변경에서도. 흔히 보이죠…….

여신관은 이방에서 자신이 아는 것을 발견한 것에 안도하여, 조금 볼이 풀어졌다.

저녁 식사 때는 분명히, 저 긴 의자에 모여 앉아서 불구덩이를 둘러싸고 식사를 할 게 틀림없었다.

"자, 이짜로 오시소."

여신관이 안주인의 안내를 받으며 건물 안을 관찰한 것은, 시간이 듬뿍 있었기 때문이다.

그도 그럴 것이 선두를 걷는 고블린 슬레이어가 발걸음은 결단적이지만 여기저기에 눈길을 주고 있었다.

덕분에 여신관도 이 이방의 건물 안을 꼼꼼하게 살펴볼 수 있었다.

"……마치, 배 안 같네."

"그렇네요."

여신관은 소곤소곤 엘프 궁수에게 속삭였다.

"지붕은, 거꾸로지만요……."

이윽고 안내를 받은 곳은 기다란 의자 한 가운데, 불구덩이 정면의 가장 높은 좌석이었다.

폭이 넓고 깊이도 충분해서 리자드맨 승려도 편히 앉을 수 있을 정도였다.

파티는 서로의 얼굴을 마주본 다음, 고블린 슬레이어를 중앙에 두고 나란히 의자에 앉았다.

모피 깔개 위에 무릎을 모으고 나란히 앉아서, 위를 올려다보자—
상석을 사이에 두고서 두 기둥이 있었다.

다른 기둥보다도 훨씬 굵고 훌륭한 그 기둥에는 미려한 필치로 신들의 모습을 새겨 놓았다.

여신관이 보기에, 외눈과 외다리의 험상궂은 남신은 무시무시한 대장장이 신이리라. 또 하나의 신은—.

—여신, 님……?

지모신인지 전쟁의 여신인지 알 수 없는, 무위와 자비를 아울러 갖춘 신비로운 여신이었다.

"안들아(안주인.)."

"예(네)……."

그리고 안주인은, 불구덩이 너머에서 들리는 부름에 고개를 숙이고 조용하게 그쪽으로 걸어갔다.

여기가 스토바(거실)이고, 우두머리가 있는 장소가 언트베(상석)이라고 불리는 것을, 여신관은 꽤 나중이 되어서야 알았다.

그러나 이때도, 그녀는 자신이 앉아 있는 이 위치가 의미하는 것을 분명히 이해하고 있었다.

다시 말해서— 옥좌의 맞은편.

여신관은 어둑함과 불구덩이의 불꽃, 하얀 연기 너머를 긴장한 표정을 지으며 바라보았다.

상고의 전사들이 이룬 무훈이 짜여 있는 호화로운 직물(태피스트리).

시산혈해 위에 선 건장한 전사가 전사들의 영혼을 잡아먹으려는 빙신(氷神)의 딸에게서 옷을 빼앗는 모습.

훗날 왕이 될 사나운 젊은이가 맨손으로 무시무시한 괴물을 억누르고 팔을 부러뜨리는 모습.

그 이야기 사이에 언뜻 보이는, 무시무시한 쌍검을 쓰는 다크 엘프 탐색자와 벗이 되는 모습.

얼음과 불의 노래가 채색한 직물 아래에는 그야말로 그림에 그린 듯 커다란 몸집의 남자가 앉아 있었다.

모피의 장화, 양모의 바지. 흑철의, 자락이 짧은 사슬 갑옷. 모피의 외투, 허리띠의 고정구는 청동이다.

그리고—.

"이야. 잘 와줬어. 모험가 제군들. 남쪽에서 여기까지 왔으면, 꽤 몸이 식었겠지."

사나운 회색 늑대 같은 생김새의 젊은이가 송곳니를 드러내듯 친근한 웃음을 짓고 있었다.

"아……."

공통어. 사투리가 아니다. 수염도 안 났다. 옆에 놓인 투구에도 뿔은 돋지 않았다.

토방(土房)에서 칼자루 위에 왼손을 올리고 앉은 모습은 북방 야만족의 수장이라기보다는—.

"이쪽의 기사인가."

"전에는 그랬지."

고블린 슬레이어의 단정적인 말에 젊은 수장이 쾌활하게 응답했다.

"무훈을 세웠고, 인연이 좋았지. 몇 해 전에 이 땅이 왕국에 더해질 때…… 장가를 들었어."

이게 다, 자애로운 어둠의 어머님이 맺어주신 은혜랍니다.
"이기 오만 자애롭은 어둠의 어매님이 맫치주신 은혜임더."

수장 곁에 선 안주인이 눈웃음을 지으며 — 아마도 볼을 물들이고

— 작게 고개를 끄덕이는 걸 알 수 있었다.

분명 여행을 떠나기 전에 그런 이야기도 들었다. 아직 모험가가 뿌리내리지 못한 땅이다.

따라서 시찰한다. 이것이 의뢰의 취지였지만, 그래도 여신관으로서는 눈이 뒤집힐 일이었다.

"자애로운 어둠의 어머니— ……기학신(嗜虐神)인가요……?!"

사악하다, 고 말할 수는 없다. 그렇지만 그것은, 명백하게 혼돈에 소속된 신의 이름이었으니까.

고통을 존중하고, 사람을 상처 입힌다. 다크 엘프가 숭배하는 혼돈의 신. 꺼림직한 이름이다.

안주인이 갸우뚱 — 생각해 보면 나이는 여신관과 별 차이 없으리라 — 고개를 기울였다.

어째서 놀라는 것일까? 하는 그녀에 비해, 수장은 껄껄 유쾌한 소리를 내며 웃었다.

"하하하. 나도 처음에는 그랬었지. 하지만 고난이 가득한 이 땅에서는 선한 신이야."

"하모예. ^{그럼요. 전쟁의 여신님도.} 전장의 여신님도, ^{자애로운 어둠의 어머님을 섬긴 적이 있다고} 자애롭은 어둠의 어매님을 거친했었다 ^{해요.} 함니더."

"아, 에……."

그것은 대장장이 신에 대한 일화가 아니었던가? 여신관은 당황을 감추지 못하고 눈을 깜박거렸다.

아까 본…… 신부맞이 같은 것, 서로 죽이는 것을 태연하게 받아들이고 있는 기풍도 그렇고…….

나쁜 방식으로 취하는 술을 마신 것처럼, 머리가 어질어질해서 현기증마저 느끼는 것 같았다.

이문화의 충격에 당하지 마라. 이것을 표어로 삼는 곳도 있다 들었지만.

"내 아버지가 이쪽 수장…… 선대에게 신세를 진 인연으로, 마신이 나왔단 얘기를 듣고는 도우러 왔었지."

그 뒤에 돌아갈 생각이었다고 하는 그 남자는 「이야, 어쩔 수 없더군」 하면서 껄껄 웃었다.

"반한 쪽이 진 거니까. 아주 꽉 잡혀버렸어."

"아요, 서방님아……!"

역시, 사이가 좋아 보인다. 안주인이 수장의 소매를 끄는 모습에, 허둥지둥 고개를 숙여 버렸다.

"바쁜 모양인데, 시찰 자체는 상관없나?"

"브루드라우프는 매번 있는 일이야. 나도 처음에는 놀랐지."

고블린 슬레이어에게 응답한 북방 수장의 말은 『바쁜 모양』에 대한 것이리라.

"그리고 폐하께 시찰 얘기를 꺼낸 건 이쪽이니까. ……뭐, 아직 겨울은 지나가지 않았지만."

씨익 웃은 그가 오른손을 불쏘시개에 뻗으려는데, 안주인이 그걸 말리고 대신 불구덩이를 뒤집었다.

타닥. 불똥이 튄다. 수장이 안주인에게 뭔가 속삭이고, 그녀가 고개를 숙인 것을 확인하고서 말했다.

"어쨌든지, 리자드맨이 온다는 얘기는 듣지를 못했어. 일단은 몸을 데우시게.”

“오오, 이것은 참으로 고마운 일일세……!”

말 그대로 달려드는 것처럼, 깃털 외투를 두른 리자드맨이 불구덩이 쪽으로 몸을 내밀었다.

옆에 앉은 엘프 궁수가 어쩔 수 없다고 말하듯 미소를 짓고 살짝 옆으로 비켜 앉았다.

불에 더 가까운 편이 그에게 좋을 게 틀림없으니까.

“여관 같은 것은 없지만, 잠자리는 집을 하나 준비해 놨지. 마음껏 쓰게나.”

“밥은 어찌 하면 되겠는고?”

빈틈없는 드워프 도사의 물음에 장단을 맞추듯 젊은 수장이 씨익 웃었다.

“주조신의 위광이 닿지 않는 장소는 없고, 드레카가 없는 땅도 없는 법이지.”

“드레카라는 것은…….”

드워프 도사가 수염을 매만졌다.

“술의 이름인고?”

“술을 마시는 것. 다시 말해서, 연회다.”

별 것도 아니란 것처럼 수장이 말했기에, 여신관도 한순간 의미를 이해 못했다.

눈을 깜박인 다음, 연회, 연회? 말이 머릿속에서 맴돌아 뜻을 이루었다.

손님이 왔으니까 연회를 연다. 그건 좋다. 좋기는 한데—.

"저, 전쟁을 한 다음이 아닌가요……?"

"개안심더."

무심코 자리에서 일어서려고 했던 그녀에게 안주인이 손을 흔들며 말했다.

"전장 담에 드레카 거판시리 하는 기야, 운수 비는데 가름한 기라예."

"이것이, 이쪽의 기풍이야."

이 정도로 놀라면 몸이 남아나질 않는다. 젊은 수장의 눈에도 장난스런 빛이 반짝였다.

"상대 쪽도 마찬가지야. 잡아간 처녀들을 내놓으라고 쳐들어간 사자가 술에 취해 엎어졌을 테니."

"그러니까 매수를 당했다는 게구먼."

"에에……."

여신관이 무심코 소리를 내며 눈길을 줬지만, 드워프 도사는 싱글싱글 웃기만 하여 이해할 수가 없었다.

그리고 괜히 깊숙하게 한숨을 내쉰 수장이 어쩔 수 없다며 고개를 좌우로 흔들었다.

"잡혀가서, 사자까지 매수를 당해서 어쩔 수 없으니, 화려하게 혼인의 연회를 여는 것이지."

—무, 문화가…… 너무 달라…….

정신을 똑바로 차리지 않으면 쓰러져 버릴 것 같은 여신관 옆에서, 싸구려 철 투구가 깊숙하게 세로로 흔들렸다.

무심코 그녀는 매달리는 심정을 담은 눈으로 그를 보았다.

이상한 모험가 취급을 당하고 있지만, 그는 실제로는 무척 상식적이다. 그렇다. 전술이야 그렇다 쳐도―.

"참으로 흥미로운 이야기군."

여신관은, 무심코 지모신의 이름을 마음속으로 불렀다.

§

"어, 관광할 거야? 안 쉬고?"

그렇게 한 차례 인사가 끝나고 연회 준비를 하는 사이, 준비해준 집 안.

불구덩이에서 두 번째로 가까운 긴 의자를 자기 잠자리로 정한 엘프 궁수가 기다란 귀를 쫑긋쫑긋 흔들었다.

크기는 수장이 앉아 있던 스칼리와 비교하면 작지만, 그래도 꽤 좋은 집이라는 걸 알 수 있었다.

어느 정도인지는 긴 의자에 깔려 있는 짐승 가죽의 품질을 보면 일목요연한 것이다.

"나는 보러 갈 생각이다."

흥미롭게 여기저기를 바라보고 있던 고블린 슬레이어가 철 투구를 끄덕 흔들며 말했다.

그는 짐을 집 안쪽의 식량저장고로 보이는 흙바닥에 풀썩 내려놓고, 태연하게 말했다.

여신관이 돌이켜보니, 마지막으로 휴식다운 휴식을 한 것은―.

―그 지하도시에 들어가기 전의 동굴, 이네요…….

"에엑……."

엘프 궁수가 소리를 내면서 추욱, 긴 의자에 늘어졌다. 소리를 낸 것도 무리가 아닌 것 같았다.

이미 그녀는 짐을 팽개치고, 외투를 벗고, 양말과 장화도 벗어서 맨발을 드러내고 있었다.

완전히 푹 쉴 생각으로 돌입하고 있는 참에 이러니, 뭐어…….

"저, 저는 함께 가려고 해요……!"

그에 비해서 여신관은 이제 막 짐을 내려놓은 참이었으니, 힘을 다해 소리를 높였다.

어쨌든 이것은 의뢰이며, 일이며, 모험인 것이다. 도시 모습을 잘 봐둬야 하리라.

그리고— 호기심이 없다고 하면 거짓말이다.

물의 도시도, 엘프의 마을도, 눈 내린 산도, 바다도, 드워프의 성 채 터도, 사막의 나라도, 이 땅끝자락도.

—모험가가 되지 않았다면, 분명히 한평생 찾아오는 일이 없었을 테니까요.

그렇다면, 역시 지금 이 순간에도 뭔가 놓치고 있지 않을까? 생각 한다.

그런 식의…… 아깝다는 마음이, 분명히 여신관의 가슴에 등불처 럼 타오르고 있었다.

물론, 나이 차이가 큰 친구처럼 전부 내팽개치고 긴 의자에 드러 눕고 싶다는 욕심도 있지만.

"우…………."

그리고 그 엘프 궁수는 눈에 보일 정도로 그 게으른 욕구와 싸움을 펼치고 있었다.

긴 의자 위에서 우~ 우~ 신음하며 데굴데굴 뒤척이는 사이, 엎드린 자세가 되어 이쪽을 보았다.

그녀가 올려다보는 시선을 보낸 곳에는 묵묵히 장비 점검을 하면서 준비를 하고 있는 고블린 슬레이어의 모습이 있었다.

생각할 것도 없이, 앞으로 몇 초도 안 되어 그는 준비를 마쳐 버릴 것이다.

여신관도 대단한 장비가 아니라지만 허겁지겁 차림새를 바로잡는 것에는 익숙했다.

그리고 분명히 다음에 거는 말은 「갈 건가, 말 건가」라는 짤막한 물음이다.

"……그러면, 갈래."

드디어 승리를 손에 넣은 엘프 궁수는 막 깨어난 고양이처럼 주섬주섬 상체를 들어올렸다.

대단히 귀찮은 기색으로 짐에 손을 뻗어서 다른 양말을 꺼낼까 고민하고, 본래 양말을 끌어당겼다.

그 늘씬한 하얀 발을 장화에 밀어 넣으면서, 그녀는 투덜투덜 중얼거렸다.

"다음 기회 같은 게 있을지 알 수가 없으니까."

"엘프라면 있지 않겠느냐?"

드워프 도사를 보니, 불구덩이를 살피는데 열심이다. 거기서 움직일 생각도 없는 모양이다.

"없어."

엘프 궁수가 코웃음을 쳤다.

"조금 눈을 뗀 사이에, 다들 사라져 버리잖아."

"제행무상일세."

그리고 엘프 궁수가 비워준 불구덩이와 제일 가까운 자리에서, 리자드맨 승려가 절실하게 기다란 목을 흔들었다.

실내에 들어와서 드디어 한숨 돌릴 수 있었다. 그리하여 몸을 둥 그렇게 말고 있는 모습은 그야말로―.

―용, 이네요.

사막에서 본 진짜 용이 잠에 빠진 모습이 분명히 이런 모양이었다.

"괜찮으세요?"

엘프 궁수가 얼굴을 비비면서 외투를 걸치는 틈에, 여신관이 물어 보았다.

불구덩이 옆에 자리를 잡은 두 사람의 동료는 움직일 생각이 없는 걸까? 두고 가는 것은 조금 마음에 걸렸다.

"짐을 볼 사람이 필요하지 않겠느냐?"

씨익 이를 드러낸 드워프 도사는 「그리고」라며, 짐에서 소도구를 꺼내고 말했다.

"연회다~ 하면, 이쪽도 조금은 준비가 필요한 것이니라. 비늘 친구도―."

"소승은, 난로를 쬐어 혈류를 데우고 싶다네……."

"이 꼴이니라."

그렇네요. 여신관이 쓴웃음을 섞으며, 반쯤 안도하여 볼을 풀고 고개를 끄덕였다.

여기는 이방이다. 이곳의 사람들을 의심하는 것이 아니라, 여행자의 관습으로 짐 지키는 사람은 필요한 법이었다.

그리고 몸이 안 좋은 동료 곁에 누군가 있어주는 것도 마음이 든든한 일이다.

"정말로 괜찮아?"

엘프 궁수도 같은 생각을 했는지, 반쯤 놀리면서 빼꼼 리자드맨 승려의 얼굴을 들여다보았다.

"뭐, 이 정도로 절멸했다면, 소승들의 혈맥은 끊겼을 테니 말일세."

"바위가 녹을 정도로 지하 깊숙한 곳에 파고들었거나 그런 거잖아? 추위, 못 견딜 거 아냐."

"으으음."

찍 소리도 못 하는 리자드맨 승려에게 엘프 궁수는 까르르 소리를 내며 웃었다.

"그러면, 나중에— 연회 때일까?"

"그때까지 돌아오지 못한다면, 뭔가 뱀의 눈이라도 나왔다는 것일 게지."

"흠."

그때까지 묵묵히 준비를 하고 있던 고블린 슬레이어가 소리를 흘렸다.

"그러면 다녀올 거다만."

"상관없느니라. 신경 쓰지 말고 좋을 대로 보고 오너라."

그래. 획획 흔드는 투박한 손바닥을 보고, 철 투구가 끄덕 세로로 움직였다.

문이 밖으로 열리자 여신관은 황급히, 모자를 꾹 눌러쓴 엘프 궁수는 산뜻하게 뒤를 따랐다.

—아아, 벌써, 해가…….

어쩐지 실내도 어두컴컴하더라니, 여신관은 눈을 깜박였다.

밤하늘이 파랗다는 것을 여신관은 처음 알았다.

바다가 눈앞에 있기 때문일까? 아니면 하늘의 별들이 어긋나 있는 탓일까?

쌍둥이 달이 별들과 함께 춤추는 하늘을 보고 하아, 하얀 김을 내뿜었다.

어쩐지 모르게 손을 입 앞으로 대고, 데우는 것처럼 숨을 내쉬는 것이 즐거웠다.

"우우, 추워, 추워어……."

"정말로, 춥네요……."

엘프 궁수는 그 기다란 귀를 모자로 쏙 덮어놓고, 부르르 몸을 떨고 있었다.

저 모자를 보는 건 지난 겨울 이후 처음인데, 아무래도 방구석에 파묻혀 있지는 않았던가 보다.

어울린다고 말하자, 엘프 궁수가 「고마워」라며 한쪽 눈을 감고 까르르 웃었다.

—그렇지만, 정말로, 춥다…….

지나치게 추우면 차갑다거나 아프다를 넘어서 숨이 막히는 모양이다.

어째서 고블린 슬레이어는 태연하게 경치를 보고 있는 건지, 여신관은 신기했다.

그도 그럴 것이, 자신은 사슬 갑옷을 입은 채 나온 건 실수가 아니었는지 조금 후회하고 있었기 때문이다.

무척이나 소중하게 쓰고 있는 사슬 갑옷이라도 이 북쪽 나라에서는 묵직하기 짝이 없고, 그리고 싸늘한 것이다.

—나중에 손질을 제대로 하지 않으면, 분명히 얼어붙어 버리겠죠.

추운 땅에서는 강철도 물러진다. 그렇기에 이 땅에서는 대장장이신을 숭배하는 거라고 옛날에 들었다.

철은 땅속에 잠든다. 다시 말해서 지모신의 은혜라고 할 수 있으니, 여신관도 조금은 배운 것이다.

물론 강철의 비밀은 심오하다.

아주 약간 가르침을 들은 정도로는, 생각하는 것마저도 주제넘을 정도다.

일단, 손질하는 법은 고블린 슬레이어 씨한테 물어보면 될까요? 아니면…….

—왕비님도, 임금님도, 사슬 갑옷을 입고 있었죠—.

어머나, 무슨 일이시죠?
"아가, 무인 일이심꺼?"

그때 들린 아름다운 악기 같은 음성이야말로, 그 안주인의 것이었다.

§

어두운 밤하늘, 눈 속, 그 아름다운 금색과 백색의 여성은 온화한 미소를 지으며 서 있었다.

아까 전에 본 모습은 그야말로 전쟁의 여신과도 같았지만, 이렇게 보면 지모신 같기도 하다.

이미 전쟁의 차림새는 풀었고, 그녀는 양모로 잘 마무리한 드레스와 앞치마를 두르고 있었다.

가슴 부분이 크게 트여서, 아까 전까지 사슬 갑옷에 눌려 있던 풍만한 유방의 능선과 하얀 피부가 보였다.

그러나 근사한 자수가 들어간 쇼울 덕분에 음탕하지 않고 추워 보이지도 않았다.

드레스와 앞치마에도 자수로 문양이 그려져 있었다. 상당히 수고로웠을 것이다.

그리고 여전히 허리에 차고 있는 열쇠 꾸러미. 그것은 무척 훌륭한 것이었다!

역시 대장장이 신의 신앙이 두터운 땅이라고 해야 할까? 검은 흑철의 열쇠에는 섬세한 공예가 세공 되어 있었다.

아름다운 금발을 스카프로 감싼 그녀의 차림새는 수도의 귀족하고는 방향이 다르긴 하지만……

―예쁜 사람이네요…….

여신관은 무심코 하얀 숨을 내쉬었다. 북방의 야만족이라는 말을 듣고서는 상상도 못하리라.

안주인은 그런 여신관의 표정에 하나만 드러난 눈동자로 부드럽게 웃으며, 자신이 안고 있던 천을 내밀었다.

모포를 가지고 왔어요. 여러분에게 이곳은 무척 춥죠?
"이불 가아 왔심더. 여러분헌티 여는 몽창시리 칩지예?"

"와……! 정말 고맙습니다……!"

"지침하면 안 대임더."

기침이라도 나면 안 된답니다.

그녀가 내민 모포를 여신관이 감사하며 받았다.

양모의 직물은 모두 색채가 풍부하며, 수고와 시간을 아낌없이 들인 상등품이었다.

—뭣보다도, 아주 따뜻해 보여요……!

끌어안는 것처럼 들어보기만 해도 푹신푹신하고, 밤에 잠드는 것이 기대된다.

여신관은 거듭 인사를 하고, 지금 막 열었던 문을 통과해 안에 있는 두 사람에게 모포를 맡겼다.

리자드맨 승려가 「이것은!」 하며 꼬리로 바닥을 때리는 모습에 웃으며, 손을 뒤로 돌려 문을 닫고서—.

"밤의 나라를 보고 있었다."

그렇게, 고블린 슬레이어가 중얼거리는 것이 들려서 여신관은 무심코 움직임을 멈추었다.

"어둠과, 밤의 나라를."

그는 소록소록 눈이 내리는 가운데, 길의 한가운데 가만히 서서 멍하니 하늘을 올려다보았다.

철 투구에 하얀 눈이 쌓이는 것도 개의치 않는 모습은 어린 아이가 언제까지고 별을 바라보는 것 같기도 했다.

헤아릴 수 없으리만치 반짝이는 그것을 바라보며 눈에 힘을 주고, 하나씩 헤아리는 것을 즐기는 어린아이다.

"어두운 숲, 회색의 구름, 검은 강, 쓸쓸한 바람, 끝없는 산."

그렇게 하나씩 말한 그는, 그제야 처음으로 철 투구를 돌려서 안주인과 시선을 맞추었다.

"이 땅에 있는 것은 바람과 구름과 꿈, 사냥과 전쟁, 정적과 그림 자뿐이라고 들었는데…… 여러 가지 있군."

"손님아는, 노래가 듣기 좋심더. 스칼드멘추로."
<small>당신은, 노래가 능숙하군요. 마치 시인 같아요.</small>

"내 노래가 아니다."

키득키득 웃는 안주인에게 그는 평소처럼 무뚝뚝한 어조로 부정 하며 철 투구를 좌우로 흔들었다.

여신관조차도 모르는, 들어본 적이 없는 기묘한 문구였다.

"오래된 노래네."

엘프 궁수가 뭐라 말하기 어려운 기색으로 중얼거리는 것에도, 「그런 건가요?」 하고 대답하는 게 고작이다.

이국이기 때문일까? 눈이 내리기 때문일까? 아니면 밤이기 때문 일까…….

—어째서일까요……?

이 여행을 시작한 뒤부터 때때로 이렇게, 홀로 떨어져 버린 것 같 다고 생각해 버리는 건.

"연회가 시작되기 전에, 항구 쪽으로 한 번 가보려고 생각한다. 폐가 되지 않는다면."

"아가, 인지뿌터 말인교? 하모, 지도 한데 가입시더."
<small>어머나, 지금부터 말인가요? 그러면, 저도 함께 갈게요.</small>

"미안한걸."

엘프 궁수가 모자 아래서 이를 보이며 웃었다.

"왕비님한테 안내를 시키다니."

"산구 개않심더. 서리 여내 아인교."
<small>전혀 상관없어요. 서로 마찬가지죠.</small>

이렇게 안주인에게 선도를 받는 형태로, 세 사람은 눈길을 걷기 시작했다.

촌락 여기저기에서 아직도 모락모락 검은 연기가 오르고 있었다. 무너진 집이나 돌담을 고치는 사람들도 많았다.

그런 그들이, 길을 걷는 안주인을 볼 때마다 작업을 멈추고 고개를 숙이는 것이다.

그리고 안주인이 생긋 웃으며 인사를 하면, 뒤따르는 자를 의문스럽게 생각하면서 작업을 하러 돌아간다.

"인망이 있으시군요."

"아배 세상배리고, 자석은 내빼에 없었심더."
<small>아버님이 돌아가시고, 아이가 저밖에 없었으니까요.</small>

아적도 두디기가 있는 기 아인데. 안주인은, 어쩐지 쑥스러운 기색으로 마을 사람들을 보았다.
<small>아직도 요람에 있는 게 아닌데.</small>

"코눙그……."
<small>왕</small>

그렇게 말하려다가, 안주인은 당황해서 말을 바꾸었다.

"고디라 케도, 본디 대표라 안 함께. 그러칩 자리한 기도 아임니더."
<small>두령이라고 해도, 자유민의 대표자인걸요. 그렇게 훌륭한 사람도 아니에요.</small>

"그래도『모두의 소중한 아이』가, 외부인을 안내하면 걱정은 하잖아. 고마우면서도 귀찮지만."

엘프 궁수가「다 안다니까」하면서, 친근함이 담긴 어조로 놀렸다.

"있지."

길 위에 쌓인 눈을, 하이 엘프가 괜히 걷어차면서 말을 꺼냈다.

"이쪽에서 모험가는 어떤 취급이야? 그 부분부터 잘 모르거든."

"아가……."
<small>어머나</small>

안주인은 쓴웃음을 지었다.

"우녘에서는, 도독이나 얌세이지예."
<small>북방에서는. 도둑이나. 도적이군요.</small>

"무법자 취급이라는 건가요……."
<small>로그</small>

여신관은 추위에 곱은 손가락을 입술에 대고, 하아 숨을 뿜으면서 고개를 끄덕였다.

그런 법이리라. 아마도. 여신관도, 실감이 있는 것은 아니지만.

애당초 모험가 길드라는 것이 무뢰한을 나라가 관리하기 위해 세운 조직이라고 들었다.

다시 말해서 그게 없으면 모험가는 무뢰한들이며— 다시 말해서 「직업」이 아닌 것이다.

그녀가 태어나 자란 나라의 모험가들도 그런 기풍이 아직 짙게 남아 있다.

하나부터 열까지 모험가 길드에 의지하려고 하는 자들은 경시되는 법이다.

그것 자체는 여신관도 그러면 된다고 생각했다. 모험가란 그래야 한다고 생각한다.

하물며 우리 나라에서는 제법 역사가 길지만, 이 나라에는 모험가 길드가 존재하지도 않는다.

모험가란— 무뢰한들이나 다름없다.

"기요."
<small>맞아요.</small>

안주인이 실감을 담아서, 그렇지만 모험가들이 앞에 있기 때문이리라. 조금 사양하듯 고개를 끄덕이며 동의를 표했다.

"고랫적 매뚱서, 황금 그륵을 홀치낸 어주리가 있었지예."
<small>옛 무덤에서, 황금의 그릇을 훔쳐낸 멍청한 작자가 있었죠.</small>

"용이라도 나왔나?"

고블린 슬레이어가 날카롭게 반응했다. 철 투구를 움직여서 똑바로 시선을 보냈다.

—아아, 또야.

여신관은 그런 사소한 움직임도 어째선지 신경이 쓰여서 숨을 내쉬었다.

평소의 그와— 어쩐지 다르다. 그런데 뭐가 다른지는 알 수가 없다. 그것이 불편했다.

"하모예. 가다이 무시무시했심더. 오만 천지 불바다가 됐다 들었지예." <small>그야 그렇죠. 아주 무시무시했어요. 온 나라가 불바다가 됐다고 하던걸요.</small>

그렇지만 당연한 것처럼 — 당연한 것이다 — 안주인은 신경 쓰는 기색도 없이 옛날이야기를 이어나갔다.

여신관은 자신 안의 애매모호한 거뭇한 것을 떨쳐내는 것처럼, 차가운 공기를 빨아들였다.

"용은, 무서우니까요."

"배고 온맨추로 글쿠네예." <small>보고 온 것처럼 말씀하시네요.</small>

"보고 왔으니까요."

눈을 동그랗게 뜨는 안주인의 사랑스러움에, 여신관은 키득키득 웃었다.

그리고 숨겨두던 비밀을 속삭이는 어린아이처럼 살짝 가슴을 내밀며 말했다.

"무서우니까, 허둥지둥 도망쳤지만요!"

§

　여신관은, 생각해 보면 제대로 된 항구라는 것을 태어나서 처음 보는 것일지도 몰랐다.

　그렇지만 그것은 호수의 호반에 설치된 선착장과 많이 닮았다.

　해안에서 수면으로 튀어나간 부두와 거기에 이어져 있는 수많은 배들.

　배의 형태 또한, 물의 도시에서 본 곤돌라와 비슷하기에 그렇게 생각하는 것이리라.

　"와, 아……."

　그렇지만— 무엇보다도 크기가 달랐다.

　여신관이 생애 처음으로 본 『배』는 백 명은 탈 수 있을 법한 커다란 곤돌라였다.

　물론 백 명이 탈 수 있을 것 같다고 생각하는 것뿐이지. 실제로는 수십 명이 한계일지도 모르겠지만…….

　양현에 수도 없이 뻗은 노가 주르륵 늘어서 있고, 커다란 돛대가 서 있는 그것은 그저 보기만 해도 눈이 동그래진다.

　저 위에 수많은 야만족 전사가 타고, 소리를 지르며 바람과 눈보라가 휘몰아치는 바다로 나아가는 것이다.

　"굉장해."

　어린애가 꿈에서 볼 것 같은 그 광경을 그려본 여신관이 조용히 다시 한 번 중얼거렸다.

　"그래."

그리고, 옆에 서서 빤히 배를 바라보던 고블린 슬레이어가 철 투구 안에서 중얼거렸다.

"참으로, 굉장하군."

"그러침 집지김니꺼?"
<small>그렇게 재미있나요?</small>

그것을 안주인은, 살짝 쓴웃음을 짓는 것처럼 부두 위에 서서 지켜보고 있었다.

밤의 추위는 한층 더하고, 물가에 있으니 더더욱 춥지만, 그래도…….

—이걸 본 것만으로도…….

이 땅에 온 보람이 있다고, 여신관은 생각했다.

먹을 쏟은 것처럼 어두운 수면에 검디검은 배의 그림자가 어렴풋이 윤곽을 그린다.

모두 뱃머리에 용두의 세공을 새겨놓았기 때문인지, 해룡의 소굴 같기도 했다.

"네, 아주!"

여신관이 곱은 손가락에 숨을 불어넣고, 활짝 웃으며 대답했다.

"하지만, 살짝 유감스런 것도, 있기는 하지만요……."

"그렇네."

엘프 궁수가 모자에 눌린 귀를 신경 쓰면서 말했다.

"전쟁을 치른 다음이니까."

바로 그것이었다.

무사한 배가 많기는 하지만, 꽤 많은 배는 화살이 박히고 불에 탄 흔적이 남아 있었다.

다행스럽다고 해야 할까? 대파하여 가라앉은 모습의 배는 없지만, 명백하게 이제 막 전투를 마친 참이었다.

전사의 오랜 상처와 마찬가지로 흔적만 남아 있다면 모를까, 이제 막 생긴 손상은 안타까워 보였다.

"저기, 아까 말씀하신 것 말인데요. 친척이 왔다고, 하셨는데……."

여신관은 아직도 이문화의 충격에 현기증을 느끼면서, 굴러다니는 목재를 손으로 만졌다.

거기에 새겨진 상처는 새로운 것이기는 해도, 오늘 난 것이라고 보기에는 다소 오래됐다.

철 투구 너머로, 힐끔 시선이 날아오는 것을 느끼고 여신관은 고개를 끄덕였다.

고블린 슬레이어가 말했다.

"고블린인가?"

^{오르크 말인가요?}
"오르크예?"

안주인은 신기한 기색을 보인 다음, 에이 그것은 아니라고 웃으며 손을 흔들었다.

^{오르크는 머리가 약하고 울보인걸요.}
"오르크는 대갈빼기 어주리해가 짠보 아인교."

"그렇겠지."

^{늘 있는 일이랍니다. 친척이 찾아오는 것인데, 올해는 꽤 이르고, 많아요.}
"노상 하는 일임더. 친척이 오는긴데, 올개는 일쩍고 술찮심더."

"아아, 그래서구나."

모자에 눌리지 않았으면 기다란 귀가 쫑긋쫑긋 흔들렸을 엘프 궁수가 고개를 끄덕였다.

"그 사람, 다친 게 조금 신경 쓰였어. 오른팔."

"아가. 눈치 채입은교."

어머나. 눈치를 채셨군요.

안주인이 난처한 기색으로 볼을 긁적였지만, 여신관은 무심코
「어?」하고 소리를 낼 정도로 놀랐다.

"그랬었나요?

여신관은 차가운 바닷바람에 금발을 드러내면서 엘프 궁수를 돌
아보며 물었다.

"피 냄새가 났어. 오른팔만 외투로 가렸고. 애당초 전쟁에 나서지
도 않았었잖아?"

뭐 임금님의 부상을 지적하는 것도 좋지 않을 것 같아서 입 다물
고 있었지만. 하이 엘프는 별 것 아니란 기색으로 말했다.

그것은 그녀의 관찰안 덕분일까? 아니면 엘프 중에서도 고귀한
몸이라 익히고 있는 처세술인 것일까?

여신관은 어느 쪽인지 판별할 수 없었지만, 그러나 부상자를 간파
하지 못한 것은 실수였다.

마을 사람들 — 본데라고 했던가? — 이 태연하니까 가만 두고 있
었지만.

자유민

—본래였다면.

지금 당장이라도 사람들 사이에 섞여서, 상처의 치료나 부흥을 도
와야 했을 것이리라.

"서방님아는 개않심더."

서방님이라면 괜찮아요.

그런 그녀의 걱정스런 표정을 깨달았는지, 안주인이 웃으며 말했다.

"오른팔 뼈가 조깨이 다칫으예. 조깨이 시이면 개않심더."

오른팔의 뼈가 조금 상했어요. 조금 쉬면. 괜찮답니다.

"뼈……."

중요한 일이었다. 제대로 치료를 했다고 해도, 제대로 이어진다고 장담할 수 없는 것이다.

하물며 전사의 팔이라면, 이어져도 본래대로 움직인다고 장담할 수 없다.

다친 때 그 자리에, 기적을 받은 신관이 있다는 행운을 누리는 자는 그렇게 많지 않다.

수많은 모험가나 병사, 용병이 은퇴하는 이유 중 하나가 이러한 부상이었다.

그것도 이 추운 땅에서— 억센 사람들을 이끄는 두령이라면.

"기적을 받은 신관님은 안 계신 건가요?"

여신관의 시선은 배려를 담아, 안주인의 이마에 감긴 천으로 향하고 있었다.

안대로 가려진 눈동자에 상처가 있다는 것은, 안대에서 살짝 보이는 상처의 흔적으로도 짐작이 되었다.

"이기는 기학의 여신님께 디란 기니께네예." _{이것은 기학의 여신님께 바친 것이니까요.}

안주인이 아무것도 아닌 것처럼 웃음 다음, 어쩐지 쓸쓸하게 천천히 고개를 옆으로 흔들었다.

"귀다는 있는디…… 서방님아가 세우가, 말을 안 듣심더." _{무녀라면 있지만…… 서방님은 오기를 부려서, 들어주질 않으신답니다.}

"기적은 귀중하니까."

하이 엘프가 알만하단 표정으로 말했다.

"전쟁을 하는 중이라면, 왕보다는 병사란 거군."

"……그건, 목숨이 걸린 상처는 아니겠지만요."

여신관은 뭐라 말하지 못하고, 묵묵히 바다를 바라보는 안주인에게 무슨 말을 걸어야 할지 몰라 말문이 막혔다.

누구보다도 걱정하는 것은 그녀일 텐데, 주제넘은 말을 꺼내선 안 될 것이다.

이런 부분의 사정을 파악하는 것은— 아무래도 아직 미숙한 그녀는 잘 모르는 부분이었다.

수도에서 활약하고 있는 여상인이나 왕매 같은, 그런 친구들이라면 또 다를지도 모르지만—.

"……죄송합니다."

신경 쓰지 않아요. 저도 걱정이 되긴 하지만, 서방님이 벽창호거든요.
"일 없심더. 내도 걱정은 되긴 하는디, 서방님아가 악다밭이라."

"그런가."

안주인와 나누던 우울한 대화를 싹둑 자른 것은, 고블린 슬레이어였다.

그는 이미 성큼성큼 부두를 돌아다니며, 흥미롭게 이것저것 보고 들은 다음—.

"……그리고 이것이, 그 기중기로군."

해안에 설치된 커다란 목제 망루 앞에 서서, 빤히 그것을 올려다보았다.

검디 검은 밤하늘과 바다 사이에 있어도 더욱 검은, 커다란 그림자가 거기에 우뚝 서 있었다.

여신관이 내심 그려본 거대한 팔이라는 이미지는 역시 틀렸던 모양이다.

그것은 팔이라기보다도, 그야말로 용의 기다란 목 같다고 여신관은 생각했다.

"**코끼리**의 코 같은 느낌이네."

"**코끼리**?"

엘프 궁수가 중얼거린 말의 의미를 이해 못해서 고개를 갸웃거리자, 아무것도 아니라며 손을 흔들었다.

망루에는 밧줄이 수도 없이 감겨 있는 기계가 설치되어 있었다. 이걸로 짐을 올리고 내리는 것이리라.

여신관의 낸 감탄의 소리가 하얗게 김이 되고, 엘프 궁수는 「흉은 드워프보다도 이상한 걸 생각한다니까」 하고 말했다.

"짐이 무거워서 올리고 내릴 수 없으면, 포기하거나 다른 사람을 부르거나 그럴 텐데 말야."

"파이해가가는, 여 설국한테서 몬 산다 아임꺼."
_{포기해서는, 이 설국에서는 살아갈 수가 없으니까요.}

밤의 눈보라를 맞으면서, 안주인은 그것이 가을의 산들바람인 것처럼 눈웃음을 지으며 말했다.

문화와 풍습이란, 그 땅과 사람에 따라 다르게 자라나는 법이다.

사방세계의 모든 사람들이 함께 내세우는 문화란 것은, 결코 존재하지 않으리라.

이 땅에 사는 사람들은 분명히 여신관이 상상도 못하는 나날을 보냈을 것이 틀림없었다.

——그러니까, 분명히.

여신관이 놀라서 당황하는 것은, 그들의 문화가 기이하기 때문이 아니며 지극히 당연한 것이리라.

"그리고 이것이, 기중기의 조작 장치군."

"기요."
_{맞아요.}

물론, 그런 상념은 고블린 슬레이어하고는 상관없다. 그는 그 기계에 흥미를 보였다.

기중기에서 뻗은 밧줄은 부두에 설치된 거대한 장치에 이어져 있었다.

맷돌과 비슷한 그것은 훈련장에 설치해둔 커다란 나무 인형의 머리와 비슷했다.

수많은 굵은 나무 봉이 중심에서 방사형으로 주르륵 한 줄로 늘어서 돋아 있었다.

발치의 땅이 원형으로 닳아 있는 것을 보니, 이것을 잡고 밀어서 돌리는 것이리라.

"노예들이 빙글빙글 돌리는 그거네."

"기요, 스렐이지예." _{네, 노예죠.}

"그러면 밧줄이 감겨서, 짐이 올라간다——."

그것 말고도 분명히, 저 기중기 자체의 방향을 바꾸는 장치도 있을 게 틀림없다.

배를 수리해야 한다면 수많은 일손이 필요하다. 이러한 장치는 눈부시게 활약을 할 것이다.

이미 밤이라 항구에 있는 것은 자신들 뿐이었지만——.

역시 놀라운 일들뿐이다. 여신관은 거듭 생각했다.

남방의 자신들이 보기에 그들은 북방의 오랑캐지만, 이 도시를 보면 도저히 야만족이라 할 수 없으리라.

"흠……."

추위와 야음 — 별빛이 있어도 — 을 신경 쓰지 않고, 고블린 슬레이어는 장치로 다가갔다.

"밀어봐도 괜찮나?"

"개않심더. 허나…… 하문차서는 숩은 일이 아인데예?"
^{상관없어요. 하지만…… 혼자서는. 쉬운 일이 아닐 텐데요?}

"그렇겠지."

고블린 슬레이어는 고개를 끄덕이고, 그 거대한 장치의 봉을 쥐더니 꾸욱 혼신의 힘을 담았다.

물론— 장치는 꿈쩍도 하지 않는다.

지저분한 장비의 남자가 아무리 힘을 줘도, 버텨 봐도, 꼼짝도 안 한다.

잠시 지나, 그는 철 투구 틈으로 커다랗게 하얀 연기를 뱉어내며 힘을 풀었다.

"역시, 무리로군."

"그야 그렇지."

엘프 궁수가 까르르 웃었다.

"이런 걸 혼자서 움직일 수 있으려면 어지간히 장사가 아니고서야 무리야."

"그래."

하얗게 눈이 쌓인 철 투구를 세로로 흔들자, 투구에서 떨어진 것이 폴폴 바람에 날리고 밤에 흩어졌다.

"이것을 혼자 움직일 수 있는 자는, 분명히, 대단한 영걸이었음이 틀림없다."

어째서 그 목소리가 기쁜 기색으로 들리는 걸까? 여신관은 이해할 수 없었다…….

§

"좋다. 일단 이것을 가지고 있거라."

"뿔…… 인가요?"

여신관은 드워프 도사가 내민 짐승의 뿔을 빤히 흥미롭게 바라보며 받았다.

이제 곧 연회가 시작될 무렵이라 빌린 집으로 돌아와서, 스칼리로 가기 직전의 일이었다.

여신관, 엘프 궁수, 고블린 슬레이어에게 건넨 것은 언뜻 보기에 뿔피리 같은 것이었다.

"부는 입구는 없군."

그것을 뒤집어서 바라본 고블린 슬레이어가 중얼거렸다.

"잔인가."

"오냐. 그리고 뭐 검은 풀어두고—."

"그건 알고 있다."

고개를 끄덕이는 고블린 슬레이어의 허리에 그 고풍스런 드워프의 검은 없었다.

긴 의자 옆에 세워둔 그것은 불구덩이의 불빛을 받아 둔한 흑철의 빛을 반사할 뿐이다.

유적 안에서 발견한 것치고는 삭지도 않았고 녹이 슬지도 않았지만…….

"그냥 검이로다. 주문 같은 것은 하나도 없구나. 만듦새는 좋지만,

무명의 검에 지나지 않느니라."

세 명이 바깥을 둘러보는 사이에 살펴보았을 드워프 도사가 그렇게 말했다.

"카미키리마루도, 조금은 실망했느냐?"

"아니."

철 투구가 좌우로 흔들렸다.

"선생님…… 스승의 패검도 그랬다. 나에겐 충분하다."

"그렇구면."

드워프 도사는 그 대답을 예상한 것처럼, 수염 난 얼굴에 웃음을 지었다.

"그러나, 뭐 단검은 차두거라. 그 정도는, 뭐, 예의란 게야.^{에티켓}"

"그래."

고개를 끄덕인 고블린 슬레이어는 물론이고, 드워프 도사의 몸통에도 소도가 대각선으로 끼워져 있었다.

사실 예의라고 하면 철 투구도 갑옷과 장구도 벗어야 하겠지만, 그것은 이제 와서 말하기도 새삼스럽다.

"일단 물어보는데."

새삼스럽지만 질색하는 눈길을 보내면서 모자를 내던진 엘프 궁수가 말했다.

"술을 올바르게 따르는 법 운운하면서 칼을 뽑아서 피가 튀고…… 그런 일은 없는 거겠지?"

"엘프는 할 법도 하다만, 그렇게 트집을 잡는 편이 예의가 없다는 게지."

엘프도 안 하거든. 입술을 삐죽거린 그녀의 옆구리에는 흑요석의 단검이 달려 있었다.

"자, 그쪽은 움직일 수 있겠어?"

"암, 암. 제법 몸을 데웠고, 본채에도 불을 피우고 있을 테니 말일세."

그녀의 도움을 빌리면서도 느릿느릿 몸을 일으키는 리자드맨 승려에게는, 손톱 손톱 송곳니 꼬리.

—어쩜 좋을까요.

허둥지둥 주위를 둘러본 여신관은 결국 손에 석장을 단단히 쥐어 두기로 했다.

"준비가 됐다면, 가자."

"아, 네, 네에……."

그리고 재촉을 받아, 당황해서 허둥지둥 오늘 이미 여러 번 지난 문을 다시 열고서 밖으로 나왔다.

—방 안은, 아직 느긋하게 보질 않았네요.

그런 생각을 하면서, 역시 방금 전에도 지난 길을 모두 함께 타박타박 걸어간다.

한두 번 다닌 정도로 익숙해질 리 없다. 밤의 어둠은 거리 풍경의 분위기마저도 바꾸는 법이다.

모두와 떨어져서 길을 벗어나면 다시는 돌아오지 못하겠네. 그런 생각마저 가슴 속에 찾아 들었다.

그다지 멀지 않은 스칼리의 천창에서 새어 나오는 불빛이 기묘할 정도로 든든하고, 도착하자 안도의 숨이 나온다.

"……돌아가는 길은 괜찮을까요?"

"?"

엘프 궁수가 기다란 귀를 추운 기색으로 흔들었다.

"괜찮겠지. 가까운 곳이니까."

—그랬었죠.

이 파티에서 밤눈이 밝지 않은 것은 자신과 고블린 슬레이어 뿐이란 것을 자주 잊어버린다.

여신관이 어쩐지 부끄러워져서 시선을 피하는 옆에서, 엘프 궁수가 살며시 표정을 찌푸렸다.

그것은 쓴웃음과 비슷한, 뭔가 눈부신 것을 보는 표정이었다. 그녀는 기다란 귀를 다시 한 번 쫑긋 흔들었다.

"무슨 일이, 있는 건가요?"

"아무것도 아냐. 금방 알 수 있어."

"——?"

여신관은 뭐가 뭔지 도통 알 수 없었지만, 드워프 도사는 짐작이 가는지 어허 하며 수염을 매만졌다.

그런 모든 것을 전혀 신경 쓰는 기색 없이, 고블린 슬레이어가 쿵쿵 문을 두드렸다.

"아아, 들어오소."
^{아아, 들어오게.}

안에서 들린 것은 그 두령의 목소리였다. 그렇지만 그것에 어쩐지, 다른 목소리가 겹치고 있었다.
^{고디}

두꺼운 나무문을 밀어서 열자, 그 정체를 금방 알 수 있었다.

여기까지 오게 되자, 용사는 자신의 원수, 제단에 서 있는 저주받은 자를 부릅떠 보았노라.

그러나 어떠한 칼날이라 해도, 쌍두의 뱀을 치켜든 대제에게 닿지는 못함을, 알 도리가 없음이라.

이 극악무도한 자는, 사방세계의 승리의 검을, 주술을 써서 듣지 않는 것으로 하고 있었음이니.

대제가 말하노라.

너에게 증오의 불을 피운 것은 나로다.

네 무용을 거듭해 단련한 것은 나로다.

너는 네 두 번째 아비를 죽일 셈이더냐.

분노가 머리 끝까지 오른 전사는, 자신의 애검을 뽑았노라.

언덕 위에서 발견한, 오랜 옛 왕의 패검은, 거듭해 단련된 강철의 칼날.

그러나 사악은 조롱하노라.

죽어야 할 자의 투구를 갑옷을 쳐부순 그 검도, 내 목에 닿지는 못함이라.

자아낸 주문이 그 몸에 있는 한, 이미 주사위 따위 던질 필요도 없음이라.

나는 강철의 비밀을 풀었음이니.

그러나 마음에 새기라.

용사가 의지하는 것은 검이 아님이라.

강철의 비밀은 그저 힘이 아님이라.

대장장이 신이 내리신 것은, 어떠한 때에도 사라지지 않는 용기의
불이니.

대제는 알 리 없었으리라.

성탁에 거하는 신들은, 싸움의 귀추를 정하고자 주사위를 던졌노라.

그렇지 않으면, 다시는 이 용사가 기도하지 않을 것을 알고 있었
으매.

역겨운 대제는, 그 몸이 여태 알지 못한 격통에, 소리를 내어 몸
부림쳤도다.

전사의 칼은, 불구대천의 적을 놓치지 않음이니.

흑철의 칼날이 뼈를 부수고, 승리의 개선가를 부르짖으며, 그리하
여 용사는 그 수급을 베어냈노라.

자, 귀를 기울여보라.

위대한 그 왕의 전설에.

천을 넘어설 후에도 전해질 무훈에.

그 자는 북의 끝자락에서, 어두운 밤과 그림자의 나라에서 나타났
노라.

노예였노라, 전사였노라, 도적이었노라, 용병이었노라, 장군이었
노라.

수많은 옥좌를 유린한 왕이었노라.

왕이여.

그 명예에 걸고, 그대의 칼날 앞에 어떠한 자도 패배하리라.

왕이여, 우리들은 그대의 축복을 기원하노라.

"……와."

그것은 무훈가^{사가}였다. 들어본 적이 없는 잊혀진 고대의 노래였다.

의지할 곳 없던 무뢰한이 사방세계의 정점 중 하나에 이르는 위대한 이야기였다.

선율을 연주하는 악기도 없고, 그저 사람들이 노래하는 말만 음색을 이루는 영웅의 무훈이었다.

기다란 저택의 불구덩이를 끼고 놓인 긴 의자에는 전쟁의 상처가 생생한 남자들이 늘어서 앉아 소리를 높여 노래했다.

물론 불구덩이에는 멧돼지로 보이는 거대한 짐승의 고기를 굽고 있고, 치이익 소리를 내며 기름이 떨어지고 있었다.

음식은 그것뿐이 아니라, 청어나 대구 따위의 생선을 양파와 향초로 졸인 국물도 준비되어 있었다.

그 밖에도 탁자에는 사과나 호두, 베리 따위의 과일과, 밀기울이 들어간 평평한 빵이 놓여 있었다.

그야말로 여기가 바로 이국의 연회, 그 한복판이 다름없었다.

"오오, 잘 오소. 자, 안짜로 와가 앉으소."
<small>오오, 잘 왔어. 자아, 안쪽으로 와서 앉으시게.</small>

중앙의 상석에 앉은 두령, 그 옆에 있는 안주인이, 활짝 화사한 미

소를 지으며 손짓했다.

과연 듣고 보니 두령의 맞은편, 반대쪽의 상석 부분만 구멍이 난 것처럼 비어 있었다.

그렇다면— 그곳이 자리, 인 것이리라.

"아까도 앉은 곳이네."

"——."

속삭이는 엘프 궁수에게 고블린 슬레이어는 아무 말도 하지 않았다.

남자들이 노래하는 무훈가 앞에서 그는 하염없이 그 자리에 우두 커니 서 있었다.

"왜 그래?"

"……상석이군."

뺨을 삐죽이는 엘프 궁수에게, 그제야 고블린 슬레이어의 철 투구 가 흔들렸다.

"왕의 손님이다."

그리고 그는 사람들 한복판으로, 전혀 주저 없이 성큼성큼 파고 들어갔다.

역시 북방의 사람들이라도, 연회 자리에 갑옷과 투구의 차림으로 나타난 남자를 보며 조금 흠칫하며 눈을 까뒤집는 것 같았다.

얼굴을 마주보고, 수군수군 말을 나누고, 빤히 쳐다보고—.

그렇지만 뭐, 결국 이방인이니까 그런 것이라고 결론을 낸 모양이다.

황급히 여신관이 뒤를 따를 무렵에는 분위기가 차분해졌고, 드워 프 도사는 익숙한 기색.

"실례."

리자드맨 승려는 몸을 웅크리고, 엘프 궁수가 스르륵 사람들 사이를 빠져나가자—.

"……자, 잘 부탁드립니다……?"

"그래."

깨닫고 보니 여신관은 상석에 앉은 고블린 슬레이어 옆에 쏙 자리 잡고 있었다.

그것이 뭐 어떻다는 것은 아니지만, 다시 말해서 이 연석의 주빈 취급이다.

—이, 익숙하질 못해요……!

어째서 동료들 모두는 이토록이나 당당할 수 있을까? 여신관은 신기하기 짝이 없었다.

"그러면, 손님들."

"아, 네……!"

그때 그 두령이 문득 말을 걸어서, 여신관은 황급히 사고의 가장자리에서 돌아왔다.

그는 여전히 오른팔을 외투로 가리고 있었지만, 느긋하게 쉬고 있는 것 같기도 했다.

여신관은 아까 전에 본 걱정하는 안주인을 떠올리고, 뭔가 말을 해야 하나 입을 열려고 하다가—.

"——."

그 안주인이 살며시 고개를 옆으로 젓는 걸 보고, 형태가 애매해진 말을 목구멍으로 삼켰다.

"잔은 가지고 오셨는가?"

"잔—. …………아."

여신관은 여기 오기 전에 받은, 석장과 함께 가져온 뿔잔을 보았다.

"이, 있어요……!"

"이 땅에서는 다들 자기 잔은 자기가 준비하는 것이 풍습이지. 그러면 다행이야."

흐뭇한 것을 보는 것처럼, 늑대가 떠오르는 사나운 생김새의 남자가 부드럽게 눈웃음을 지었다.

"그러면, 누군가, 손님에게 술을— 아…………."

"서방님아가 구카니, 디라 주이소." _{서방님이 말씀하셨으니, 드리도록 해요.}

그의 오른편에 바짝 붙어선 안주인이 두령에 이어서 당연한 것처럼 지시를 내렸다.

맞은편에 앉은 여신관마저도 두령이 이 나라의 말이 막혔다고, 깨닫지 못했는데.

"미드, 비요르, 그라고 스키르다. 멀로 할끼가?" _{벌꿀주, 맥주, 그리고 스키르다. 뭘로 할 거지?}

"아, 그, 네……."

그리고 그에 대해서 뭔가 말하는 것보다 빠르게, 술 단지 여러 개를 눈앞에 내놓는다.

근골이 융성한 북방인 남자다. 낮에도 만났을지 모르지만 여신관은 알 수가 없었다.

여신관이 뿔잔을 양손에 쥔 채 당혹하는 가운데, 고블린 슬레이어는 「흠」 하고 신음했다.

"사과주도 있다고 옛날에 들은 적이 있다만."

"애플리 술이가. 어, 잔 내 바라." _{사과주로군. 자, 잔 내봐.}

"그래."

고블린 슬레이어가 내민 뿔잔에, 술단지에서 사과주를 넘실대도록 따른다.

가만 생각해 보면 뿔잔은 바닥이 뾰족하다. 이래서는 다 마시지 않으면 잔을 놓을 수 없다.

"애씨는 우짤 기가?"
<ruby>아가씨는 어쩔 테야?</ruby>

"저, 저기⋯⋯."

그것을 깨달은 여신관이 어떡할까 필사적으로 머리를 굴렸다.

술이 강하고 약한 것을 그다지 스스로 신경 쓴 적이 없지만, 이런 자리에서 실수는 피하고 싶었다.

시찰이라고 하면서도, 인연을 잇는 것이야말로 본래의 의뢰이기도 하니─.

"저기, 스키르라는 건 뭔가요⋯⋯?"

"얌생이 젖이다."
<ruby>염소젖이지.</ruby>

"그러면, 그걸로 부탁 드려요!"

여신관이 힘차게 말하자, 북방인 남자가 「허」 하며 바위 같은 얼굴을 풀었다.

쿠르르 구를 법한 커다란 바위 같은 인상, 길러서 엮은 수염, 드워프 같은 웃음이었다.

걸쭉한 하얀 음료를 잔에 따르는 것을 눈앞에서 보고, 여신관도 무심코 볼을 풀면서 웃었다.

"음⋯⋯."

그런 대화를 옆에서 보고, 무심코 목소리를 흘리며 목을 울린 것

175

이 리자드맨 승려였다.

그는 안절부절못하며 기다란 목을 돌려서, 자기 곁으로 술단지가 오는 것을 기다려—.

"여, 미드다."^{자. 벌꿀주다.}

"음, 음, 음⋯⋯!"

다짜고짜 뿔잔에 벌꿀주를 넘실대도록 따르자, 눈을 빙그르 돌렸다.

"아니, 소승은——."

"응? 이짝 술은 마다 이기가?"^{응? 우리들 술을 못 마신다는 거냐?}

뚝. 연석의 소란이 끊어졌다.

리자드맨 승려 맞은편에서 벌꿀주를 따른 것은 얼굴 전체에 붕대를 감은 전사였다.

검붉게 피가 스며 나온 얼굴로 찌릿, 리자드맨의 거친 얼굴을 노려보는 모습을 보니 전혀 겁을 먹지 않았다.

주위 사람들도, 남자의 동향을 주시하는 모양이었다.

당황이나 두려움이 아니라, 연회에서 칼날을 뽑는 것 따위 당연하다고 말하듯 받아들이고 있었다.

그에 응하는 리자드맨 승려도, 타고난 기질 탓인지 기개가 좋다고 말하듯 턱에서 송곳니를 드러내며—.

"에이, 이리 줘봐."

두령이나 안주인, 여신관을 포함하여 누구보다도 빠르게 아리따운 하이 엘프의 손이 그 뿔잔을 가로챘다.

흉의 험악함 따위 개의치 않는 엘프의 공주는 그 뿔잔에 코를 벌름거리며 생긋 웃었다.

"응, 깔끔하네. 좋은 벌꿀을 쓰고 있잖아. 나, 이런 거 좋아해."

"으…… 으음……."

붕대 얼굴의 북방인은 당황 탓인지 수치 탓인지 독기가 빠진 것처럼 허둥지둥 말을 꺼냈다.

"아, 알브 애씨헌티 디라기는, 민지런 술인디—."
아, 알브의 아가씨한테 드리기에는, 부끄러운 술인데

"에이 괜찮아. 나는 이거 마실래. 이 사람은, 스키르였나? 그거 줘."

"알겠심더."
알겠습니다.

고개를 숙인 북방인이 염소젖이 든 단지를 리자드맨 승려에게 내밀어 뿔잔에 듬뿍 따랐다.

"허어, 오호. 고맙네……!"

"부지근해가가. 기면 긇타고 어떡 말을 해라."
시끄럽기는. 그렇다면 그렇다고, 얼른 말을 하라고.

그렇게 남자가 리자드맨 승려의 손을 철썩 두드리는 동작은 방금 전과 딴판으로 친근함이 담겨 있었다.

이미 진작에— 엘프 궁수가 손을 내밀자마자 분위기가 이완되어 험악함은 사라져 버렸다.

옆에서 일어난 소동에 몸을 굳히고 있던 여신관도, 이것에는 안도의 숨을 내쉬었다.

힐끔 안주인을 살피자, 비슷한 표정을 지은 그녀와 눈이 마주쳐서 키득 웃음이 흘렀다.

"참말로 붋다. 알브 애씨 아이가."
부러울 따름이구만. 알브 아가씨라니.

"긇티. 암만 지나도 절므이 각시 아이가."
그렇구만. 아무리 지나도 젊은 아내잖아.

"——……어?"

여신관은 북방인들이 기분 좋게 나누는 대화에 물음표를 띄우며,

깜박깜박 눈을 움직였다.

물론, 하는 말의 의미를 확실하게 알지는 못했다. 못했, 지만…….

보아하니 마찬가지로, 옆에 있는 여성에게 술을 나눠주는 남자가 여기저기 보인다.

그렇다면, 방금 전의 험악함이 뒤집혀서 느슨해진 분위기로 짐작을 해보면, 이 또한 평범하게 있는 일이리라.

술을 마시는 것은 예의지만, 마시지 못한다면 여성에게 도움을 받는 것이 인정되는 모양이다.

그리, 고, 그것이 용납되는 남녀의 관계는——.

"아. 아…………!"

술을 마시지도 않았는데 볼에 열이 오른 여신관은 무심코 연상의 친구의 소매를 당겼다.

"괘, 괜찮으신 건가요……?!"

"?"

벌꿀 냄새에 기분 좋게 눈웃음을 짓고 있던 하이 엘프의 기다란 귀가, 쫑긋 흔들렸다.

"뭐가?"

너무나도 천연덕스런 대답.

의미를 알고 있어도, 모르고 있어도 통하는 말. 얼굴이 빨개진 채 여신관의 시선이 흔들렸다.

리자드맨 승려는 뿔잔에 담긴 것을 즐길 수 있는 것이 언제쯤이려나 기대하느라 모르쇠. 고블린 슬레이어는 의지할 수가 없다.

드워프 도사에게 매달리는 것처럼 눈길을 보내자, 그는 못난 짓은 관두라고 하듯 휙휙 손을 흔들었다.

　—저건, 재밌어 하고 있네요.

　여신관은 게슴츠레한 눈으로 노려보았지만, 드워프 도사에게 통하지 않을 것을 깨닫고 숨을 내쉬었다.

　그리고 높은 천장을 올려다보며 지모신님의 이름을 부른 다음, 생긋 미소를 짓기로 했다.

　"아뇨. 아니에요."

　"그래?"

　연상의 친구는 신기하단 기색으로 고개를 갸웃거리고, 그리고 「자, 시작이야」 하며 눈빛을 반짝거렸다.

　—응, 지금은.

　괜한 생각은 하지 말고, 기껏 초대를 받았으니 이 연석을 즐기는 것만 주시해야지.

　모두 술을 따른 것을 확인한 두령이 여신관의 맞은편에서 느긋하게 일어섰다.

　여신관이 아는 왕후귀족이라면, 이럴 때 길고 길게 이야기를 하는 법인데—.

　여기는 이국이다. 두령의 말은 그저 한 마디.

　"—동포와, 벗에게!"

　오른편에 안주인을 거느리고 왼손으로 뿔잔을 치켜든 그 말에, 가신들이 우와아 환성을 질렀다.

　"긴 낮과 쾌적한 밤에!"

　"밤의 어머니가 주시는 환난신고와 무훈에!"

© Noboru Kannatuki

"평화에!"

북방 사람들이 차례차례 외치는 말에, 여신관은 황급히 「펴, 평화에!」하고 소리를 높였다.

그리고 드높이 뿔잔을 치켜들고― 드레카가 시작됐다.

§

연회에 대해서, 특필할 점은 딱히 없었다. 그렇지만 적어야 할 것은 무수히 많았다.

우선은, 떠들썩한 소동이었다― 그리 적어야 마땅하리라.

일단 여신관이 난처했던 것은 식사의 예법이었다. 탁상을 봐도 그릇 말고 식기가 없다.

손으로 잡는 걸까? 그렇게 생각했는데 모두 하나같이 자신의 소도를 꺼내 먹기 시작해서 「아」하고 깨달았다.

나설 때는 잊지 말 것. 모험가 세트의 나이프를 가지고 다니고 있어서, 별 탈 없었다.

먹어 보니 납작한 빵도, 구운 멧돼지 고기도, 생선도, 모두 생각보다 산뜻하고 무척 맛있었다.

그렇지만 수프는 양파나 향초를 듬뿍 써서 그 냄새에 조금 놀라버렸다.

교역을 생업으로 삼아 배를 타는 북방인은 전세계에서 약초나 향초를 가지고 돌아온다고 했다.

또한 드워프 도사가 주호란 것은 여신관도 알고 있었지만, 그것은 북방인이 보기에도 대단한 것이었던 모양이다.

한 가득 따른 술을, 그야말로 물 같은 것처럼 차례차례 들이켜는 모습을 보면 환성도 지르는 법이다.

갈채를 보내며 소란을 피우는 가운데, 리자드맨 승려가 그러면 하고 입을 연 것은 선조로부터 전해지는 전쟁의 노래.

거인을 멸하고, 용을 토벌하고, 저주받은 검을 가진 여시인을 아내로 삼은, 검은 비늘의 호걸이 세운 무훈이다.

그것은 여신관도 사막의 무도로 본 적이 있고, 엘프 궁수의 마을에서도 들었었다.

그러나 노래하는 자가 변하면 노래도 변하는 법.

그 새 수인의 무희가 춤추는 모습은 애절하고 애처로운, 시인의 눈으로 본 애정담(로망스)이었다.

리자드맨의 턱에서 자아내는 그것은, 철봉 한 자루에 의지하여 황야를 나아가는 대도마뱀의 승리를 칭송하는 개선가였다.

반한 여인이 노래하기에 걸맞은 무용담을 선물하고자, 쟁쟁한 괴물에게 힘차게 돌진한다.

그야말로 용의 숨결과도 같은 순정을 생각하면, 역시 이 또한 애정담일지도 모른다.

어찌됐든, 북방인들에게 희귀한 이야기였다는 것은 틀림없으리라.

여신관에게 그 호걸의 영웅담이 익숙하지 않았던 것과 마찬가지로.

"바라. 니 무용담 읎드나?(이봐, 네 무용담은 없는 건가?)"

그런 가운데, 고블린 슬레이어에게 누군가 말을 거는 것은 오히려 당연하다고 할 수 있었다.

"무훈은 없다."

사과주를 벌컥벌컥 마시고 있던 그는 여신관이 말참견하는 것보다 빠르게 고개를 끄덕였다.

"고블린을 퇴치하고는 있지."

오르크라. 그 놈들은 수만 많지, 기개 따위가 없잖아.
"오르크가. 걸마들은 차분키만 허지, 기개가 없다 않나."

꾀만 부리는 놈들이지.
"께만 비리는 마들이다."

"동감이다."

끄덕 철 투구가 위아래로 흔들렸다.

이 정도의 수로 싸우기에는 귀찮겠습니다.
"수가 적어가 싸우기 송신하것소."

"정말 그렇다."

다시 한 번 끄덕 철 투구가 위아래로 흔들렸다.

얼마나 해치웠어?
"올매나 지깄나?"

"……."

고블린 슬레이어는 입을 다물고, 허공을 노려보았다. 진지한 기색으로 생각에 잠긴 모양이다.

"한 번인가, 백 마리쯤 되는 놈들을 상대한 적이 있다만."

북방인들이 힘차게 웃었다. 악의가 없는 유쾌한 기색이었다.

—그건, 나도 모르는 이야기인데.

언젠가 들을 수 있을까? 가르쳐 주는 때가 올까? 지금 들어도 괜찮은 걸까?

그렇게 생각하면서 여신관은 양손에 쥔 뿔잔의 음료를 홀짝홀짝 입가로 옮겼다.

새콤달콤하고, 신기한 풍미가 있다. 혀 위에 전해지는 감촉은 아마도 맛있다고 해도 될 것이다.

진미, 하면서 리자드맨 승려가 꼬리를 때리며 소리를 지르는 것도
이해가 되는 법이다―.

"애당초 말이다. 내 아내가 수도에서 뭐라고 불리는지 알고 있나?"

그렇게 생각하고 있는데, 맞은편의 두령이 기염을 토하면서 이미
화제를 바꾸고 있었다.

정신이 딴 데 팔려 있던 여신관이 당황하며 주위를 둘러보자, 북
방인들이 어쩐지 애매한 미소.

그것을 한 마디로 표현하자면, 아마도 「또 시작이다」라는 것이리라.

"외눈의 불곰이라 한다, 믿어지는가?!"

"그, 그래요⋯⋯."

뿔잔을 쥔 채 주먹으로 탁자를 쾅 두드리는 두령의 기세에 여신관
은 일단 끄덕이는 수밖에.

추운 지방에서는 강한 술을 좋아한다고 들었는데― 두령의 얼굴
이 빨갛고, 눈도 살짝 풀려 있었다.

"그 녀석들, 이 땅에 와본 적이 없으니까 그 따위 말을 하는 거다."

그러한, 이른바 민초와 아무것도 다를 바 없는 태도를 탓하지 않
는 것도 이 땅의 기질일런지―.

"북방에 틀어박혀 있지만, 내 색시는 사방세계에서 제일로 귀엽
다⋯⋯!"

―아니, 그 사람 좋아하는 건 다들 마찬가지라서 그렇네요⋯⋯.

너무나도 당당하게 단언하는 모습에, 당사자가 아닌 여신관마저
도 얼굴에 열이 오를 정도였다.

"하하하하, 고디도 안들아헌티는 꿀도두캐는기만추로 몬하는기다!"

하하하하, 두령도, 안주인 상대로는 꿀을 훔치는 것처럼은 못 하는구만!

"꿀?"

갸우뚱. 고개를 기울인 것은 여신관하고는 전혀 다른 이유에서 얼굴이 빨개진 엘프 궁수였다.

손에 든 뿔잔에 따른 벌꿀주는 과연 몇 잔째일까?

꿀꺽꿀꺽 마시는 걸 보니 마음에 든 건 틀림없는 것 같지만.

"기다. 고디가 안집살이 할 다불에, 삐리맨추로 생긴 마신허고 싸웄는디."

그래. 두령 나리가 안집살이를 할 때. 벌 같은 마신과 싸웠었는데.

"안집살이?"

"브루드뵈이슬라 디리끼, 각시네 드가 사는 기다."

혼례 의식 전에, 아내 집에 사는 거야.

"그래가, 씨룸을 해가가 삐리 팔을 마 확 뜨디삣다."

그래서. 씨름을 해서는, 벌의 팔을 확 뜯어냈었지.

동포가 자랑스레 하는 말에, 두령은 쓴웃음을 섞으며 태연하게 어깨를 으쓱거렸다.

"상대가 검을 안 쓰는데 내가 검을 쓰면, 승리가 빤하지 않은가."

"헤에~ 그건 굉장하네!"

그렇게 말하며 깔깔 웃는 엘프 궁수는 과연 얼마나 이야기를 이해한 걸까?

—그리고, 정말로 굉장한 일 아닐까요……?

여신관은 귀에 낯선 말들에 고개를 갸웃거리면서도, 일단 뿔잔을 쭉 들이켰다.

그리고 그것을 탁상에 놓고「죄송합니다, 잠시만」하고 자리를 떴다.

이러한 소동이 시작되기 전에 자리를 비운, 안주인이 신경 쓰인 것이다…….

§

"푸, 아……."

연석의 소란을 등지고 스칼리를 나서자, 인파에서 해방되어 무심코 숨결이 흘러나왔다.

그저 사람이 많은 탓으로 달아오른 볼과 땀이 스며나온 몸에, 휘몰아치는 찬바람이 참으로 기분 좋았다.

—이건…….

술을 마시는 마음도 어쩐지 알 것 같았다.

밤인데도 어째선지 밝은 가운데, 뽀득뽀득 눈을 밟으며 여신관은 걸어갔다.

별빛일까? 아니면 쌍둥이 달 덕분일까? 안주인을 찾는 것은 그다지 어렵지도 않았다.

연석으로 향했을 사람들의 발자국 중에서 하나만 바깥으로 가는 것이 보였으니까.

—탐색자 여러분이 아니라도, 이 정도는…….

할 수 있다. 알기 쉬울 정도로 선명하게 찍힌 발자국이라면, 고블린인지 아닌지 정도는 알 수 있다.

스칼리 뒷편, 아직 불빛도 사람들의 목소리도 들릴 정도로 떨어진 촌락의 변두리.

춤추듯 흩어지는 눈의 반짝임을 두른 안주인은 다가오는 발소리에 돌아보면서 외눈으로 눈웃음을 지었다.

"아가, 벌시러 시이러하이소?"^{어머나, 벌써 쉬시려고요?}

"아뇨."

여신관은 역시 미소를 보내며, 고개를 옆으로 저었다.

"조금, 바람을 쐬려고요."

여신관은 그녀 옆에 나란히 서서 호, 숨을 뱉었다. 하얀 김이 두 둥실 떠돌았다.

"오늘은 정말로 고맙습니다. 전쟁을 치른 다음인데, 멧돼지나, 진수성찬 같은 걸……."

"드레카는 노상 있다 안합니꺼. 난걸서 온 사람 대지비도 당연한 기지예."^{연회는 늘 있는 일인걸요. 외부인을 대접하는 것도, 당연한 일이에요.}

설령 원수가 집을 찾아와도, 여행자라면 받아들이는 것이 도량이란 것이다—.

말 그대로 당연한 듯 말하는 모습에 여신관은 「굉장하다」 하고 평범한 감상을 품을 뿐이었다.

받아들이는 쪽도 받아들이는 쪽이지만, 원수를 찾아가는 쪽도 찾아가는 쪽이다.

원수 사이에 서로 용서하는 게 아니라, 서로 상대의 도량을 시험하는 모습은…… 참으로 뭐라 해야 할지.

그 생각에 멍해진 여신관의 표정을 보고, 안주인이 모든 것을 간파한 것처럼 고개를 옆으로 저었다.

"서방님아가 노상 하던 이바구 시작했지예?"^{서방님은 늘 하던 얘기를 시작했겠죠?}

"아, 아하하……."

안주인이 또디기라고 중얼거리는 것을 여신관은 못 들은 척 했다.^{바보}

그녀의 볼이 빨간 것도.

뭐라고 말을 해야 할까? 하고 싶은 말은 알고 있는데, 말이 잘 형태가 되지 않았다.

—하지만, 응.

아마도, 말하고 싶은 것은 참으로 단순한 한 마디일 것이다.

"……멋진, 남편이시네요?"

"하모예^네……."

안주인은 말을 아끼며 끄덕 고개를 움직였다. 그리고 허리에 찬 열쇠 꾸러미를 살며시 쓰다듬었다.

앳된 소녀가 흔히 보이는 태도, 어쩌면 여신관과 그다지 나이가 다르지 않을지도 모른다.

"산다구가 이래가 배면, 자겁해가 혼약 깨는 기도 당연한 긴데."^{얼굴이 이런 걸 보면, 질색하면서 혼약을 파기하는 것도 당연할 텐데.}

"근사하다고 생각하는걸요?"

"벌말이지예."^{거짓말이죠.}

"정말이에요."

여신관이 키득키득 웃었다. 그 웃음 또한, 하얀 김으로 바뀌어 버렸지만.

"물의 도시…… 그러니까, 제가 살고 있는 쪽의 커다란 도시인데요, 그곳의 대주교님도."

눈이, 하며 여신관이 가리킨 다음에, 그러나 확실하게 안주인을 향해서 잘라 말했다.

"무척 근사한 분이라……. 그러니까, 당신도 근사하다고 생각해요."

"…………그라요."^{그런가요}

"네, 그래요."

"그라요 ^{그런가요} ……."

안주인은, 애절한 기색으로 숨을 내쉬었다. 그 한숨이 여신관의 하얀 숨결과 뒤섞여, 엉키고 하늘에서 춤을 추었다.

"……사방세계는, ^{사방세계는, 넓은 거군요?} 너린기네예?"

"네, 무척이나─. ……무척이나."

──정말로, 그렇다.

여신관은 여기가 세상의 끝이라고 생각하고 있었다.

우러러볼 정도의 바위산을 넘어서, 본 적이 없는 그 너머에 발을 디디면 그곳이 끝자락이라고.

그렇지만, 그렇지 않았다.

이 땅에 사는 사람들은 더욱이 북쪽 사람들과 교류를 하면서 이렇게 살고 있는 것이다.

사람과 사람의 그 교류는, 여신관은 도저히 상상도 할 수 없을 정도로 거칠기 짝이 없는 것이지만.

동쪽 사막 너머에도 아직 커다란 세계가 펼쳐지고 있을 게 틀림없다.

남쪽의 수해 너머에도 본 적 없는 것이 잔뜩 있을 것이다.

더욱이 자신이 살고 있는 서쪽 변경만 해도, 그보다 더욱 서쪽에 무엇이 있는지 알 수 없다.

세계도, 사람도, 모든 것이.

수많은 사람들이 이미 잊어버리고 만 ^{포가튼 렐름} 영역의 이야기도, 얼마나 많을까?

여신관 자신이 그 영걸의 이야기를 몰랐던 것과 마찬가지로.

『이랬을 것이 틀림없다』라고 잘라 말하는 것은— 가치를 재는 것은 분명 할 수 없는 일이다.

그 누구도 할 수 없다.

그 시점에서, 이미 무엇과도 바꿀 수 없으리만치 존귀한 것이 틀림없으리라.

—아아, 그렇구나.

여신관은 자신이 지금까지 계속 가슴에 담아두었던 검은 안개의 정체를 알아냈다.

그것은 분명 이 여행에 나서기 전, 그 미궁 탐색 경기 무렵부터 이미 태어났으리라.

그녀는 몰랐던 것이다.

그 사람이 그런 표정— 이 아니라 감정을 드러내는 것을.

그녀에게 그는 존경해 마땅한 사람이며, 완벽하며, 결단적이고, 완성된 선인(先人)이었다.

분노를 드러내는 일 따위 어지간하면 없었다. 언제나 냉정침착하다고, 그렇게 생각했다.

그러나, 아닌 것이다.

그는, 여신관은 이유를 알 수 없지만— 이 땅에 오고 싶다고 생각했다.

동경이 있었고, 바람도 있었으리라. 기대하는 것이 있고, 즐기고 있는 것이다.

아아, 이게 무슨 일이람. 고블린을 죽이는 자는, 결코 고블린을 죽이기만 하는 사람이 아닌데!

"……후, 후훗."

^{왜 그러세요?}
"무신 일임꺼?"

"아뇨…… 아니."

여신관은 웃음과 함께 눈가에 번진 것을 살며시 닦아내고, 밤바람에 금발을 획 흔들었다.

"모르는 일이 많다 싶어서요. 더 노력해야겠다고, 생각해서."

"그렇군요……. 아, 그렇지.
"그라요……. 아, 긇제."

문득 안주인이 말을 걸어서, 여신관은 「무슨 일인가요?」 하고 그녀를 돌아보았다.

눈보다도 하얀 피부를 장밋빛으로 홍조 시킨 그녀는 소중히 숨겨둔 장난을 하는 것처럼 볼을 풀고서.

"햐늘에서 내리는 비는……."

심호흡.

"하늘에서 내리는 비는, 골고루 해원에 내리루리……."

헛기침.

The rain in plain stays mainly in the marine
"……하늘, 에서, 내리는, 비는, 골고루, 해원에, 내리리라……!"

"와……!"

여신관이 무심코 손뼉을 쳤다.

서투르고, 더듬거리고, 앳되고, 미숙하다— 아아, 그러나.

"말이 되고 있어요……! 예쁘게!"

^{해냈다}
"거닸다……!"

꼭 주먹을 쥐고 자랑스런 태도를 보이는 안주인은 사랑스럽다. 여신관은 무심코 그녀의 손을 잡았다.

191

작지만 상처투성이고, 투박하고, 거칠다―.

―아아, 멋진 손이야.

그리 생각하여 살며시 그 손을 감싸자, 안주인이 쑥스러움과 부끄러움에 시선을 흔들었다.

아직, 전혀 안 돼요. 서방님한테는 비밀로 해주세요?
"아적 상구 글렀심더. 서방님아헌티는 숨기 주시소?"

"연습하신 건가요……?!"

서방님이, 꼭 저를 수도에 데려가고 싶다고 고집을 부려서.
"서방님아가, 내캉 꼭 수도한테 다리고 간다 세우가."

서방님을 웃음거리로 만들 수는 없으니까요
서방님아가 이끼이믄 안된다 아임꺼, 그녀는 말했다.

분명히― 두령의 마음과 똑 같으며, 완전히 정반대이리라.

마이 페어 레이디
그 젊은 북방의 영주는 그녀를 나의 여신으로 생각할 것이 틀림없으니까.

"……근사해요. 당신도, 남편분도."

네
"예……."

그 다음에, 여신관은 안주인의 권유에 따라서 그녀와 함께 목욕을 했다.

들어보니 오늘은 「세탁의 날」이라서, 설령 전쟁을 했어도 입욕을 하는 것이 규칙이라고 한다.

욕탕
바드스토바는 노에서 가열한 욕조신의 석상에 물을 부은 증기탕으로, 이미 익숙한 원리였다.

다만 몸을 씻어내는 물에서 쏴아아 거품이 난다는 것이 특별했다. 여신관은 「히약」 하고 소리를 내며 놀랐다.

안주인은 그것을 보고 키득키득 웃었지만, 그녀도 사슬 갑옷을 의문스레 생각했으니 마찬가지다.

그리고, 안주인도 소중한 기색으로 열쇠 꾸러미를 욕탕까지 가지고 왔으니 남 말은 못하리라.

연석에 참가하고 있던 여자가 모두 허리에 열쇠를 차고 있었던 것을 여신관은 눈치챘다. 그 의미도.

신비로운 불빛이 비추는 안주인의 하얀 나체에는 하얗고 투명한 피부에 거친 무늬가 떠올라 있었다.

안대로 가리고 있던 눈을 지나서, 심장과 한쪽 팔 끝까지 깊숙하게 뿌리를 내린 하얀 나무.

그렇다. 그것은 마치 이파리와 가지를 펼친 나무 같아서, 사람의 손으로 만든 것이 아닌 것 같았다.

무심코 빤히 바라보는 여신관에게, 안주인이 귀한 것을 가리키는 것처럼, 그 상처를 가리켰다.

"기요. 신께서 나리 주신 은혜임더."
<small>네. 신께서 내려주신 은혜랍니다.</small>

어린 시절에 받은, 기학신의 성스러운 상처자국.

하늘의 불은 그녀의 몸을 태우고, 상처를 새기고, 한쪽 눈을 빼앗아갔다.

그것은 여신관은 생각도 하지 못할, 커다란 고통이었으리라.

그렇지만 동시에—.

—그렇기에, 그녀는 사랑하는 사람과 만나게 됐다.

《숙명》이든 《우연》이든, 하늘의 신들은 주사위를 던진다. 이야기를 자아낸다.

그 길을 어떻게 걸어갈 것인지는 모두 사람들의 자유의지다.

그녀가 만난 그 사람이 함께 하고자 생각하지 않았다면 분명 이리

193

© Noboru Kannatuki

되지는 않았으리라.

그녀가 만난 그 사람이 고블린의 둥지에 도전하는 신인을 구하고자 생각해준 것처럼.

정말로, 사방세계에는— 신들마저도 생각지 못하는 일들이 가득 넘치고 있다.

"계럽은 일이 으이께네, 좋은 일이 기하다 아는 기지예." 괴로운 일이 있기에, 좋은 일이 귀한 것이라고 알 수 있는 거랍니다.

"그것이, 기학의 여신님의, 가르침……."

"하모예." 맞아요.

이 땅이 멋지다고 생각하는 것은, 분명 여신관이 이방인이기 때문이리라.

연회를 열어서 대접해 주었다. 다들 친절— 적어도 받아들여주었다.

여행자를 맞아들이는 문화가 있고, 요리를 마련하고, 숙소도 빌려주고, 따뜻하다.

그렇다. 그렇지만 여기서 살게 되면— 분명 또 달라진다.

춥고, 얼어붙고, 바다는 거칠고, 전쟁이 있으며, 낮은 어둡고— 그림자가 드리우는 나라.

눈이 내리고, 땅은 단단하고, 파도는 거칠고, 나날의 양식을 얻는 것이 얼마나 고생스러울까?

사람들은 거칠고, 피를 보는 것은 일상다반사이며, 다툼을 주저하지 않는다.

——그렇지만.

좋은 곳이라고, 생각하는 것이다.

멋진 사람들이라고, 생각하는 것이다.

그것은 결코, 거짓이 아닐 것이다.

"보이소.^{봐요}"

"……아……!"

안주인이 가리킨 욕탕의 천창, 그 너머에 밤하늘.

그곳에 펄럭이는, 무지갯빛 천막에 맹세코——.

Game of throne
『옥좌의 싸움』

Goblin
Slayer
He does not let
anyone
roll the dice.

"두령님께 선물을 드리고자 해요!"

양손을 꼭 쥐고 기합을 넣는 여신관에게 일동의 시선이 똑바로 꽂혔다.

이튿날 아침. 아침 식사를 하려고 스칼리에 모였을 때 일이다.

안주인이 의도를 가늠하지 못해서 눈을 깜박이고, 두령은 이쪽의 의도를 캐내고자 하듯 식사하던 손을 멈추고 눈길을 주었다.

그리고 그녀의 동료들도 마찬가지 시선을 보내고 있었다.

"미안. 잘못 들은 건 아니라고 생각하는데, 조금만 더 작게 말해줘."

"두령님께 선물을 드리고자 해요."

하이 엘프라지만 술의 독에서 벗어날 수 없는 것은, 숙취의 괴로움 또한 술의 즐거움이라 말했기 때문일까?

적어도 과거의 자신이 한 말을 어기지 않는 그녀는 주조신에게도 사랑 받을 것이 틀림없었다.

표정을 찡그리고 신음하면서, 데운 물을 마시는 엘프 궁수는 「그래」 하고 짧게 중얼거리며 고개를 끄덕였다.

평평하고 얇게 구운 빵을 주섬주섬 입에 넣고 있었다. 그 빵이 의외로 마음에 든 모양이다.

"처음 들은 것 같은데……."

"네, 지금 여기서 처음 말했으니까요."

엘프 궁수는 고블린 슬레이어의 철 투구를 향해 의문스런 시선을 보냈다.

고블린 슬레이어가 「뭐지?」라고 말하고픈 듯 철 투구를 기울였다.

엘프 궁수는 하늘을 우러러 보았다. 얇은 가죽의 천창에서 흐릿한 아침 해가 비쳐서 보였다.

"아무리 이쪽 문화라고는 하지만, 그래도 환대를 해주셨는데 그냥 있을 수는 없으니까요……."

술술. 여신관은 자연스런 어조로 구실을 논했다.

그렇지만, 딱히 하나부터 열까지 거짓이란 것은 아니다.

무상의 선의는 귀한 것이지만, 무슨 일이든 이유가 있어야 받아들이기 쉽다는 것을 그녀는 이미 배웠다.

—이렇게 설명을 해야, 분명히 받아들여주실 테니까요……!

물론 그 사실이 바로 자신이 성장했다는 증거라는 점까지는 아직 깨닫지 못한 모양이지만.

"상관없겠지."

따라서 고블린 슬레이어가 끄덕 고개를 위아래로 움직였을 때, 그녀는 안도의 숨을 내쉬었다.

"적어도 숙소와 식사에 대해서는, 은혜를 입었다."

"공정한 거래는, 교역신 또한 귀히 여기는 법이니라. 이 땅은 휘몰아치는 추운 바람 탓에, 그 신의 은총 또한 두텁지."

드워프 도사는 해장술— 같은 것은 아니고 평소처럼, 벌꿀주에 감탄을 하며 다 이해한다는 표정이다.

"우리 드워프와도 교류가 있다지 않았더냐. 그런 것은 두령님도 잘 알고 있을 게야."

"하하하. 물론, 답례를 바라고 숙소를 빌려준 것은 아니지만."

두령은 그렇게 말하고, 껄껄 웃었다.

손님이라면 누구든지 환대한다— 그것은, 딱히 그렇게 드문 것도 아니다.

그것은 가주나 영주의 도량을 드러내는 무엇보다 좋은 증거다.

빈곤한 여행자가 신의 사도였고, 거부한 자에게 재앙을 내리며 환대한 자는 행운을 얻는다…….

이러한 옛날이야기가 드물지도 않다. 다시 말해서 하나의 교훈이라 할 수 있으리라.

하룻밤 묵고자 청하는 자를 받아들일 여유도 없는 자는 얼마 안 가 몰락해도 당연하다는 것이다.

사도를 거부한 것이 먼저인지 나중인지는 또 다른 이야기. 인과는 때때로 사상을 거슬러서 생긴다.

세상에는 「적에게 쫓기고 있는 자는 누구든지 지킨다」라는 풍습을 가진 마을도 있다고 들었다.

그것을 단순히 금품 따위로 배상하는 것은 타인의 문화와 풍습을 가볍게 보는 것이 되리라.

"네. 그러니까, 답례품이 아니라 선물을 드리고자 해요."

그런 여러 가지를 의도한 건지 아닌지, 여신관은 생긋 미소를 지었다.

"허면, 그 선물이란 것은 무엇인가?"

선량한 승려는 그저 순수하게 신심이 깊은 것뿐 아니라, 사람들에게 가르침을 설파하는 말솜씨도 있어야 하는 법이라.

덕의 높이를 이해하고 있는 리자드맨 승려가 유쾌한 기색으로 빙글 눈을 돌리자, 여신관은 「네」 하고 고개를 끄덕였다.

"괜찮으시다면 두령님을 위해서, 치유의 기적을, 지모신님께 청하고자 합니다."

"호오."

"아가." ^{어머나.}

두령과 안주인이 함께 소리를 냈다.

두령은 들켰는가 하는 식으로, 안주인은 누가 말했다고는 전혀 의심하지 않는 감탄의 목소리.

그렇지만 안주인의 그것은 뭐라 형용하기 어려운, 당황이 형태를 이룬 것 같았다.

그녀의 안대가 가리지 않는 외눈이 힐끔힐끔, 바쁘게 남편과 여신관 사이를 오간다.

그렇지만 안주인은 말참견을 하지 않고, 조신하게 침묵을 고르며 꾹 입술을 다물었다.

"분명히 오른팔을 좀 다쳤고, 전쟁을 하는 와중에 기적은 귀중하지. 바라마지 않을 일이야."

그 모습을 힐끔 곁눈질로 보고서, 두령은 참으로 유쾌한 듯 입가를 풀었다.

"그리고 나에게, 가 아니라, 나를 위해서, 로군."

"지모신님의 가르침은, 지키고, 치유하고, 구하라……니까요."

여신관도 다 안다는 듯, 방금 전의 웃음을 단단하게 굳히면서 고개를 끄덕였다.

그 표정 앞에서, 두령은 숨을 내쉬더니 포기한 것처럼 고개를 옆으로 저었다.

"손님이 그렇게 말을 해서야, 나도 오기를 부릴 수가 없겠군."

그는 줄곧 외투로 가리고 있던 오른팔을 슬쩍 상석의 팔걸이 위로 내밀었다.

위팔부터 손목까지, 안타깝게도 살짝 피가 번진 붕대가 감겨 있지—만.

그렇지만 그것은 그의 상처가 방치되었다는 의미는 결코 아니었다.

황갈색의 붕대는 새것이며 정성스레 감겨 있었고, 매듭도 단단히 묶여 있었다.

지혈을 위해서는 단단히 묶는 것이 중요하지만, 필요 이상으로 하면 거기서부터 썩어 떨어지는 법이다.

기학신이 있는 곳은 상처를 더욱 절개한다는, 잘 이해 못할 치료법이 많다고 들었지만—.

—진심이 담긴, 치료네요.

누가 치료를 했는지 생각하면, 자연스럽게 여신관은 가슴 속이 따스해졌다.

그것은 이어지는 두령의 말을 들어보면, 의심할 여지가 없이 증명되는 법이다.

"안. ……아니지, 안들아. 팔 조깨이 배 주소."

安주인. 팔의 상처를 좀 봐주시게.

"예."

네.

안주인은 남은 하나의 눈을 깜박였다. 두령이 괜히 한숨을 내쉬었다.

"남에게 부탁하면, 안들아가, 바리 삐낀다." <small>안주인이, 금방 삐친단 말이지.</small>

"그, 그랂타예……!" <small>그, 그렇지는 않아요</small>

그리고 하얀 눈처럼 아름다운 볼을 삭 장밋빛으로 물들이면서, 또
래의 소녀처럼 소리를 질렀다.

두령과 안주인의 부부다운 정다운 모습은 아침 식사 자리에서 보
기에는 다소 부담스럽다.

흐뭇한 것은 다행이지만 모험가들 — 여신관과 고블린 슬레이어
는 빼고 — 은 애매한 시선을 나누었다.

물론, 그 의미를 깨닫지 못할 두 사람이 아니다.

당황하여 재빨리 안주인이 태도를 정돈하는 옆에서, 두령은 가볍
게 헛기침을 한 번.

"그리고, 손님아들 포로헌티, 다리고 가소." <small>손님을 포로한테, 안내해주게.</small>

"예." <small>네.</small>

수치심에 고개를 숙인 안주인의 작은 목소리는, 아마도 승낙의 뜻
이라고 봐도 문제없으리라.

두령은 만족스레 그녀에게 고개를 끄덕인 다음, 똑바로 여신관에
게 시선을 맞추었다.

"기적을 기원하여 치유하고, 이야기를 들어야겠지. 괜찮겠나?"

"네, 물론이죠!"

당연히, 여신관은 그 얌전한 가슴을 한껏 내밀고 자신을 듬뿍 담
아서 승낙했다.

그걸로 끝이다.

아침 식사 자리에 가볍게 던져진 갑작스런 의제는 온화한 분위기

로 결론이 나고, 식사가 다시 시작됐다.

홀짝홀짝 잔 — 어제와 달리, 평범한 잔이다 — 의 데운 물을 홅고 있던 엘프 궁수가 눈웃음을 지었다.

"……익숙해졌네."

"그런가요?"

여신관은 수치도 겸손도 아닌, 말 그대로의 의문을 소곤소곤 작은 소리로 대답했다.

"그렇다면 좋겠지만요……."

"우리가 끼어들 여지가 없잖아."

그치? 모두에게 말하는 엘프 궁수의 어조는 참으로 유쾌한 모습이었다.

그것은 데운 물의 온기가 드디어 뱃속에 천천히 퍼졌기 때문일까?

혹은 이 나이 차이가 큰 친구의 성장을 기뻐하는 연장자의 기쁨 때문일까?

"그래."

짤막하게 동의를 표한 것은, 철 투구를 쓴 모습으로 이 자리에 있는 고블린 슬레이어였다.

그는 이어서, 마치 요리의 감상이라도 말하는 것처럼, 짧게 중얼거렸다.

"나쁘지 않겠지."

"제멋대로 군 걸까요……?"

"아니."

고블린 슬레이어는 중얼거리고 「아까 전에 말한 것처럼, 상관없겠지」 하고 말을 이었다.

철 투구의 틈으로 우물우물 얇게 구운 빵을 씹고, 남은 생선으로 우려냈다는 국을 마셨다.

"네가 생각해서 정한 거라면, 그걸로 문제없을 거다."

"……네."

여신관은 옆에 앉은 남자의 말이 모든 것을 보장해주는 것 같은 마음으로 고개를 끄덕였다.

무언가를 해내고자 할 때, 언제나 자기 자신은 일의 성패를 알 수 없는 법이다.

누군가가― 신뢰할 수 있는 누군가가 인정해주지 않으면, 도저히 이걸로 괜찮다고 생각하기 어렵다.

드디어 안도의 숨을 내쉬자, 곧장 막 일어난 아침 특유의 공복감이 느껴졌다.

배가 울리는 것은 한창 나이의 소녀로서는 피하고 싶다. 그녀는 배 위에 손을 대고, 살며시 힘을 주었다.

보아 하니 얇게 구운 빵도, 그릇에 담긴 과일도, 생선국도, 모두 맛있어 보이지 않는가?

분명히 자신들이 사는 변경하고는 맛을 내는 방식도 모두 다를 것이다.

어젯밤의 연회에서 나왔던 요리를 생각하니― 드디어 배가 꼬르르 울 것 같았다.

"뭐, 그 전에."

마지막으로, 지금까지 말없이 식사를 하고 있던 드워프 도사가 묵직하게 입을 열었다.

그는 이 세상 모든 것을 간파한 현자처럼, 사방세계의 진리 중 하나를 말로 자아냈다.

"일단은 배를 채워둬야 할 게다."

그리고 리자드맨 승려가 그릇에 가득 담은 염소젖을 벌컥 들이켜고,「진미!」하며 꼬리로 바닥을 때렸다.

§

"《자비 깊은 지모신이여, 부디 이자의 상처를 그 손으로 어루만지소서》."

"허어, 아푼 것이 나샀데이⋯⋯!"
_{허어, 통증이 가시는구만}

여신관이 내민 손에서 옅은 빛이 흘러넘치고, 포로의 상처를 지모신의 치유하는 손이 어루만진다.

포로란 것은, 그 얼굴에 붕대를 감은, 주연 자리에서 리자드맨 승려를 노려본 남자였다.

그에 대한 취급이란 것도 방을 하나 내어주고 연석에 초대를 받는 등, 포로가 아니라 손님 같은 것이었다.

안주인이 안내를 해준 집에서 쉬고 있는 모습을 보고, 무심코 쓴 웃음이 나올 정도였다.

여신관은 이제 이것 또한 문화의 차이라 치고, 깊게 생각하는 것을 피하고 있었는데―

"이 자겁한기라. 잘도 내를, 기쁨의 들판서 끄실어 댕기왔다."
_{이거 놀랄 일이야. 잘도 나를, 기쁨의 들판에서 끌어와 줬군.}

그러면서 호쾌하게 웃는 모습에는 죽음의 기척 따위 티끌만큼도 없어서, 여신관은 그것이 무엇보다도 기뻤다.

"당신 앞날에는 아직 혁혁한 무훈이 있다고, 전쟁의 여신님이 말씀하시는 거죠."

"인자뿌터도 삐대가 싸우야긌다." _{앞으로도 열심히 싸워야겠군.}

물론 이 땅의 사람들은 스스로 좋다고 죽음의 문턱으로 돌진하는 경향이 있기는 하지만.

─어떻게 죽을 것인가 라는 건, 어떻게 살 것인가 하고도 이어지는 거니까……요.

긍정적으로 자신의 생명을 쓰려고 하는 것이라면, 지모신의 종으로서 부정할 수는 없다.

지키고, 치유하고, 구하는 것이다. 자신의 스탠스가 흔들리지 않는 이상, 해야 할 일은 변함이 없다.

"그라가, 와 가악중에 온 김니꺼?" _{그래서, 왜 갑자기 찾아오신 건가요?}

그렇게 한숨 돌리고 있는데, 안주인이 조용히 앞으로 나서서 입을 열었다.

여신관은 「괜찮으신가요?」 하고 물었지만, 「기학신의 무녀가 지닌 사명이다」라고 했다.

듣자니 기학신의 무녀는 상처를 치유하는 자이며, 동시에 포로에게 고통을 내리는 고문사이기도 하다는 것이다.

상처의 고통, 삶의 기쁨, 양쪽을 귀히 여기는 것이 기학의 여신이 내리는 가르침이다, 라는 건 알 것 같았다.

알 것, 같았지만…….

―저희들이 심문에 입회해도 되는 걸까요……?

안주인이 흉흉한 수술도인지 고문기구인지 모를 것을 준비하는 모습을 힐끔, 곁눈질로 보았다.

그것을 보며 다소 아무것도 느끼지 않게 된 것을 생각하면, 감각이 마비되어 버린 걸지도 모르겠다.

"아가야, 후스프레이야님아. 세우갈 기도 아이다. 말 한다."^{이거야, 안주인님이여. 오기를 부릴만한 것도 아니야. 얘기하지.}

그렇게, 상처 난 얼굴의 포로가 이야기하는 내용은 다음과 같았다.

그들로서도, 이렇게 갑자기 신부맞이를 올 생각은 없었다고 한다.

신부맞이라고 하여 다른 촌락에 쳐들어가서 날뛰고 빼앗는 것은 딱히 꺼릴 일이 아니다.

그러나 그것은 그렇다 치고, 정식으로 페스탈마르^{혼약의 의식}를 나누는 것을 경시해서도 안 된다.

두 사람이 맹세하여 맥주를 나눠 마시고, 1년 지나 신부가 쓴 액^{에일}막이의 베일을 걷어낸다.

그 브루드베이슬라이^{혼례의 의식}, 귀하지 않을 리도 없는 것이다.

"전장이 걸맀다 아이가."^{전쟁이 많았단 말이지.}

"연회를 열기 위해서도 먹고 마실 것이 있어야 하니 말일세."

리자드맨 승려가 이해를 표하며 기다란 목을 세로로 흔들었다. 엘프 궁수가 의문스런 눈길을 보냈다.

"어어……?"

"탐색자 선생도 혼례 의식은 화사한 편을 좋아하리라 생각하네마는."

"그건 그럴지도 모르겠지만 말야."

"그리고 그러한 연회를 준비할 수 있거나, 혹은 잡아올 수 있는 강한 사내야말로 좋은 걸세."

"하모 기다!"
<small>바로 그거지!</small>

"암, 암."

상처 난 얼굴의 남자와 리자드맨 승려는 기분이 좋아진 기색으로 반복하여 고개를 끄덕였다.

엘프 궁수는 도움을 청하듯 드워프 도사와 여신관에게 눈길을 보냈지만, 뭐라고 말을 할 수 있을까?

"……아하하."

"관용이란 것이 중요한 게다, 길쭉귀야."

싹둑 잘라내는 드워프 도사의 옆에서 여신관이 애매하게 웃으며 얼버무렸다.

지난번 연석에서 나눈 대화를 생각해 보면, 섣불리 뭐라고 말할 수 없을 것 같았다.

"긇타고."
<small>그렇지만.</small>

그리고 무엇보다, 이 자리의 본론은 엘프 궁수와 리자드맨 승려의 관계에 대한 것이 아니다.

자리의 분위기를 번득이며 다시 조이듯, 안주인이 늠름한 목소리를 냈다.

"아힛트에가 전장 걸디가 오는 기는 딩그서도 못 들었심더."
<small>씨족에서 전쟁을 걸어오는 건 집회에서도 듣지 못했어요.</small>

그것은 아마도 기학신의 무녀로서가 아니라, 두령의 처로서 하는 말이리라.

분명히 두령을 수장으로 두고, 그들은 왕국의 산하에 들어오는 것을 택했다.

그러나 그것은 모든 북방인이 왕국을 따르고자 택한 것은 아니다.

　그렇지만 물론 명확하게 적대하고 있는 것도 아니었다.

　북방의 오랑캐. 다시 말해서 북쪽에서 밀려드는 혼돈의 세력에 대해서 북방인들은 단결을 맹세했다.

　다툼이 끊이지 않고, 피바람이 휘몰아치는 가운데 일단은 평화를 유지하고 있던 것이다.

　——지금까지는.

　그렇지만 북방에서 무언가의 이유로 쟁란이 일어난다면, 그것은 큰일이다.

　그것은 재앙을 부른다. 그 폭풍은 혼돈의 소용돌이가 되어 왕국이나 사방세계를 끌어들일 것이다.

　"고블린인가."

　묵묵히 이야기를 듣고 있던 고블린 슬레이어가, 베어내는 것처럼 말했다.

　긴 의자 구석에 앉아 있던 그 남자의 갑작스런 말에, 포로도 한순간 입을 다물었다.

　잠시 지나 조심스럽게, 포로는 눈을 가늘게 뜨면서 천천히 머리를 움직였다.

　"기다."^(그래.)

　"역시 그렇군."

　한 마디였다.

　여신관이 「어」 하고 소리를 흘리며, 눈을 깜박였다.

　"계속, 그렇게 생각하신 건가요……?"

그렇다면, 지금까지 갖가지— 자신이 당혹한 행동도 모두 그 탓이었을까?

"연석에서, 다소나마 이야기는 들었다."

고블린 슬레이어는 여신관에게 담담하게 설명했다.

여신관은 분위기에 휩쓸려서 도저히 타인의 이야기를 들을 수 있는 연회가 아니었지만.

—역시, 그런 자리에 남는 것도 중요하네요…….

거북하다는 의식을 조금 개선해야 할지도 모른다.

물론 연회를 빠져나가 안주인과 둘이서 이야기를 나눈 것은 대단히 소중한 추억이었지만.

"그리고 예상도 했었다."

그런 여신관의 내심에 고블린 슬레이어는 담담하게 말을 이었다.

"산 아래에서 만난 놈들. 남방의 개체는 아니겠지. 그러나, 이주한 것치고는 숫자와 장비가 너저분했다."

애당초 고블린의 장비와 단련도, 숫자 따위는 그리 대단한 것은 아니지만.

그는 그렇게 말을 하고서.

"그러면, 북방에서 세력 다툼에 패해 밀려난 놈들이라 보는 것이 타당하겠지."

"그런 것치고는 차분하게 구경을 다녔구나."

"당연하다."

그는 잘라 말했다.

"그 나라의 전사가 고블린에게 질 리도 없을 테니."

"하모 기다. 바이킹이 오르크 따구에 지겠나."

<small>그렇고말고, 후미의 백성은, 오르크 따위에게 지지 않아.</small>

기습을 당하고, 상처를 입고 쓰러지며, 때로는 죽는 일도 있으리라.

그러나 그것은 지는 것을 의미하지 않는다. 영혼의 굴복을 의미하지 않는다.

<small>후미의 백성</small>
용감한 바이킹은 혹독한 북풍을 맞으며 만들어지는 것이다.

이 두 남자는 그것을 천진하게 믿는 것 같았다.

——아아, 그렇구나.

만약 어젯밤에 깨닫지 못했다면, 분명 지금도 여신관은 당혹했을 것이 틀림없다.

자신이 그를 동경하는 것처럼, 그라면 틀리지 않으리라고 믿는 것처럼.

—그에게 있어서.

여신관이 모르는, 북방의 황야에서 나타난 야만족의 영걸이 바로 그런 것이다.

그 호걸과 같은 땅에 사는 전사는 결코 죽음의 순간까지 무릎을 꿇는 일이 없을 것이다.

그렇게, 고블린 슬레이어란 사람은 믿고 있음이 틀림없다.

<small>그 욕심만 그득한 것들, 배를 타고 있단 말이지.</small>
"그 긍갈맞은 걸마들, 배를 탔다 아이가."

상처 난 얼굴의 포로는, 자신의 긍지를 이해해주자 어느 정도 혀가 돌기 시작하여 몸짓을 섞어가며 말했다.

고블린 놈들이 배를 타고 습격해온다. <small>우쭐해져서는.</small> 우채가가는. 그가 매도했다.

딱히, 그다지 심각한 일은 아니라고 한다.

그것은 변경의 마을들이 홀로 떨어진 고블린에게 습격을 받아도 대단치 않은 것과 비슷한 일이다.

그렇지만, 한 번뿐이라면 괜찮다.

두 번, 세 번, 반복하고 반복된다. 질리지도 않는 건지 배우질 못하는 건지, 몇 번을 처리해도 나타난다.

"소굴이 있다는 거지?"

팔짱을 끼고 이야기를 듣고 있던 엘프 궁수가 훌쩍 그 하얀 손을 흔들며 물었다.

"그러면 거기를 치면 되잖아."

"그기 잘 안대가지다." (그게 잘 되질 않는단 말이지.)

물론 백전연마, 일기당천의 북방인들이 그 정도를 깨닫지 못할 리 없다.

깨닫고서 할 수 없는 이유가 있다면, 그것은 하나.

"배가 돌아오지 않는다고?"

"하모." (그래.)

포로 남자는 거듭해서 고개를 끄덕였다.

"장시 나선 헤르스키프가, 한 척도 돌아오덜 않드나." (장사를 하러 나선 헤르스키프가, 한 척도 돌아오질 않아.)

물론, 누구 한 사람 그것을 고블린 짓이라고 생각하는 자는 없었다.

당연한 일이다.

북방인은 고블린을 두려워 않는다.

그렇지만 유귀(드라우그)는 두려워한다. 바다의 악마를, 그들은 두려워하는 것이다.

그리고 저항하려고 해도— 동토의 추위와 가혹함은 평등하게 모든 것을 덮친다.

사방세계의 모든 것은 평등하다.

누구에게든 평등하게 은혜를 내리고, 평등하게 괴로움을 내린다. 대처하지 못하면 멸망하는 수밖에 없다.

그리하여 북방인들은 일단, 친척에게 쳐들어가 급한 대로 물자 조달을 하러 나선 것이다.

남쪽 왕국과 교류하고 있는 곳이라면 무슨 일이 있어도 굶어 죽는 일은 없으리라 판단해서.

――그럴 때 도움을 청하지 않는 건, 으응…….

"뭐, 일단은 타국이 되어 버렸으니 말일세."

눈썹을 찌푸리는 여신관의 의문에, 불구덩이와 가장 가까운 긴 의자에서 몸을 말고 있던 리자드맨 승려가 대답했다.

"신부맞이는 단순한 교류일 터이나, 원조나 원군 같은 것이라면, 이는 정치의 영역일세."

일이 커져서 여러 가지로 성가신 일이 생기고, 오히려 혼란에 빠지는 법이리라.

"그렇군요……. 그런가요?"

여신관은 납득 반, 의문 반으로, 고개를 삐딱하게 기울였다.

입술에 손가락을 대고서 「으응……」 하고 생각에 잠겨도 도무지 감이 안 잡힌다.

"체면 문제도 있느니라."

이것은 구태여 벌꿀주를 조달하여, 긴 의자 위에서 맛있다는 기색으로 들이켠 드워프 도사가 한 말이었다.

날이 춥다 보니 술도 술술 들어가는지, 아침 식사 때부터― 어쩌면 어젯밤부터 계속 마셔대고 있는 모양이다.

그리고 술을 즐기는 드워프만큼 지혜로운 종족은 사방세계에 없는 법이다.

"고블린에게 져서 돈이 없으니 도와다오. 이런 말을 어엿한 전사가 지껄이면, 웃음거리가 되는 법이지."

"아……."

그것은 뭐, 대단히 이해가 되는 이야기였다.

물론 여신관은 전사의 긍지 같은 것은 잘 모른다. 모르지만.

그렇지만 어엿한— 뛰어난 모험가가 되고자 하는 자라면 있을 수 없는 언동이다.

고블린 정도에게 지고 돌아와서는 남에게 의지하려는 자가 어찌 모험가가 될 수 있을까?

모험가란 무뢰한들이다. 자신의 힘을 의지하여 사방세계를 걸어 나아가는 자들이니까.

최초의 모험, 최초의 파티, 최초의 동료들.

떠올릴 때마다 여신관의 가슴 속에서 욱신거리는, 깊게 박힌 가시 같은 씁쓸한 추억.

그 기억이 있기에— 누구나 마지막까지 저항하고자 했기 때문에—.

"그렇죠. ……그건, 안 되겠네요."

꼴사납게 자신의 불찰을 제쳐두고서 남에게 매달리다니, 하고 싶지 않다고 생각한다.

그렇지만 방치할 수는 없으리라.

"……이기 ……머어합니더."
<small>……이것은 ……난처하네요.</small>

안주인이 어렵다는 표정으로 생각에 잠겼다.

북방에서 밀려오는 혼돈의 세력, 북적과 싸우는 것은 북방인의 사명이라고 해도 되리라.

하물며 여기는 왕국의 북단이었다.

도망칠 수도 없고, 버텨내야만 한다. ─무위를 보여야 할 때다.

고블린은 어떻게든 되리라.

그렇지만, 해마. 배를 돌려보내지 않는 무언가. 빙해 너머에는 그것이 숨어 있다.

"…………."

여신관은 가슴에 한 가득 숨을 들이쉬고, 살며시 내쉬었다.

그녀들은 모험가인 것이다.

모험을 하러 온 것이다.

모험을 하기 위해서, 이곳에 있는 것이다.

이 자리에 만약 그때의 모두가 있었다면, 분명히 이렇게 말했으리라.

이 자리에 있는 지금의 모두도, 분명히 이해하고 있으리라.

"괜찮은, 거겠죠?"

"괜찮지 않을까?"

조심조심 물어보자, 맨 먼저 엘프 궁수가 응답해주었다.

그녀는 옥구슬이 구르듯 아름다운 웃음소리를 내면서 우아한 동작으로 한쪽 눈을 감았다.

"나는 할래. 이런 거 즐거워 보이잖아. 고블린이 얽힌 건, 좀 그렇지만."

"소승으로서는, 추운 데다가 바다 위라는 것은, 이거야 원……."

몸을 동그랗게 말고 있던 리자드맨 승려는 괜히 귀찮아 보이는 움직임으로 긴 목을 들고 눈을 돌렸다.

이미 그하고도 오래 알고 지냈다. 진심으로 귀찮아한다면 금방 알수 있다.

"그렇지만 이쯤에서 한 번, 전쟁에 나서는 모습을 보여줘야 할 걸세."

"용은 도망치지 않는 법이니, 라 했더냐?"

드워프 도사가 수염에 묻은 술 방울을 닦으면서 방긋 웃었다. 「암」 하고 긴 목이 흔들렸다.

"아가씨들에, 이 비늘 친구가 간다면 드워프도 도망칠 수는 없는 법이니라."

"그렇게 나오셔야지～."

엘프 궁수가 웃었다.

"술통이라면 바다에서도 떠오를 테니까."

"모루는 가라앉겠구나."

"네가 더 무겁잖아……!"

그리고 시끌벅적, 평소처럼 떠들썩한 두 사람의 대화.

이게 무슨 일인지. 안주인과 포로가 눈을 깜박이는 것이 우스워서 여신관은 웃었다.

안심과, 기쁨과, 감사가 섞여서, 키득키득 자연스럽게 뱃속에서 웃음이 일어났다.

"……괜찮은, 거겠죠?"

그리고 마지막으로 또 한 명.

지저분한 가죽 갑옷, 싸구려 철 투구의 그 사람에게 말을 걸자,

그는 담담하게 말했다.

"상관없다."

분명하고, 평소처럼 결단적인 한 마디.

"네가 생각하고, 정한, 네 모험이라면."

그것이 무엇보다도 듬직해서, 그 말이 힘차게 등을 밀어줘서, 여신관은 일어섰다.

그리고 그녀는 안주인을 향해서, 똑바로 분명하게 긍지 높은 그 한 마디를 꺼냈다.

어드벤처러
"모험가에게, 맡겨주세요……!"

§

"아니, 그렇게 말을 해도 말이다."

또 다시 스칼리였다.

그렇지만, 아침과 다르게 두령 주위에는 수많은 북방인들이 모여 있었다.

안주인이·포로에게서 들은 정보를 기반으로, 군사회의가 열린 것을 상상하기는 어렵지 않았다.

그리고 그 자리에 어째서 외부인인 모험가들이 있는가 하면—.

도와준다고 해도 말이지.
"부둔다 말이가."

모험가라는 건 도적 아닌가? 전쟁에 따라가도 금방 죽어버릴 거다.
"모험가라카믄 얌세이 아이가? 전장에 따리가믄 금상 죽으삔다."

아무리 안개봉우리의 산을 넘어 왔대도, 도적이어서는.
"암만 내가 찐 잔등 넘구가 왔대도, 얌세이 아이가."

떫은 표정으로 팔짱을 끼는 북방인들의 표정이 여실하게 이야기하고 있었다.

—단적으로 말해, 신용의 문제인 거죠.

여신관은 접수원 아가씨를 본받아 애매한 웃음을 무너뜨리지 않으면서, 살며시 내심 작게 숨을 내쉬었다.

한때는 당황하여 허둥거렸을지도 모르지만, 지금이라면 동요를 다소 숨길 수 있게 됐다.

모험가라는 것은 무뢰한들이다.

모험가 길드라는 것이 있는 것은 왕국뿐이라고 — 다른 국가에도 있는 것일까? — 들었다.

다시 말해서 보물처럼 걸고 있는 인식표가 「신용」의 증표로 통하지 않는 장소가 더 많은 것이다.

그리고 그 중 한 곳이 이곳이다. 그뿐이다.

다행히도 과거에 찾아갔던 동쪽 사막의 나라에서는 그다지 문제가 되지는 않았지만—.

"문제점은 어디지?"

그렇게 여신관이 어떡해야 할까 생각하는 옆에서, 고블린 슬레이어가 끼어들었다.

"우리들에게 신용이 없다는 점인가? 아니면 전력면에서 불안요소가 있나? 어느 쪽이지?"

"귀공은 이야기 진행을 빨리 하는군."

"해결할 수 있는 점이 있다면, 얼른 해결해야 한다."

쓴웃음을 짓는 두령에게, 고블린 슬레이어는 짧게 대답했다.

"그래서, 어떻지?"

알브가 도둑질을 하지야 않겠지.
"알브가 도두캐지야 않는다카이."

대답한 것은 두령이 아니라, 다른 북방인 중 한 명이었다.

그래.
"하모."

그렇지.
"하모하모."

자리에 있는 사람들이 차례차례 고개를 끄덕였다. 마치 모두가 한 명 한 명이 대표인 것처럼.

아무래도 두령이 상석에 앉아 있기는 해도, 회의장에서 입장은 모두와 같은 모양이다.

물론 여신관은 그보다도— 엘프 궁수가 강하게 신뢰를 받고 있다는 것이 우스웠다.

백자의 모험가라고 경시를 당해도, 지모신의 신관으로서 공경을 받은 일은 몇 번이고 있었다.

그런 그녀가 지금 이 자리에서는 문제도 되지 않으며— 엘프 궁수가 하이 엘프라는 것만으로 공경 받는다.

당사자 본인, 나이 차이가 큰 친구가 초연한 것은 숙취의 두통 탓인데도!

—신용이라는 건, 여러 가지 형태가 있는 거구나…….

때와, 장소와, 사람에 따라서, 모든 것이 바뀌어 버리는 것이다.

그것을 안 것이 여신관에게는 무엇보다도 유쾌한 일이었다.

너희들은 안개 낀 산을 넘어왔을지도 모르지만.
"느그들은 내가 찐 잔등 넘구가 왔다 케는데."

그래도, 우리는 그걸 못 봤다.
"긇티, 우리는 기를 몬봤다."

"보여주면 되는 건가?"

그래.
"하모."

또 다른 북방인이 고개를 끄덕였다.

"심지 배주라." ^{심지를 보여다오.}

"호오, 시험을 하는 것인가?"

쑤욱. 잠에서 깨어난 용이 이러랴 싶을 모습으로 리자드맨 승려의 긴 목이 솟아올랐다.

북방인이 겁먹을 리도 없었다. 동정인지 배려인지, 그의 거체는 불구덩이 곁에 머물러 있었다.

불을 쬐고 데워진 피는 싸움의 예감에 부글부글 끓어―.

"가능하면 소승이 참가하는 시간은, 해가 가장 높이 오른 시간에, 불 옆에서 부탁하고 싶소이다."

……오를 리 없었다.

또 다시 천천히 내려간 긴 목과 꼬리를 말았다. 리자드맨 승려는 완전히 그곳을 둥지로 정한 모양이다.

생각해보니 지금까지 북방에 간다고 하면, 당연하게도 그 모험은 눈 속의 행군이었다.

추운 시기에 따스한 불 옆에 웅크린다는 사치는 모험을 하는 가운데 그리 자주 용납되는 것이 아니었다.

그것을 남김없이 향유하는 것은― 용단이라고, 해야 할까?

"여차할 때는 부탁드릴 거예요?"

여신관이 한 마디 말을 걸고, 꼬리가 흔들리자 자리로 다시 돌아섰다.

"그러면, 어떻게 할까요? 시합 같은 건 아니고, 힘겨루기……가 된다면―."

"보거라. 여기선 그것을 안 하는 게냐?"

입술에 손가락을 대고 생각하는 여신관 옆에서, 벌꿀주 다음으로 맥주를 즐기고 있던 드워프 도사가 말했다.

리자드맨 승려와 풍취는 다르지만, 긴 의자 위에서 다리를 꼬고 앉은 모습으로 무척 유유히 쉬고 있었다.

아직 아무래도 내심 긴장이 남아 있는 여신관으로서는 솔직히 부럽다고 생각이 드는데—.

"그것, 이라는 건?"

"지역에 따라 이름이 다르니까 뭐라 할 수 없지만, 그거라 하면 이것이지."

드워프 도사가 두꺼운 손가락으로 뭔가를 집어서 통통, 탁상에 놓는 동작을 보였다.

"물론. 있고말고."

상석 위, 안주인에게 치유 받은 것을 가리키듯 오른팔로 턱을 괸 두령이 이를 드러냈다.

"사방은 모두 신들의 놀이판, 반상이야. 모험가에게, 반면에서 자신의 역량을 보여 달라고 하는 것은 이치에 맞는군— ^{안주인} 안들아."

"좋심더. 실개지끔도 좋기만캐로, 전장 디리께 네파타플은, 운수 ^{괜찮겠죠. 수수께끼도 괜찮겠지만, 전쟁을 앞두고 반상은.} 비는데 가름한기라예." ^{운수 기원도 되니까요.}

안주인이 눈처럼 하얀 얼굴에 늠름한 표정을 짓고 스윽 턱을 끌면서 고개를 끄덕였다.

안대에 가려지지 않은 번개 같은 시선을 모험가들 위로 흘렸다.

"내 귀댜니, 지나개나 상대를 한다 아임니꺼." ^{무녀로서, 누구든지 상대를 해드리겠습니다.}

"좋다."

여신관이 뭔가 말하기보다 빠르게, 고블린 슬레이어의 날카로운 대답이 울렸다.

그는 아무 문제도 없다고 말하는 것처럼 철 투구의 면갑 너머로 똑바로 시선을 받아냈다.

"반상 유희로 실력을 드러내면 되는 것이군."

"예."

"그렇다면."

고블린 슬레이어의 팔이 움직였다.

투박하고 길이 잘 든 장갑을 낀 손가락이 여신관의 가녀린 어깨에 닿았다.

꾸욱 힘차게 붙드는 감촉에, 여신관이 「와」 하고 무심코 입을 열고──.

"이 아가씨가 하지."

"에?"

대단히 얼이 빠진 소리를 냈다.

오른쪽을 보았다. 고블린 슬레이어의 철 투구는 똑바로 안주인을 보고 있었다.

왼쪽을 보았다. 엘프 궁수는 그럴 겨를이 없고, 리자드맨 승려가 고개를 끄덕이고, 드워프 도사는 술을 한 모금.

앞을 보았다. 안주인이, 그 외눈을 활활 반짝이면서 여신관의 심장을 꿰뚫어볼 것 같은 시선을 보냈다.

여신관은, 눈을 깜박거렸다.

"──엣?"

§

"근께, 전쟁유희다."
<ruby>그러니까, 전쟁유희다.</ruby>

상석 사이, 불구덩이를 건너듯 놓인 탁상에는 사방세계가 펼쳐져 있었다.

다시 말해서 정사각형이다. 눈이 새겨져 있고 각인 문자로 채색된 그것은 참으로 훌륭한 목제 반이었다.

그 위에는 백색과 적색, 두 색으로 칠한 군세가 주르륵 전열을 정돈하여 진을 치고 있었다.

바다 짐승의 송곳니 같은 것일까── 아니 이것은 주석, 백철이 틀림없다.

왕과 병사들의 갑옷과 투구는 정밀한 조각에 더해서 섬세한 붓질로 도장이 되어 있었다.

검과 투구, 그것을 채색하는 보옥의 반짝임이나 그림자까지. 여러 가지 색의 도료를 거듭 칠해서 표현하고 있는 것이다.

만질 수 없는 바람에 나부끼는 Ω의 깃발 따위는 당장이라도 정말 움직일 것 같아 보였다.

예를 들자면, 진짜 병사들이 그대로 손가락 정도의 크기까지 줄어든 것 같았다.

어쩌면 이 반과 말의 세트에 무언가 마법이나 가호가 깃들어 있어도 이상하지 않을 것 같다.

223

단지 하나, 여신관이 보기에 기이했던 것은——.

"하얀 말을, 붉은 말이 둘러싸고…… 있네요?"

두 군세가 대치하는 것이 아니라, 백군을 적군이 사방에서 둘러싸는 것 같은 포진이었다.

진지한 표정으로 반면을 들여다보는 여신관은 입술에 가는 손가락을 대고서 고개를 숙였다.

북방인— 그것도 우람한 전사들이 흥미롭게, 라기보다 구경을 하는 것처럼 주위를 에워싸고 있었다.

겁먹고, 움츠리고, 뭘 제대로 생각하지도 못하리라. 나이 젊은 아가씨라면 그것도 당연하다. —그러나.

"처음 보는 유희네요. 네파타플^{반상}이라고요……?"

그럼에도 그녀는 겁먹지 않고 고개를 들어, 맞은편의 상대에게 똑바로 눈동자를 보냈다.

"하모예.^{맞아요}"

그것이 어째선지 기뻐서 어쩔 줄 모르겠다는 태도로, 안주인이 볼을 풀고 고개를 끄덕였다.

"백군아는 안짝에 옥좌에서 구시짝으로, 코눙그를 해낳코롬 하믄 이기는 기라예.^{백군은 안쪽의 『옥좌』에서 구석의 『귀퉁이』로, 왕을 피난시키면 이기게 됩니다.}"

"반대로 네 방향의 적색 군세는 왕을 붙잡으면 승리, 라는 거군요."

—역시, 어쩐지 주술적이다.

그것은 반을 가리키는 안주인의 손가락의 움직임일까? 논하는 어조일까? 반과 말에 시행된 장인의 기술일까?

사방의 『귀퉁이』에서 반의 바깥으로. 그것이 무엇을 의미하는 것

© Noboru Kannatuki

인지, 여신관은 알 수 없었지만.

"……말을 움직이는 법은?"

"세로든 가리든, 쪽바리 쪼대로, 와닥트릴때까지 감니더." ^{세로든 가로든, 똑바로 마음대로, 부딪힐 때까지랍니다.}

안주인이 그 전쟁의 흔적마저 아름다운 손가락으로, 매끄럽게 적색 군세를 움직이고 다시 되돌렸다.

그렇군요, 그렇군요. 여신관은 반복해서 고개를 끄덕였다. 대각선은 안 된다. 그렇다면…….

여신관은, 가만히 11 곱하기 11, 121의 전장을 노려보았다.

언젠가 해봤던 탁상연습은 사방세계를 돌며 용 퇴치^{드래곤 슬레이}를 하는 것이었다.

그것에 비하면, 이 네모난 눈으로 구분된 세계는 그 한구석의 전장에 지나지 않는다.

한편으로 추상화되고, 고작해야 수십의 눈으로 끌어내린 사방세계보다는 광대하다.

—넓은 것 같으면서, 좁아요…….

여신관은 이 전장을 그렇게 보았다. 종횡무진으로 달리기에는 아군도 적도 너무 많았다.

하물며 왕은 중앙에 있으니, 아무리 발버둥 쳐도 『귀퉁이』에 이르려면 최단으로 두 수가 필요하다.

그것마저도, 사전에 진로의 방해가 되는 병사를 제거한 다음에 해야 한다. 그렇다면—.

"말을 줄여야 하네요. 같은 장소에 들어가면, 잡을 수 있는 건가요?"

"아임더. 두 말로 우두삐면 되임니더." ^{아뇨. 두 말로 감싸면 된답니다.}

안주인이 손가락 끝을 돌려서, 백과 적의 군세를 마법처럼 움직였다.

말과 말. 혹은 말과 『옥좌』, 혹은 말과 『귀퉁이』. 그것으로 감싼 말은 잡힌다.

예외는 『옥좌』의 영역에 있는 왕뿐이다. 그 왕만 사방을 둘러싸야 잡을 수 있다.

—늑대와 양의 놀이네요.

지모신의 사원에서, 심심풀이로 해본 그 경기를 여신관은 문득 떠올렸다.

어린 아이들 — 자신도 포함해서 — 이 많고, 모든 사람이 신앙심만 품고서 살아갈 수는 없다.

여신관은 갈색 피부가 아름다운 선배 여승에게 배웠고, 성장하고서는 후배에게 가르쳤다.

어렸을 적에는 선배를 이겼던 것이 기뻤지만, 입장이 바뀌고 보니 봐줬다는 것을 깨달았다.

—선배는, 무척 잘 했었죠.

여신관은 상황을 이해하고 있지만, 그리움에 볼이 풀어지는 것을 참지 못했다.

전쟁유희(워게임)라기보다는, 오히려 그 그리운 놀이에 가깝다고 느껴졌다.

"스스로 말 사이에 뛰어들었을 때는 어떻게 되나요?"

"그칼 때는 개않심더.(그럴 때는 괜찮아요)"

"그렇군요……."

그렇게 여신관이 하나하나 고개를 끄덕이고 확인을 한 탓일까?

상석에 앉아 지켜보던 두령이 도움을 보내는 어조로 말을 꺼냈다.

"참고할 것이 필요하다면, 적어두어도 상관없다만."

"?"

두령이 한 말에, 여신관은 신기하단 기색으로 고개를 갸웃거렸다.

"아뇨, 괜찮아요."

"그런가?"

네. 여신관이 고개를 끄덕였다. 모험을 하면서 그런 것을 적은 일
은 지금까지 한 번도 없었다.

"다만 룰을 확인하고 싶으니, 시험 삼아서 한 번. 그 다음에 본격
적으로 해도 괜찮을까요?"

"우짜나? 안들아."
어때? 안주인.

"개않심더."
상관없어요.

두령의 물음에 안주인이 아리따운 미소를 지으며 고개를 끄덕였다.

"놀음이로 하든 진심맨추로 달아보든, 처니는 몬 당함니더."
놀이로 하든 진지하게 임하든, 처녀는 적이 못 되니까요.

"그렇다고, 봐주지는 말아주세요."

그에 비해 여신관은 바짝 기합을 넣고 반면 앞에 섰다. 자신이 다
루는 것은 백군이다.

"놀이라도, 진심으로 해야 하니까요⋯⋯!"

그리고, 싸움이 시작됐다.

§

"있지, 괜찮아? 오르크볼그."

"뭐가 말인가."

그 대화를, 물론 모험가들도 마른침을 삼키며 지켜보고 있었다.

진지하게 반면을 바라보는 여신관 주위에서 역시 그들도 반상의 싸움을 보고 있었다.

포위된 백군은 악전고투를 하면서 적군에 대항하고 있지만—.

"이길 수 없을 거야, 아마도."

엘프 궁수가 괜히 목소리를 죽여서, 살며시 철 투구 안쪽으로 속삭였다.

나이 차이가 큰 친구가 진지하게 승부를 하고 있는데 찬물을 끼얹는 것은 좋은 방식이 아니리라.

그렇다고 모험을 하는데 전력을 분석하지 않는 것도 좋은 일이라 할 수 없었다.

"그런가?"

그러나 질문을 들은 고블린 슬레이어는 의문스럽게 철 투구를 기울일 따름이었다.

—이 남자는 참.

언제나 진지하지만, 아무래도 그런 태도는 좋지 않다.

엘프 궁수가 흥 코웃음 치는 옆에서, 술을 한 손에 들고 구경하는 드워프 도사가 말했다.

"나는 말이다. 분명히, 카미키리마루. 네가 할 거라고 생각을 했다만."

이 파티의 리더는 이 괴팍한 모험가다.

역량을 보여야 한다면, 그가 나서는 것이 이치에 맞으리라.

"아니면 나."

엘프 궁수가 재면서 빈약한 가슴을 내밀고 기다란 귀를 흔들었다.

"누가 뭐래도 엘프는 전쟁에 져본 적이 거의 없으니까."

"그야 수명이 기니까 언젠가는 이기는 것 아니더냐."

뭐야아?! 작은 소리로 소리치는 재주 좋은 짓을 하면서, 엘프 궁수는 매도를 그쳤다.

그도 그럴 것이 그녀의 소중한 친구가 열심히 대항하고 있는 와중이었다.

드워프 같은 녀석을 상대하는 것보다 훨씬 우선도가 높았다.

고블린 슬레이어도 다시 대단히 진지한 기색으로, 조용히 잘라 말했다.

"나는 반상 유희가 서투르다."

엘프 궁수와 드워프 도사가 믿을 수 없는 것을 보는 것처럼 보았다.

"미궁 탐색 경기 때 탁상 연습을 해봤다만, 아무래도 잘 안 되는 모양이더군."

주사위를 잘 못 굴린다. 조용조용, 고블린 슬레이어가 이어서 중얼거렸다.

엘프 궁수와 드워프 도사가 얼굴을 마주보고, 리자드맨 승려가 껄껄 웃었다.

"늘상 소승에게 의견을 구하고 있으니 말일세."

"내가 생각하는 것보다, 잘 하는 녀석의 의견을 듣는 편이 빠르다."

끄덕. 고블린 슬레이어의 철 투구가 흔들렸다.

자신이 모든 정세를 완벽하게 장악했고, 그 판단이 언제나 옳으며 절대적인 승리의 길이다.

……따위로 생각하는 어리석은 자는 되지 않으리라고, 그는 노력하고 있다.

적어도 그 정도로 재능 있는 자라면, 고블린 퇴치 따위는 하지 않으리라고 그는 생각했다.

뱀의 눈은 언제나 일어난다. 못 보고 지나치는 것이 있고, 모르는 것도 많다.

언제나, 자신이 알고 있는 것보다도 다른 사람이 알고 있는 것이 많다.

그걸 고려해서— 마음에 걸리는 것이 있다면, 한 가지.

"수고스러웠나?"

"아닐세, 아니야."

드디어 데워졌는지, 리자드맨 승려는 불구덩이 쪽에서 긴 목을 뻗어 반을 들여다보았다.

또 하나, 백군의 병사가 적군에 끼어서 잡혀 버리는 참이었다.

그렇지만 여신관은 생각하면서도 고민하지 않고, 다음 수, 다음 수, 말을 움직였다.

그 병사들에게 의지가 있다면, 장군에 대한 믿음은 그렇다 쳐도 망설이지는 않으리라.

"리더의 역할은 속단속결. 소승의 의견만 그대로 쓰는 것도 아님이니."

리자드맨 승려는 빙글 눈을 돌리고 고블린 슬레이어의 철 투구를 보았다.

"소귀 살해자 선생은, 좋은 리더일세."

"……그런가."

고블린 슬레이어는 낮게 으르렁거리듯 신음하고, 투구 안에서 조용조용 「그런가」 하고 반복했다.

"그러면, 됐다."

그리고 고블린 슬레이어는 입을 다물어 버렸다.

잠시 거실에는 아가씨 두 사람이 톡톡, 말을 옮기는 소리만 울렸다.

주위를 에워싼 관객들은 몰래 대화를 나누며 조용조용 감상을 나누었다.

엘프 궁수의 기다란 귀라면 그 말을 하나하나 알아듣는 것은 별일도 아니리라.

이 자리가 어디로 기울고 있는지 알고 있을 그녀는 어려운 표정을 지으며 말했다.

"그러면, 저 애보다 이쪽이 하는 게 낫지 않았어?"

이쪽, 리자드맨 승려의 긴 목을 가볍게 팔꿈치로 찌르면서 엘프 궁수가 코웃음을 쳤다.

"몰랐나."

고블린 슬레이어는 처음으로 반에서 눈을 떼고, 철 투구를 엘프 궁수에게 돌렸다.

면갑 안에서 보내는 것은 믿을 수 없는 것을 보는 듯한 시선이었다.

"저 애는 나보다도, 훨씬 실력 있는 모험가다."

§

"우, 우, 우……."

여신관은 전황이 진행된 반면을 내려다보며, 천상의 신들도 이러려 싶은 어려운 표정을 지었다.

―이거, 패색이 짙네요…….

일단 적진을 중앙에서 돌파하고자 생각했는데, 잘못이었던 것 같다.

사방의 4군으로 분산되어 있다지만, 말의 수는 백군이 열둘인 것에 비해 적색은 스물넷.

이 압도적인 전력 차이로는, 제대로 싸우고자 하면 백군의 왕은 탈출 못하고 토벌돼 죽어 버린다.

따라서 현재 상황은― 유감도 아니고 당연한 결과다.

그도 그럴 것이 적색의 군은 고블린이 아니다. 백색의 병사들과 호각의 강함을 가진 고참병이었다.

이 반과 말이 세상에 태어난 이래, 그들이 헤쳐 나온 싸움의 수는 여신관과는 비교도 안 되리라.

『옥좌』의 영역에 있으면 안심― 이라지만, 그것은 왕뿐이다.

병사가 『옥좌』에 끼어 잡혀 버리는 일도 많다. 『귀퉁이』도 마찬가지.

다시 말해서, 이것은―.

"이것은, 농성전이군요……."

『옥좌』라고 부르기에 현혹 당했다. 이것은 성이나, 요새로 보아야 하리라.

그리고 『옥좌』의 영역은 성채. 그것을 생각하면, 병사가 몰려서 잡히는 것도 짐작이 간다.

병사들을 맡은 몸으로서 마지막까지 포기할 생각은 없지만, 그래도 한계가 보였다.

"맞심더. 배풍냥하이보단 잦은기 낫소."
<small>맞아요. 느긋한 것보다 재빠른 것은 좋지만요.</small>

그렇지만 필사적으로 매달리는 여신관의 자세는 안주인에게 참으로 좋게 보였으리라.

그녀는 여신관과 대조적으로 미소를 지으며, 톡톡 반상의 병사를 움직인다.

"이래가, 장군임더."
<small>이걸로, 장군입니다.</small>

"아……!"

섣부르게 움직였다─. ……그건 아니다.

순조롭게 내몰린 결과였다.

어떻게든 왕이 『귀퉁이』에 가려면 네 변에 닿아야 한다.

이동 방향 하나를 스스로 막게 되는 것이다. 그것을 노려 함정에 빠뜨렸다. 함정으로 움직이게 됐다.

"아아……."

깊숙한 숨을 내쉬고, 여신관은 앞으로 숙여 엎드렸다. 물론 반을 건드리지 않도록 조심해서.

"어렵네요, 이 놀이는……."

"집지기 없소?"
<small>재미없나요</small>

"아뇨!"

벌떡 여신관이 고개를 들었다.

"아뇨, 절대로!"

그렇다. 어렵다. 룰은 단순하지만, 대단히 심오하다.

아니—.

세상의 유희란 것은 모두 그런 것일지도 모른다.

간단히 놀 수 있다. 하지만 심오하다. 그렇다. 반드시 이기는 방법 따위 있을 리 없는 것이다.

그렇게 간단히 이겨 버리는 놀이가 과연 재미있다고 할 수 있을까…….

<ruby>어떡할까요? 다음은, 적군을 해보겠어요?</ruby>
"우짤라요? 담엔 적군 해보실라예?"

"글쎄요…….'"

생글생글 이쪽을 지켜보는 안주인의 시선을 깨닫지 못하고, 여신관은 입술에 손가락을 댔다.

으응. 작게 소리를 흘리며 생각한 다음, 여신관은 「응」 하고 결의를 새롭게 다지며 고개를 끄덕였다.

"아뇨. 역시, 또 백군을 해도 될까요?"

<ruby>괜찮아요?</ruby>
"개않심꺼?"

"네!"

여신관은, 패배의 우환이 일절 느껴지지 않는 밝은 미소를 밝혔다.

"전, 농성전이라면 경험이 있어요."

§

—그렇지만.

여신관이 이길 도리가 없었다.

신을 모시는 의식으로 네파타플을 다루던 기학의 무녀와, 지모신의 경건한 신도는 특기 분야가 다른 것이다.

하물며 어제오늘 시작한 초보자가 쉽사리 숙련자를 이겨낸다. 그런 것은 말도 안 된다.

그것은 온갖 유희에 대한 모독일지도 모른다.

여신관이 다루는 백색 군세의 왕은 또 다시 탈출하지 못하고 잡혀버렸다.

잡혀버렸지, 만—.

"그렇군요……."

"아, 그런 수가?!"

"굉장하네요……!"

"또 한 번 부탁드립니다!"

여신관의 표정은 밝았다.

반상의 공방에 일희일비하고, 분해하고, 기뻐하고, 새로운 수를 보면 감탄한다.

물론 진검 승부였다면 두 번은 없다. 당연한 것이다.

"진심맨추로 달아보는 기였는디, 천상 해야겠소."
_{진검 승부를 할 셈이었지만, 어쩔 수가 없네요.}

그러나 그것을 상대하는 안주인이 쓴웃음을 지으면서도 받아들이니— 문제가 안 된다.

반복하고, 반복하고, 두 아가씨가 반상에서 말을 옮긴다. 톡톡 소리가 울린다.

여신관의 말은 어색하게 움직이면서도, 서서히 서서히, 능숙— 아니, 익숙함을 보이기 시작했다.

그렇지만 역시 도저히 안주인의 지휘를 당해낼 수 없었다.

북방인들은 소곤소곤 속삭임을 나누었지만, 이윽고, 드디어—.

"거가 가지 마라. 저짝에 병사를 나뚜라."
_{거기를 확보하지마. 저쪽에 병사를 둬라.}

얼굴에 상처 자국이 아직 생생한, 그 포로 남자였다.

조용하게 중얼거리는, 그렇지만 날카롭고 묵직한 목소리.

"어, 아……?!"

듣고서 눈을 깜박인 여신관은 두려던 말을 본래 위치로 되돌리고 반을 노려보았다.

그리고 손가락으로 눈을 세어보고, 피아의 말의 위치를 조사하더니 「아!」 하고 소리를 냈다.

"그렇네요, 분명히……! 고맙습니다!"

"아이다."
_{별 거 아냐}

톡. 말이 새로운 위치로 이동하고, 여신관이 자신 있게 숨을 내쉬었다.

제법 좋은 수였던 모양이다. 이것에는 안주인도 「아가야」 하고 처음으로 난처한 표정을 보였다.
_{어머나}

그러나 당연히, 계속 지켜보던 다른 북방인들이 이것에 가만있지 않는 법이다.

"바라. 잠주코 있으라."
_{이봐. 이러쿵저러쿵 말하지 마라.}

"하모. 쪼대로 끼들지 마라. 반칙이레이."
_{아무렴. 멋대로 끼어들지마. 반칙이다.}

"머라 카나 반칙은. 머어한 에식아 부두지도 않꼬."
_{뭐가 반칙이야. 난처한 여자애를 도와주지도 않고서.}

사뭇 당연하다는 듯 상처 난 얼굴의 포로가 팔짱을 끼고, 그 바위 같은 얼굴에 상대를 깔보는 웃음을 새겼다.

"니 그래가 바이킹 하긋나? 물러빠지가가." ^(너는, 그러고도 후미의 백성이냐? 나약한 것들,)

"메라꼬……?!" ^(뭐라고)

애당초 혈기가 왕성한 그들이 지금까지 입 다물고 있었으니, 상당히 참고 있었으리라.

거기서부터는 순식간이었다.

두 소녀 곁으로 와르르 몰려든 그들은 차례차례 이것저것 참견하기 시작했다.

오른쪽으로 가라. 아니다. 위다. 거기다. 아니다. 그 말을 잡아라. 아니 아직이다. 왕을 움직여라. 기다려라.

"또디기 자슥! 그카는 법이 어댔노!" ^(바보 자식아! 그런 수가 어딨나!)

"머라 카나!" ^(뭐라고 하나!)

"바라, 네파타플 가아온나!" ^(어이, 반상 가져와라!)

"하모, 씨라보자!!" ^(그래, 해보자!!)

탕 내리치듯 긴 의자 위에 놀이판이 놓이고, 여기저기서 승부가 시작됐다.

그러면 당연히 그것을 바라보는 자들이 성화를 부리며 사양 않고 외치며, 마시고, 노래한다.

정말이지. 그 소란이란!

방금 전까지 묵묵히 싸움을 지켜보고 있던 광경이 거짓말 같았다.

"아가……." ^(어머나)

안주인이 난처한 웃음을 지었지만.

스토바는 이미 회의 따위 할 때가 아닌 모습으로, 대소동이 벌어졌다.

"우, 우…… 우……."

그 광경에, 엘프 궁수가 근질거리는지 기다란 귀를 흔들었다.

"있지, 나도 그 네파……타플이라는 거 해보고 싶어! 가르쳐줘!"

"그, 그카까……! 알브 님아가 그쿠시니깨네……!"
_{그, 그래……! 알브 님이 말씀을 하신다면야……!}

와아 소리를 지른 하이 엘프에게 북방인들이 조심조심 놀이판을 준비하여 맞은편에 앉았다.

동경하는 여성 앞의 소년 같은 태도에 드워프 도사도 쓴웃음을 지었다.

그는 벌꿀주 다음에는 자 무엇을 즐길까 하고 맥주를 핥으며, 옆에 있는 벗을 툭 건드렸다.

"보거라, 비늘 친구. 이제 슬슬 해가 높아졌구나."

이미 햇살은 높고, 천창에서 햇빛이 쏟아져 들어온다.

조는 것처럼 살짝 눈을 감고 있던 리자드맨 승려가 눈동자와 순막을 살짝 들었다.

"우으음. ……그렇다면, 하지 않을 수는 없겠군."

느릿하게 몸을 일으키고, 근처의 누군가에게 놀이판과 식사를 부탁했다.

"물론, 염소젖도."

이렇게 주문을 덧붙이는 것도 잊지 않는다.

그리고 놀이판을 끼고 앉은 그들 두 사람 주위에도 교대해 가면서 북방인들이 에워싼다.

심각하고 중요한 군사회의로 시작된 이 자리도 이미 그 목적을 잃고 말았다.

과연 몇 명이나, 남방에서 나타난 이방인들에 대한 「시험의 장」이었다는 것을 기억하고 있을까?

"이겼군."

"그런가 보군."

그 모습을 지켜보고 있던 고블린 슬레이어와 두령이 말을 나누었다.

애당초, 이 대국은 궁극적으로 네파타플에서 이기는 것이 목적이 아니다.

북방인, 바이킹에게 실력을 인정받는 것이 목적인 것이다.

승리 조건을 언제나 명확히 하는 것은 고블린 슬레이어에게 당연한 일이다.

그리고 그것을 비추어 보면—.

"다, 다시 한 국, 한 국 더 부탁 드려요……!"

"푹 빠지있소. 가이없네예."

말과는 달리, 생글생글 웃으며 말을 다시 정돈하는 안주인의 그 표정을 끌어낸 것은.

주위의 북방인들에게서 자연스럽게 조언을 이끌어내고, 녹아들고, 대화에 이른 것은.

"——저 애는, 모험가니까."

고블린 슬레이어에게 그것은 자명한 이치였다.

"졌다고 생각하진 않지만……."

철 투구의 시선을 따라간 두령은 전장의 움직임에 일희일비하는 소녀들의 모습에 후, 숨을 뱉었다.

그렇다. 초보자가 쉽사리 숙련자를 이겨버리는 것은 유희에 대한 모독이다.

그렇지만, 초보자가 숙련자와 마찬가지로 즐길 수 있는 것은 신들의 축언이다.

세상의 놀이는 그래야 한다.

사방세계의 반면을 지켜보는 신들이 그렇게 바라는 것을, 기도하는 자 모두가 알고 있다.

말하자면— 이 광경이야말로 사방세계의 신들이 기뻐하는 모습 그 자체였다.

"이쪽이, 졌군."

"아니."

감명 깊게 중얼거리는 두령에게 고블린 슬레이어는 철 투구를 옆으로 흔들었다.

"우리들의, 승리다."

그렇다. 승리조건은 언제나 명확하게 해야 한다.

그녀는 모험가다. 자신의 휴가는 끝났다. 적은 고블린이다. 평소와 마찬가지. 아무것도 변함이 없다.

그렇다면, 이 또한 자명한 이치다.

"고블린 놈들은, 몰살시킨다."

「세상은 보이지 않는 곳에서도
멈추지 않고 움직인다는 이야기」

Goblin
Slayer
He does not let
anyone
roll the dice.

"그거면…… 되는 거였나요?"

여상인은 스스로도 구체적으로 무엇을 누구에게 말했는지도 모르는 채 그 물음을 던졌다.

그 질문을 받아야 할 상대는 젊은 왕의 집무실에— 몇 명 있었다.

왕일까? 혹은 그림자처럼 대기하고 있는 은발의 시녀, 그도 아니면 태평하게 서류를 보고 있는 지모신의 신관인가?

갖은 수단을 구사하여 사원에서 변경으로 시찰을 다녀온 그녀는 오라비의 쓴 소리도 산들바람처럼 무시했다.

무지한 탓의 자유로움은, 가혹한 경험을 거치며 분명한 강함으로 변하고 있었다.

여상인으로서는 그것이 흐뭇하기도 하고— 부럽기도 했다.

"대답해야 할 일이 여러모로 있는 모양이군."

집무를 보고 있던 왕이 중얼거렸다.

"어느 부분부터지?"

"우리 나라의 기사를 북방의 영주로 앉히는 것부터, 일까요?"

"하하하, 일단 거기서부터 틀린 부분이 있군."

깃털펜을 휘두르고 있던 왕이 경쾌하게 웃으며 깃털펜을 던지고, 새롭게 하나를 꺼냈다.

—그런데, 저걸로 이번 달 몇 개째일까?

여상인은 머릿속으로 세어 보면서, 살짝 탄식했다.

깃털펜이라는 것은 아무리 호화로워도 소모품이다. 하루에도 몇 번씩 끝을 깎아내고, 뾰족하게 유지해야 한다.

그러면서도 왕이 쓰는 이상, 저렴한 물건을 들여올 수도 없다.

싸구려를 사용하는 왕에게도, 왕에게 싸구려를 팔아 치운 상인에게도, 주위에서 오지랖을 부려 떠들어대니까.

—그러면서도, 비싼 것을 준비하면 또 여러모로 떠들어대니…….

정치란 것은 참으로 귀찮은 것이다. 여상인은 요즘 들어서 문득 그렇게 생각했다.

"그 자는 아비가 북방의 호족이야. 자란 것은 우리 나라지만, 태생도 핏줄도 북방인이지."

새로운 깃털펜 끝에 단검을 대어 깎으며, 왕은 잠시나마 서류 작업에서 벗어난 것을 기뻐하면서 말했다.

"듣자니, 피의 응보 속에서 상대를 해친 탓에 나오는 수밖에 없었다고 했던가."

"피의 응보?"

의미도 모른 채 교전의 내용을 읽는 것처럼, 긴 의자에서 뒹굴고 있던 왕매가 중얼거렸다.

"그거, 뭐였지?"

"일족 한 명의 죽음은, 씨족간의 전투, 사투로 해결하는 것이 북방인의 방식."

창가에서 대기하고 있던 은발의 시녀가 왕족 앞이라고 생각하기 어려운 태도로 대답을 중얼거렸다.

여상인은 무심코 「야만스럽군요……」라며 눈썹을 찌푸렸지만, 그 이상 겉으로 드러내지 않도록 노력했다.

왜냐하면 북방인들이 결코 싸움만 아는 사람들이 아니라는 것을 그녀는 서류상으로 알고 있기 때문이다.

"물론, 야만스럽지."

그러나 그 노력을 무시하고, 젊은 왕이 웃었다.

괜히 공을 들여 펜 끝의 상태를 확인하고, 일로 돌아가지 않기 위한 수고를 거듭하면서 그는 고개를 끄덕였다.

"그렇기에 북방인들은 대개의 일에 배상금을 정하고, 다툼을 피하고 있는 것이야."

배상이 제대로 되지 않으면 어찌 되는가? 여상인은 생각하고, 천천히 고개를 옆으로 저었다.

생각할 것도 없는 일이리라. 그러한 환경이, 그 무시무시한 북방인들을 단련시키는 것이니까.

"그래서, 그 녀석은…… 뭐라고 해야 할지……. 내 식구의 치부를 드러내는 것이기도 하다만……."

여상인의 흥미를 끈 것은 보기 드물게 말을 머뭇거리는 젊은 왕의 태도였다.

"폐하?"

배려하듯 고개를 기울이자, 돌아온 것은 아무것도 아니란 듯 쓴웃음이다.

"내 숙부다."

"숙부?"

기묘한 말이었다.

"그런 것치고는, 나이가…… 그리고 북방인이 아닌가요?"

"방황하는 몸이었던 그 자의 누이를 내 아버지가 측실로 들여서, 아비와 함께 장군으로 맞은 것이다."

"아아……."

흔히 있는 일이었다. 드물지도 않다. ―어찌 평하는가는 사람들마다 다르겠지만.

왕후귀족이라면, 적장자가 없는 것부터 일단 말이 안 된다. 예비까지 준비해두는 것은 어떤 종류의 의무다.

총희, 측실, 애인, 기타. 신분이 분명한 자로 한정하는 만큼, 오히려 고상한 편이라고 할 수 있다.

어느 엽기살인의 진상은, 암우한 왕자가 생각 없이 창부들에게 뿌린 씨를 거두기 위해서였다고 하던가.

그런 지옥에서 끌어온 것 같은 풍문마저도, 과거를 거슬러 올라가 보면 나오는 법이다.

―애당초, 이 방에 있는 것도…….

그 붉은 머리칼의 추기경이, 왕매는 그렇다 치고 자신과 시녀만 남기고 얼른 나가 버리다니.

―그런 일인 거겠죠.

여상인은 그것을 괜한 배려라고도, 민폐라고도 생각하지 않는 자신을 이해하고 있었다.

그렇다고 긍정하기에는― 자신의 몸을 찾아왔던 재난이 꼬리를 끌고 있었지만.

"나는 잘 모른단 말이지."

출가했으니까 그런 일하고는 인연이 없다는 듯, 휙휙 다리를 흔들면서 왕매가 푸념했다.

드레스로 저러고 있어도 망측하겠지만, 신관복이라면 더욱 그렇다. 따끔하게 혼나야 할 꼴이었다.

당황하는 것처럼 시녀를 보자, 시녀는 시녀대로 절레절레 하며 고개를 흔들기만 했다.

—뭐, 괜찮겠죠.

여기는 사원이 아니다. 여기는 왕성이며, 왕의 집무실이며, 오라비의 사실이며, 주위에는 벗들뿐이다.

그것이 얻기 어려운 장소와 시간이라는 것을, 여상인은 이해하고 있었다.

"아버님은, 어렸을 때 돌아가셨으니까."

"《죽음의 미궁》의 싸움보다도 이전의 일이다. 아버지는…… 아니, 관두지."

왕매의 천연덕스런 표정에 비해, 왕은 소태 씹은 표정을 지으며 손을 흔들었다.

"어쨌거나 지난번 마신왕과 싸울 무렵에, 드디어 배상금 지불의 방도를 마련했지."

그리고 북방으로 갔던 참에 그 씨족의 궁지에 휘말려 도움을 주었다…….

그때 만난 공주와 사랑에 빠지고, 맺어지고, 왕이 됐다. 두 사람은 정답고 행복했습니다.

마치 서사시 같다. 여상인이 생각했다. 고대의 영웅담을 그대로 따르는 것 같은 이야기.

그리 되고 싶다 바란다 해도, 그렇다 해도 결코 그렇게 될 수 없는 것. 자신도 그랬다.

결코 그렇게 될 수 없다고 통감하는 것은 괴롭고― 그렇기에 눈부시며 귀하다.

이쪽에서 그리 눈에 띄는 이야기가 없는 것은, 그저 이국의 이야기이며 이교의 무훈이기 때문이리라.

"용사님이 나타났을 무렵의 전쟁이군요."

그리고 무엇보다, 그 빛나는 소녀의 활약이 있기 때문이다.

이국의 영웅보다 조국의 영웅. 그것은 지극히 당연하고 자연스러운 일이다.

"북방에서도 혼돈의 권속이 나타났다는 건 몰랐습니다만."

"조기에 처리한 것은 용사 덕분이지. 그러나, 그래도 놓치는 것은 있는 법이야."

북방인의 명예는 북적(北狄)과 싸우는 것이라 들었다. 북적. 끝자락에서 나타나는 혼돈의 군세.

그러나, 싸움이 거듭되자 이제 단독으로 전투는 어려워졌다. 따라서……

"우리 나라에, 군요."

"그리고 그쪽의 공주와 혼인을 맺어 안성맞춤인 기사가 있었다. 이야기는 간단한 것이지."

의문점은? 그렇게 물어보는 왕은 기어이 핑계를 꾸미려는 노력과 함께 깃털펜을 책상 위에 내던졌다.

여상인은 살짝 볼을 풀고 하얀 손가락을 뻗어서, 펜을 집어 잉크병 옆에 세웠다.

"여러모로 반발도 일어날 것 같습니다."

"상황에 따른 대답을 하면 되는 것이지."

젊은 왕은 시시하단 기색으로 코웃음을 치고, 사자가 그러는 것 같은 동작으로 볼을 괴고 세웠다.

그를 싫어하는 자는 추방, 따르는 자는 영전. 난을 바라는 자에게는 침범, 평화를 바라는 자에게는 우호를 위해서.

그렇게 설명을 해주면, 다음은 멋대로 각자 취향에 맞는 논리를 짜줄 것이다.

무슨 말을 해도 불평불만만을 뿌려대는 자는 나오는 법이니, 일일이 어울려줄 수가 없다.

─그렇게 말할 수 없는 것이, 왕의 책무라는 것일까요?

"오히려 이 시기에 어째서 시찰을 보냈느냐 하는 거야."

조용히 참견을 한 것은 창가에서 팔짱을 끼고 있던 은발의 시녀였다.

"그것도 변경의 모험가를. 일부러."

재미없다는 표정─ 그녀는 언제나 이 표정이니, 감정을 살펴서 알아내는 건 쉽지 않다.

지금 그녀의 인형 같은 얼굴은 똑바로 왕을 바라보며, 유리 같은 눈동자는 날카롭게 가늘어져 있었다.

그 시선이 왕매 쪽으로도 향하고 있는 것 같다는 것은─ 어째서일까?

"사적인 정이 들어간 거 아냐?"

설마. 젊은 왕이 말했다. 설마, 다. 되새김질을 하듯 반복했다.

"금 등급을 움직여도 좋은 안건이기는 했다만…… 물의 도시의 대주교가 추천을 하기도 했으니."

"지모신 사원도 추천합니다~."

그에 비해 왕매는 천연덕스레 소리를 높였다. 젊은 왕은 힐끔 여동생을 보고, 한 번 탄식했다.

여상인은 살짝 입술에 검지를 대고 생각한 다음, 작게 고개를 끄덕여 고개를 끄덕였다.

"제가 염려하는 것은, 무언가 북방에서…… 혼돈의 기운이 꿈틀거리는 것이 아닐까 하는 겁니다."

그 징후는 언제나, 사소한 기록과 정보의 축적이다.

본래 바다를 이용한 장사는 언제나 위험하다. 배가 전혀 가라앉지 않는 편이 이상하다.

그래도, 배의 침몰이 조금 많은 것 같았다. 북쪽에서 오는 물건들의 정체가 보이기 시작했다.

북방인은 야만족과 같은 전사들만 있는 게 아니다. 숙달된 뱃사람이며, 상인이기도 하다.

그들이 날라오는 물건, 북해를 경유하는 장사가 살짝 정체되고 금품의 흐름이 느려진다.

그것은 대하에 한 방울, 먹물을 떨어뜨린 정도이며— 대단한 차이가 일어난 것은 아니다.

그러나 어두운 구석이 있는 귀족, 상인이 갑자기 숨을 죽이기 시작했다. 사람들의 얼굴에 그늘이 드리운다.

세계의 위기, 용사의 차례. 그렇게 부르기엔 거리가 멀고, 그렇지만 그냥 넘어갈 수는 없는, 몰래 다가오는 것.

방대한 서류와 문자열, 사람들의 입가, 그 사이에서 슬쩍 스며 나오는— 무언가.

이것을 읽어내는 것이, 외투와 단검의 기본이라고 시녀에게 배웠는데…….

_{클록 앤 대거}

—혼돈의 기운이다.

뒷덜미의 낙인이 쑤시는 것처럼 아플 때, 여상인은 언제나 그렇게 생각하는 것이다.

"그렇고말고."

젊은 왕은, 완전히 내려놓은 기색으로 볼을 괴고 있던 몸을 일으켜 사자처럼 웃었다.

"그렇다면, 우리들 모험가가 나설 때가 아닌가?"

"폐하."

당장이라도 무구를 갖추고 뛰쳐나갈 법한 왕 앞에서, 여상인이 못 말리는 사람이라 생각하여 한숨을 흘렸다.

그것이 불쾌하지 않다는 자신에 대한 놀람도— 역시, 불쾌하지 않았다.

제 5 장 　Viking
『습격과 약탈』

Goblin
Slayer
He does not let
anyone
roll the dice.

　북방인들의 움직임은 대단히 **빨랐다.**

　적이 유귀, 해마라면 무시무시하지만, 고블린 따위로는 부족하다.

　그렇지만 두령이 해야 한다고 말한 이상 이것은 전쟁이다.

　재화는 잃고 일족은 끊어지며

　제 목숨도 언젠가는 다하리라

　그러나 무훈은

　제 손으로 움켜쥔 가장 존귀한 것은

　결코 스러지지 않음이니

　불을 피우고, 무녀인 안주인의 축사에 맞추어 전사들이 갈채를 보낸다.

　전쟁 중에 적을 죽이고, 고통 속에서도 삶을 다하면 기쁨의 들판이 기다리고 있다.

　바이킹에게 전쟁이란 것은 그것 자체가 신성한 의식과 다를 바 없다.

　누가 뭐래도 만물에 평등하게 주어진 하나의 목숨, 그 성과를 따지는 일대행사인 것이다.

　물론 여신관은 반쯤 이해를 포기하고서야 그런 것이라고 받아들이게 되긴 했지만.

어쨌거나, 그렇게 떠들썩한 한복판에서—.

"어라? 고블린 슬레이어 씨, 그 검은 안 쓰는 건가요?"

빌린 집에서 장비를 갖추고 있는 고블린 슬레이어는 장검을 가만히 바라보고 있었다.

긴 의자에 앉아서, 무릎 위에 올려둔 드워프제 강철의 검을 조심스럽게.

폭이 넓고, 검신이 두껍고, 날카롭다. 그가 평소에 쓰는 어중간한 장검하고는 모든 것이 하늘과 땅 차이다.

마법은 걸려 있지 않은 무명의 검이지만, 분명한 명품이란 것은 초보자가 보기에도 알 수 있었다.

"그래."

고블린 슬레이어는 살며시 그 흐림 없는 칼날을 손가락 끝으로 더듬고 고개를 끄덕였다.

"그럴 셈이다."

그는 뽑아둔 검을 정중하고 신중한 손놀림으로 긴 의자 위에 눕혀 놓았다.

깔개 위에서 불구덩이의 불빛을 받아, 흑철의 칼날이 반짝반짝 별처럼 깜빡였다.

그것을 가만히 바라보고 있던 고블린 슬레이어는 다시 한 번 자루를 쥐고 검을 천창의 빛에 비추었다.

"오르크볼그가 쓰기에는 너무 기니까."

키득키득. 청량한 방울이 울리는 것처럼 웃은 엘프 궁수는 이미 만반의 준비를 갖추었다는 태도였다.

그녀는 신화와도 같은 움직임으로 모자를 손가락으로 채더니, 빙글빙글 돌리며 모두를 기다리고 있었다.

"늘 쓰는 이상한 길이의 검, 이 근처에도 있을까? 빌려달라고 부탁했어?"

"두령에게, 무구고에서 한 자루 빌렸다."

철 투구를 드워프의 검에 돌린 채, 그는 전혀 흥미가 없다는 어조로 응답했다.

실제로 그가 허리에 찬 칼집에는 분명히 자그마한 만도가 들어 있었다.

여신관은 무구를 잘 모르지만, 이 땅에서는 양손에 두 자루의 무기를 드는 것도 드물지 않은 모양이다.

─뭐, 방패와 검도 양손에 드니까요.

친구인 여상인도, 찌르기용 검은 단검과 조합해서 쓴다고 전에 말한 적이 있었다.

그리고 애당초─

"고블린 슬레이어 씨, 생각해 보면 어떤 무기든지 잘 쓰니까요……."

신악을 연습하면서 플레일도 다루는데 고생했던 자신하고는 딴판이다.

"내 멋대로 하는 거다."

철 투구 너머에서 대답이 들렸다.

"제대로 소화하는 게 아니다. 다루는 법도 난폭하다."

"뭐 예비 검 한둘이야, 잃어버려도 곤란할 땅이 아닐 걸세."

깃털 덩어리 안쪽에서, 웅웅거리는 불명료한 소리가 들렸다.

끄트머리에서 비늘에 덮인 꼬리가 빼꼼 보이는 걸 보니, 리자드맨 승려의 외투일까?

여신관은 쓴 웃음을 지으면서도, 그 부드러운 깃털을 한 번 두 번 만져보기도 한다.

상황이 이렇지 않다면 한 번 푹 끌어안아볼 정도의 푹신한 감촉이었다.

"수중호흡의 반지도, 배에 오르기 전까지는 참아야 하니 말일세."

얼어붙은 얼음의 바다 위. 그곳에 나설 것을 생각하면, 리자드맨 승려의 경계는 웃을 일이 아니다.

한 번, 아주 잠깐 바다에 나섰던 ─ 그 길맨^{지느러미 종족}들은 건강할까? ─ 경험이 있다지만.

"사슬 갑옷, 괜찮을까요?"

여신관으로서도 자신의 방비는 무척이나 마음에 걸리는 부분이 있었다.

바다에 굴러 떨어지기라도 하면, 분명히 사슬 갑옷의 무게 탓에 가라앉아 버릴 것이다.

아무리 수중호흡의 반지가 있어서 즉시 익사를 피할 수 있다지만, 그것도 절대는 아니다.

"북방인 여러분들도 입고 있으니, 그렇게 문제가 되진 않을 것 같지만……."

"그거야, 그 사람들은 다들 전위니까 그렇지."

쏙. 뒤집어쓴 모자 안으로 기다란 귀를 밀어 넣으면서, 엘프 궁수가 말했다.

아무리 모자가 마음에 들었다지만, 약간 갑갑해 보이는 것은 애교일까?

"언제나 생각하는데 말야. 너도 오르크볼그도 힘들지 않아?"

"사슬 갑옷 말인가요?"

"그래."

엘프 궁수가 곧장 고개를 끄덕인다. 분명히 그녀는 방한구를 빼면 평소와 다름없는 경장이다.

그렇다기보다 이 파티에서 제대로 된 방어구를 입은 것은 흄 두 사람뿐이다.

엘프 궁수는 물론이고, 드워프 도사는 술사이며, 리자드맨 승려에게는 계율이 있다.

물론 계율을 따지자면, 여신관도 과도한 무장은 좋은 말을 못 든다―.

"처음에는 무겁긴 했지만요……."

그녀는 자신의 신관복 자락을 들어서 입고 있는 사슬 갑옷의 배를 쓰다듬었다.

기름과 금속의 서늘한 감촉은 평소에 비해서 훨씬 차디찬 느낌이었다.

"허리띠를 잘 조이면 괜찮은 정도예요. 익숙해지기도 했고요."

"춥지 않냐는 의미로도 묻고 있는 건데?"

"뭐, 그것도 어찌어찌……."

"믿을 수가 없다니까."

여신관이 애매하게 웃자, 엘프 궁수는 감탄하듯 살짝 볼을 풀었다.

"흄은 말야, 정말로. 이런 곳에 살려고 하는 것 자체도 그렇지만……."

"이런 곳?"

"살기 힘든 곳이면 안 살면 되잖아. 포기하잖아, 보통은 말야."

집을 세우고, 옷을 마련하고, 추위를 버티며, 쉽사리 적응해 버린다.

하이 엘프는 그 소행에 찬사를 보내듯, 「믿을 수가 없어」 하고 다시 한 번 중얼거렸다.

"어느 사이에 있는 사람이기에 흄이니 말일세."

그것은 보다 강한 생명이 되고자 하는 리자드맨으로서는 동감일지도 모른다.

깃털 덩어리 같은 상태가 되어서도, 그는 이 땅에서 살아갈 수는 없으리라.

그것은 리자드맨에게 어떤 종류의 패배라고 해도 과언이 아니었다.

"그리 부르는 것은 그저 멋이 아닐 걸세. 영장이라고 하는 것은 오만이라 하여도."

"아하하……."

몇 년을 알고 지내면서도, 여신관은 리자드맨 승려의 농담을 좀처럼 이해 못한다.

나쁘게 보고 말하는 것은 아닐 거라 생각하니까, 뭐 괜찮겠지만.

"칼집이 필요하군."

그런 동료들의 대화를 흘러들으며, 고블린 슬레이어가 작게 중얼거리는 것이 들렸다.

그는 갖가지 각도에서 꼼꼼하게 바라본 장검을 또 살며시 긴 의자에 놓는 참이었다.

그러나 그래도 어쩐지 아쉬운 건지, 문득 다시 손에 집을 법한 느낌이 들었다.

어째서 그가 그렇게 그 검을 신경 쓰는 건지 여신관은 잘 알 수 없었다.

그때 드디어, 말없이 가방 정리를 하고 있던 드워프 도사가 입을 열었다.

"돌아가면, 누군가 대장장이라도 찾아서 마련하면 좋을 게야."

그는 촉매가 든 가방의 짐을 꺼내 죽 펼쳐두고, 이것저것 위치를 바꾸고 있었다.

엘프 궁수가 「늦～어」 하고 입술을 삐죽거렸지만, 방해를 안 하는 건 그녀 나름대로의 배려일까?

아니, 주문술사의 술법이 파티의 명운을 가르는 이상 그것은 당연한 일일지도 모른다.

"…………."

"무슨 일인고?"

어쨌거나, 고블린 슬레이어는 드워프 도사의 말에 입을 다물었다.

아니—.

—놀라고 있나요?

여신관의 눈으로 면갑 안의 표정을 알아볼 수는 없었지만, 그런 느낌이 들었다.

"……그렇군."

잠시 지나, 고블린 슬레이어는 철 투구를 세로로 끄덕 움직였다.

"그게 좋겠다."

그는 다시 한 번 고개를 끄덕이고 말했다.

"……그렇게 하지."

§

회색의 수면을 하얗게 헤치면서, 선단이 촤아아 바다를 갈랐다.

거의 물에 잠기지 않는 북방인의 배는 바다 위를 말 그대로 미끄러지듯 나아간다.

꿈틀거리는 파도 위를 튕기듯 나아가는 항적은 그야말로 언덕을 나아가는 뱀처럼 유연했다.

"와, 푸……?!"

그러나 그 덕분에 파도도 성대하게 뒤집어쓰는 꼴이 되어, 여신관은 무심코 눈을 깜박였다.

용맹한 용두의 선수에서 튀어 오르는 파도는 마치 소나기를 맞은 것처럼 여신관을 적셨다.

"구불어지가 널찌지 마이소."
<small>넘어져서 떨어지지 말아주세요</small>

"앗, 네……!"

등 뒤에서 안주인의 목소리가 말을 걸자, 여신관은 뱃전을 붙들면서 열심히 고개를 끄덕였다.

안주인은 이미, 처음 만났을 때와 마찬가지로 신성함마저 느껴지는 그 전쟁의 차림새를 하고 있었다.

그럼에도 더욱이 소중하게 허리에 흑철의 열쇠를 차고 있는 것을 보고, 여신관은 가슴이 따스해졌다.

그렇지만—.

뱃전 너머로 보이는 바다의 색은 검디검었다. 판자 한 장 아래가 지옥이란 말은 참으로 적절했다.

물론— 신기하게도 여신관은 두려움을 느끼지는 않았다.

양현에서 무수하게 돋아난 노는 규칙적인 움직임으로 물을 젓고, 힘차게 배를 앞으로 밀어낸다.

그 힘의 근원은 배의 갑판에 나란히 앉은 전사들의 듬직한 양팔이었다.

한 명 한 명이 일기당천인 북방인들은 훌륭하게 박자에 맞추어 노를 젓고 있었다.

그리고 그들을 지키기 위해서 현에 주르륵 원형 방패를 세워놓은 모습은 그야말로 전쟁의 배 그 자체.

여신관은 생각지도 못한 원리로 그 노를 스르륵 안쪽에 넣을 수도 있다고 한다.

돛에만 의지할 때는 그렇게 한다고 들었지만, 올려다보면 그곳에 모직물의 돛을 펼치고 있었다.

바람을 품고 확 펼쳐진 그 돛은 듬직하여, 배에 더욱 힘을 주고 있었다.

후미의 백성이 탄 배는 노와 돛, 양쪽을 능숙하게 다루어 나아갈 수 있는 것이리라.

그러한 모든 것을 보고 있자니, 신기하게도 공포 따위는 사라져 버리고 대신에—.

—어째서, 가슴이 설레게 되는 걸까요?

여신관은 모자를 누르면서, 갑판 위, 노 젓는 사람들 사이에서 살금살금 일어섰다.

배이기에 흔들리지만, 그래도 생각보다 흔들림이 적은 것은 북방인의 기량 덕분일까?

그리고 좌우를 보자, 그곳에는 마찬가지로 바다를 나아가는 배 몇 척이 늘어서서 쐐기 모양을 만들고 있었다.

선열은 거의 일직선이지만 선두에 선 것이 중앙의 이 배다. 다시 말해서 이곳이 뾰족한 끝이다.

따라서 파도도 한층 더 격렬하고, 여신관은 또 다시 「와」 하고 물을 뒤집어써서 소리를 내게 되었다.

"고디는 전장 내띠설 때, 맨 아페가 내띠섭니더." ^{두령은 전쟁에 나설 때, 맨 앞에 나서니까요.}

키득키득 웃는 안주인의 손을 빌리면서, 여신관은 배 위를 나아갔다.

발치에 대량으로 쌓인 돌 — 아마도 바닥짐이리라 — 을 조심하면서 가는 곳은 배의 중앙이다.

돛대 아래에 천막이 준비되어 있고, 그곳이 이 헤르스키프의 선실^{전선}이었다.

"행선지는 알고 있다고 했지."

"물론이다. 귀공들이 포로에게 알아낸 그대로야."

그곳에 산처럼 쌓인 무구 틈에서 두령과 파티의 사람들이 군사회의를 하고 있었다.

천막에 들어온 여신관이 꾸벅 인사를 하자, 지저분한 철 투구가 말없이 흔들렸다.

그녀가 총총 탁자의 역할을 대신하는 통에 다가가는 동안에도, 회의는 끊이지 않고 이어졌다.

"배가 돌아오지 않았던 해역에 **무언가**가 있다고 봐야 하겠지."

"그리고 아무것도 없으면, 그대로 고블린 놈들의 소굴을 탐색하러 간다."

"그래."

고개를 끄덕인 두령 또한, 투구는 안 썼지만 이미 전쟁에 나서는 차림새였다.

사슬 갑옷을 중심으로 장구를 갖춘 모습은 이미 완전히 북방인의 차림새 그 자체였다.

유일하게 다른 점은 수염을 기르지 않았다는 것인데——.

『내캉, 그라 해뿌라, 부탁 했심더.』_{제가, 그렇게 해달라고, 부탁을 했어요.}

안주인이 수줍게 미소를 지으면서, 살짝 알려준 것을 여신관은 알고 있었다.

"고블린 놈들에게 항해 기술 따위는 없을 테지?"

"없다."

고블린 슬레이어는 단언했다. 고블린에 관해서, 그가 주저하는 모습을 보인 적은 거의 없었다.

—하지만, 분명히 그랬다…….

한 마디도 놓치지 않으려고, 풍파에 지지 않고자 여신관은 귀를 기울이면서 생각했다.

물의 도시 지하에서 배를 탄 고블린을 보았지만, 그렇다. 그것은 「조종한다」가 아니라 「탄다」였다.

바람과 조류에 저항하며, 따르고, 북방인의 전사들처럼 일치단결하여 노를 젓는 일 따위는 불가능하리라.

"고블린은 기승의 비밀을 훔쳤지만, 기술이 있어도 놈들의 근성으로는 장거리 항해를 버틸 수 없다."

"바람과 조류에 따라서 흘러가는 것뿐이라면, 놈들의 거점도 저절로 짐작이 간다……."

흠. 턱을 쓰다듬으며 생각하던 두령은 문득 생각난 의문을 딱히 별 생각 없이 말했다.

"……고블린 놈들, 귀환은 어쩔 셈인 걸까?"

"생각 없을 거다."

고블린 슬레이어는 그저 담담하게 사실을 말하듯 답했다.

"놈들은 자신이 하는 일이 잘 굴러가는 것밖에 생각하지 못한다."

고블린이란 언제나 그런 생물이다. 그러면서도 자신들이 영리하다고 생각한다.

그 때문에 질이 나쁘고— 오만하며, 잔혹한 것이리라.

사방세계의 괴물들 가운데 가장 약하다지만, 고블린도 역시 괴물이기는 한 것이다.

그리고 고블린을 이기지 못해서는—.

"우리들도, 해마를 이길 방도 따위는 없다만."

씁쓸하게 웃으며, 두령은 거칠게 날뛰는— 평소와 같은 북쪽의 바다로 눈길을 주었다.

사람의 지혜를 넘어선 이 반면 안에서, 생각지도 못할 일이 얼마나 있을까?

자신의 발 아래 무엇이 있는지도 모르는데, 바다 너머에 있는 것을 배우는 것은 어렵다.

북방인과 같은 속도로 바다를 달려도, 백학연환이 되지는 못하는 법이다.

"당장 생각해도 어쩔 수 없을 걸세."

리자드맨 승려가 전쟁 전에 배를 채울 요량으로 치즈를 깨물면서 말했다.

그는 긴 혀로 턱에서 흘러 떨어지는 것을 잡아채면서, 함축된 의미를 담아 논했다.

"실체가 있으면 죽일 수 있음이라. 죽이는 법은, 그 다음에 생각하면 될 걸세."

"무작정이군."

"고도의 유연성을 유지하면서 임기응변으로 대응한다고 말씀해 주시게."

이거야 원. 두령의 당황한 시선을 받은 고블린 슬레이어는 고개를 끄덕였다.

"모험이란 그런 법이라고 하더군."

"이거야 원."

두령은 당혹인지 유쾌함인지 모를 말을 흘리고 저 너머를 보며 눈에 힘을 주었다.

아무리 북방인의 생활로 단련되었다지만, 흄의 뱃사람은 시력에 한계가 있다.

그러나—.

"이제 슬슬 보이는 거 아냐?"

훌쩍. 돛대 위에서 나뭇잎처럼 내려선 하이 엘프라면 다르다.

그녀는 고양이가 그러는 것처럼 기지개를 켜더니, 대궁의 현을 꾹꾹 당겨 확인하고 고개를 끄덕였다.

"역겨운 배. 수는…… 스물 정도일까? 고블린투성이야."

"허면, 술법의 준비를 해둬야겠구먼."

느릿하게, 체력을 아끼기 위해서 앉아 있던 드워프 도사가 몸을 일으켰다.

마술사, 신관 같은 자들이 힘을 아껴두는 것은 모험이든 전쟁이든 철칙의 일환이다.

"다른 배에도 바람 주술사는 타고 있을 것이니, 《테일윈드》를 걸어도 진이 흐트러지지는 않겠지?"

"아, 저, 저도……!"

따라서 여신관 또한, 황급히 자신의 존재를 주장하며 꼬옥 양손으로 석장을 쥐었다.

주위에서 어떻게 인식하고 있든…… 아직 제대로, 자신의 능력을 증명했다고 생각하지 않는 것이다.

안주인과 두령, 북방의 사람들이 잘 대해주고 있다지만 놀이판에서는 지기만 했다.

여기서 한 번, 힘을 내야 한다고 기합을 넣는 것은 오히려 당연한 일이었다.

"……아이제."

그런 그녀를, 딸이라도 생기면 이렇지 않을까 하며 두령이 보고 있는 것은 깨닫지 못했다.

  물음표를 머리에 띄우고 고개를 갸웃거리는 소녀에게 안주인이
웃으며 말했다.

  "머이 돌뿌터임더."^{우선은, 돌부터랍니다.}

§

  역겹기 짝이 없다고, 그 고블린은 언제나 생각했다.

  언제나 그는 손해를 보고 있으며, 치사한 놈들만 득을 보는 것이다.

  드디어 운이 따른다고 생각했는데, 그걸로 득을 보는 것은 다른
놈들이다.

  예를 들어서— 그렇다, 이 근처에 있는 흄 놈들이 그렇다.

  제집인 양, 배인지 뭔지 하는 그 커다란 탈 것을 움직이며 잘난
체 떠들어댄다.

  놈들이 잘난 체 하는 것은 배가 있기 때문이지, 놈들 자신이 굉장
한 것도 아닌데.

  —언젠가는.

  그 오만한 계집도 잡아끌고 자빠뜨려서 마음껏 괴롭혀 주리라고,
고블린은 생각하고 있었다.

  멀리서 봤을 뿐이지만, 잘난 듯이 잰 표정을 짓고 있었으니 오만
할 게 틀림없으리라.

  남아 있는 쪽이든 망가진 쪽이든, 눈에 박아 버리면 어떤 표정을
지을 것인가!

일단 망가진 쪽부터다. 그쪽이 더 길게 괴롭히면서 즐길 수 있을 게 틀림없다.

그런 어리석기 짝이 없는 망상을 해대면서 고블린은 자신들의 처지에 불평불만을 흘리고 있었다.

딱히 바꿀 노력도 하지 않았으면서, 변하지 않는 것은 주변 탓이라고 생각하는 것이다.

그러나— 그것도 바로 얼마 전까지 일이다.

어느 날, 소굴 옆의 해안에 그것이 흘러들었다.

그렇다—— 배다.

몇 척이나, 몇 척이나, 마치 질린 장난감을 내다 버린 것처럼 모래사장에 드러누워 있었다.

구멍이 뚫려 있거나 기둥이 부러져 있는 것은 불만이었지만, 뭐 좋다.

어째선지 선원이 한 명도 없는 것에도 고블린 놈들은 아무런 의문을 품지 않았다.

흄 놈들은 멍청하고 이쪽을 깔보고 있으니, 배를 버려도 신경 쓰지 않는 것이리라.

그러나, 그것도 이걸로 끝이다.

배다! 배다! 배다!

놈들이 잘난 척 할 수 있는 날은 끝이다. 배만 있으면, 이쪽이 더 강한 게 당연하다.

실제로 배가 없는 바보 같은 놈들을 내쫓는 것은 잘 되지 않았는가?

놈들은 남쪽 — 이라는 말을 고블린은 모르지만 — 으로 도망쳤다. 바보 같은 놈들이다.

그쪽에는 산밖에 없는 것이다. 어차피 금방 굶어 죽을 것이 틀림없다.

그렇지만, 무리의 우두머리 — 멍청하고 오만해서 자격이 없다! — 가 내린 명령에는 입이 쩍 벌어졌다.

배를 모래사장에서, 이렇게 추운 날에, 바다로 밀어내라니!

낑낑거리며 밀어냈는데, 올라탄 것은 다른 놈들뿐이다.

그리고, 바다 너머로 간 놈들은 돌아오지 않았다.

—쓰레기 놈들. 분명히 어디선가 잘 살고 있을 게 틀림없다.

그렇게 많이 있던 배도 그 탓에 줄어들어서, 드디어 이걸로 마지막이다.

덕분에 자신이 올라탈 순서도, 상당히 나중이 되었지만…….

"이, 으으이익?! 아파, 아파아아……아악?!"

고블린은 창에 찔려 몸부림치는 소녀의 목소리를 들으며 짜증을 참기로 했다.

그럭저럭 오래 가지고 논 탓인지 숨이 끊어질 지경이지만, 배에 실은 것은 참으로 정답이었다.

그것은 수인 — 겨울잠쥐의 씨족이지만, 고블린에겐 아무래도 좋았다 — 소녀였다.

눈덩이 안을 적당히 창으로 찌르고 다닌 것은 추위가 풀렸을 무렵의 괜찮은 심심풀이였다.

가끔씩 「끄으윽?!」 하는 비명이 오른다면 더욱이 좋다.

멍청하게도 눈 속에서 잠들어 있던 놈들을 창이나 갈고리로 끌어내서, 장난감 삼을 수 있으니까.

—그리고 움직이지 않게 되면 먹어 치우면 된다.

"GOORGB!!"

"으아, 악?! 으, 끄으……윽?!"

"GBBOG! GGGBBOROGB!"

"시, 이이……익?! 시, 러, 그마—으, 끄으, 으……윽?!"

갑판 위를 둘러보니, 그 밖에도 몇 명쯤 되는 장난감이 동료의 무리에 파묻혀서 소리쳐대는 걸 알 수 있었다.

개중에는 목에 밧줄을 걸고서, 배 한가운데에 있는 뭔지 모를 기둥에 매달려 있는 자도 있었다.

이 고블린으로서는 그 놈들이 부러워서 어쩔 수가 없었다.

이런 다 죽어가는 녀석보다 훨씬 팔팔하다. 어차피 치사한 수를 써서 붙잡았으리라.

때때로, 어째서인지 곰에게 공격 받아 죽는 고블린도 있지만 그것은 놈들이 어리석은 것에 지나지 않는다.

자신은 지금까지 한 번도 그런 잘못을 저지르지 않았으니까!

"히이……익, 히이……. 이, 시……러……."

그건 그렇고, 조금 조용히 할 수는 없는 걸까?

덕분에 배는 비틀비틀 흔들리고, 그 짜디짠 물도 첨벙첨벙 쏟아져서 기분이 나쁘다.

배를 조종하는 녀석 — 누가 어떻게 하는지는 모르지만 — 의 책임이다.

자신이 무리의 우두머리였다면 훨씬 더 잘 배를 움직였을 텐데.

덩치만 큰 쓰레기 자식.

—그렇지. 이 녀석도 물에 빠뜨리면 조금 조용해지려나?

"아, 우아아……악?! 히익, 시, ……이제, 싫—. ……윽?!"

고블린이 소녀의 머리칼을 붙잡아 뚜두둑 뜯어내면서 들어 올리자, 그것만으로 소란을 피운다.

뱃전을 향해 끌고 가자 버둥버둥 팔다리를 휘저어 대서, 짜증을 얼버무리고자 걸어찼다.

장난감이 흐느껴 우는 모습에 만족하면서, 고블린은 그 머리를 바다에 빠뜨리고자 배에서 몸을 내밀었다.

그때——. ……저 멀리에 뭔가가 보였다. 저것은 배인가? 흄 놈들의, 배. 배의 무리.

"GBBB……!"

고블린의 얼굴에 웃음이 떠올랐다.

저놈들, 배를 탔으니까 이길 거라고 생각하는 모양인데, 그렇게 될 것 같으냐.

그 외눈의 여자도 있을까? 없어도 괜찮다. 잘 되기만 하면 자기가 배의 우두머리가 될 수 있다.

그러나 그걸 위해서는 역겹게도, 배에 다가가야 하리라. 굼뜬 놈들.

그리고 고블린이 도움이 안 되는 동포 놈들을 향해 뭔가 외치려던 순간.

"GOROGB……?"

자갈이, 파도처럼 떨어졌다.

§

"Tyrrrrrrrrrrrrrrrrrrrr!!!!!!!!"

전쟁의 여신을 추앙하는 함성과 함께, 북방의 전사들은 바닥짐을 던져 말 그대로 적을 때렸다.

몇 척이나 늘어선 전열에서 차례차례 자갈이 날아가고, 그것이 화살 비, 창의 비로 바뀌어간다.

아마도 흘수를 올려서 움직이는 속도를 높이기 위해서일 것이다. 여신관은 그것을 보고 생각했다.

전쟁이라면, 바닥짐은 말 그대로 짐이 된다. 합리적이다.

그리고 무엇보다도 눈길을 끄는 것은 후미의 전사들이 가진 훌륭한 기량이었다.

언제나 고블린 슬레이어의 투척을 보고 있지만 그럼에도, 였다.

양손에 든 두 자루의 창을 어떻게 할 건가 했는데, 오른쪽, 왼쪽 순서로 한순간에 던져 버리다니!

미쳐 날뛰는 파도 위에서 석장을 쥐고 긴장하면서도, 숨을 삼킬 정도의 박력이었다.

그러나 여신관의 눈은 하염없이 똑바로 적진을 바라보며, 그곳에 의식을 집중하고 있었다.

"GRB! GROORGB!!"

"GROOROGB!!"

"GROG! GGGBB!"

─역겹다.

여신관은 무심코 오한에 떨었다. 결코, 추위에 의한 것 따위가 아니었다.

그렇다. 그것은 고블린 놈들이 타고 있는, 배라고 부르기도 꺼려지는 수많은 물건들이었다.

바다 위에 떠오른 그것은 분명히 북방인들이 다루는 배와 비슷한 것이기는 하리라.

구멍이 뚫리고, 기둥이 부러지고, 돛이 찢어지지만 않았다면——이지만.

자랑스럽게 장식했을 선수상의 위치에는 선수상 대신 말을 가진 자의 시체가 묶여 있었다.

훌륭하게 세공 되어 있었을 장식은 지저분하기 짝이 없다. 과거의 아름다움은 존재하지 않았다.

노는 엉망으로 버둥버둥 물을 때리고, 숨지기 직전인 벌레의 다리처럼 꿈틀거렸다.

바람을 탄 것도 아니다. 파도를 탄 것도 아니다. 그저, 떠내려가고 있을 뿐.

이미 그것은 배가 아니다. 배의 주검이다. 완전히 썩어버린 시체인 것이다.

그럼에도, 멀리서만 봐도 고블린 놈들은 북풍을, 바다를 지배하고 있다고 믿어 의심치 않는다.

무구를 휘두르고, 여자와 아이들을 괴롭히고, 켈켈 웃어대는 꼴에는 용맹함도 고결함도 없으리라.

그곳에 있는 것은 그저— 아무리 봐도 추악하고 희화적인, 모양새만 따라 한 모방.

짧은 시간이라지만, 이해하기 어렵다지만, 여신관은 북방인들의
문화를 접했다.

그렇기에 확실히 알 수 있다.

————모독이다.

저것은— 물 위에 떠있는 고블린의 소굴. 그저 그것에 지나지 않
는다.

"GOROGGB! GRGGB!!"

"……윽!"

그리고 여신관이 눈을 부릅뜨는 것보다 빠르게, 대궁을 겨눈 엘프
궁수가 소리를 높였다.

"반격, 온다!!"

모방인 탓에, 고블린 놈들은 거리도 제대로 모르고 자신들도 그것
이 가능하다 믿었으리라.

손에 든 창을, 활을, 돌을, 그것도 없으면 배의 판자를 뜯어내서
차례차례 던진다.

그 태반은 물론, 배와 배를 가로막는 바다에 떨어져 허망하게 거
품을 내며 가라앉을 뿐이다.

언제던가 눈 내린 산에서 그녀의 몸에 박힌 화살촉의 수작과 마찬
가지로 어쭙잖은 흉내에 지나지 않는다.

그러나 여신관이 본 것이 그것뿐이라면 그녀는 냉정했으리라.

지저분한 녹색 피부(그린 스킨) 사이로, 분명히 하얀, 여자의 살결이 보였다.

그리고 그것을 난잡하게 붙잡고서, 배에서 암흑의 바다로 무자비

하게 내던진다—.

"아………!"

위험하다. 그렇게 생각한 찰나였다.

주사위의 눈은 모험가에게도, 괴물에게도 평등하게 나오는 법.

한 마리 고블린이 던진 돌도끼가 기적 같은 달성치로 새된 포효를 지르며 호를 그렸다.

커다랗게 포물선을 그리며 날아온 그것은 높이를 속도와 날카로움으로 바꾸어 일직선으로 낙하했다.

여신관은 반사적으로 시야를 올리고 그것을 보았다. 날이 빠져 있다. 시야가 좁아지는 것을 느꼈다.

비명을 지르는 쓸데없는 짓은 못한다. 반사적으로, 몸을 틀면서 넘어지며—.

"……흥."

턱. 그 돌도끼를 지저분한 장갑이 공중에서 잡아챘다.

싸구려 철 투구를 쓴 전사는 낮게 신음을 하자마자 붙잡은 돌도끼를 아무렇게나 적진에 던졌다.

그것은 방금 전 투척을 거꾸로 돌린 것이었다. 그렇지만 한층 더 빠르고, 그리고 날카로웠다.

"GOBBB?!?!"

단말마와 함께, 주위에 웅성거림이 일었다.

"일단, 하나다."

"고맙습니다……!"

여신관이 모자를 누르면서 일어섰다. 볼이 조금 뜨거웠다.

실수는 부끄럽다. 그렇지만 북방인 전사들이 눈을 크게 뜬 것이 자기 일처럼 기뻤다.

그녀는 살며시, 사슬 갑옷으로 지키고 있는 가녀린 가슴을 내밀면서 싹싹하게 말했다.

"저 사람을, 구해야죠……!"

"포로로군."

파도 사이에서 왈칵 울리는, 말을 가진 자의 희미한 외침 소리를 들었을까?

고블린 슬레이어는 결단적으로 말했다.

"뛰어들어야겠다."

"아아, 그게 보통이다. 접현을 서둘러서—."

두령이 고개를 끄덕이는 것보다 빠르게, 철 투구가 좌우로 흔들렸다.

"언젠가의 그거다."

고블린 슬레이어가 짧게 말했다.

"《워터 워크^{수상 걷기}》!"

"오냐!"

장단을 맞추는 것처럼 대답이 이어지고, 드워프 도사의 부름이 폭풍의 바다에 울려 퍼졌다.

"《춤추거라 춤을 춰. 물의 정령^{님프}에 바람의 정령^{실프}, 육지와 바다 사이에서 넘어지지 않도록 조심하거라!》!"

동시에, 쏴아 물보라를 튀기며 고블린 슬레이어는 뱃전을 차고 바다 속으로 뛰쳐나갔다.

빙하처럼 얼어붙은 바다다. 추위로 근육이 경직되어, 헤엄치기는 커녕 숨 쉬는 것마저도 여의치 않다.

그러나 한순간 가라앉은 그 몸을 정령들이 끌어올렸을 무렵에 그는 달리고 있었다.

파도를 짓밟고, 꿈틀거리는 조수를 뛰어넘는다. 날아드는 화살 사이를 달린다. 한 치의 주저도 없다.

그리고 그 손에는 호흡의 반지가 품은 불빛^{스파크} 하나.

"아——."

고블린에게 시달리고, 바다에 버려진 소녀에게 그 빛이 얼마나 큰 희망이었을까?

완전히 쇠약해진 겨울잠쥐 소녀는 마지막 힘을 짜내 지저분한 가죽 갑옷에 매달렸다.

고블린 슬레이어는 주저 없이 소녀의 몸을 품에 끌어안았다. 물론, 고블린 놈들에게 등을 돌리기 위해서다.

"GOROOGGBB!"

"GBBB! GOROOGGBB!!"

그리고 그런 스스로 바다에 뛰어드는 어리석은 자의 등을 주저 없이 노리는 것이 고블린이란 것이며—.

"앞으로 나설 거면 한 마디 해주면 좋겠, 어……!"

그 동료를 주저 없이 지원하는 것이 파티의 연계란 것이다.

말과 함께 엘프 궁수의 몸이 하늘을 날고, 대궁에서 쏘아져 나간 나무눈 화살촉의 화살은 하늘과 바다를 꿰뚫었다.

불손하게도 하늘에 활을 겨눈 고블린은 두개골과 턱까지 관통되고, 피이잉 현이 울리며 메겼던 화살이 떨어졌다.

고블린 궁병이 소리도 못 지르고 바다에 굴러 떨어졌을 때, 엘프 궁수는 배의 돛대를 차고 있었다.

여덟 척에 박자를 새기면서, 주목나무 대궁에서 쉴 새 없이 고블린의 죽음이 흩어진다.

"너무 신을 내다가, 바다에 활이니 화살이니 떨구지 말거라!"

"그런 멍청한 짓 안 해!"

드워프 도사의 외침에 사납게 웃을 무렵에는, 그녀는 본래의 위치에 사뿐 내려서고 있었다.

후우. 숨을 내쉬고 이마에 달라붙은 머리칼을 떨치자, 하이 엘프는 아무것도 아니란 듯 말했다.

"이런 약한 활이라고, 고블린 놈들이 깔보는 것도 맘에 안 드는걸."

"엘프 기준으로는, 대부분 활은 여자와 아이들이 당기는 것 아니더냐?"

흥, 코웃음을 치고 재미없다는 듯 드워프 도사가 고개를 옆으로 흔들었다.

칭찬을 하면 기어오르니까 마음에 안 드는 게다. 이 길쭉귀 처녀는.

"일 없다고 생각한다만, 일단 물어보마. 비늘 친구야."

따라서 그는 익숙한 싸움친구에게서 눈길을 돌리고, 깃털 외투를 두른 리자드맨 승려에게 말을 걸었다.

심술궂게 웃음을 짓는 것은 물론 어떤 대답을 할 지 알고 있기 때문이다.

"《워터 워크》는 필요한고?"

"소승이 바다에 들어갈 때는 도시를 잿더미로 만든 다음이라 정하고 있다네."

벌떡 일어선 리자드맨 승려는 손에 북방인의 대형 방패를 쥐고서 치켜들었다.

그리고「실례」하며 뱃전에 선 전사들을 밀어내더니, 꼬리를 바다 쪽으로 내렸다.

어안이 벙벙한 전사들이 무엇을 하는 건지 말없이 보고 있자니—.

"미안, 덕분에 살았다."

"뭘, 이런 것을……!"

그 꼬리를 잡고서, 낚아 올린 것처럼 고블린 슬레이어가 배 위로 귀환을 이루었다.

품에 끌어안은 겨울잠쥐 소녀는 이미 체력이 다했는지, 힘이 빠져 축 늘어진 몸을 갑판에 굴렸다.

"어떻지?"

"살펴볼게요……!"

그의 물음이 나올 무렵에는 이미 여신관이 그 가련한 소녀에게 달려가고 있었다.

리자드맨 승려가 든 방패의 수호를 받으며, 재빨리 그녀의 몸을 살피고 상태를 확인했다.

기학의 신들을 섬기는 무녀 정도는 아니라도, 여신관이 모시는 것은 자비 깊은 지모신이다.

지키고, 치유하고, 구하라.

그것을 위한 기술을, 기적이 아니라도 알고 있었다. 그렇기에 신관인 것이다.

상처는 얕다. 굶주림, 추위, 피로, 쇠약, 수면 부족. 모두 목숨이 위태로운 심각한 것이다.

"……하지만, 이제 괜찮아요……!"

──결코 치명적이지는, 않다.

여신관은 곧장 소녀의 몸을 닦아주면서, 모포와 외투를 둘둘 감아주었다.

상처의 치료도 해야겠지만, 지금은 무엇보다도 몸을 데워줘야 하리라.

"술이 필요한고?"

"목에서 걸리지 않도록, 일단 조금만 부탁드려요."

드워프 도사가 고마운 제안을 하자 여신관은 신중하게, 그러나 흔들림 없이 응답했다.

"정신을 차리는데 도움이 되니까요. 다만 술만 마시면 물이 부족해지니까……."

"오냐, 그것은 알고 있느니라."

드워프 도사가 나뭇가지처럼 앙상해진 소녀를 받아서 배의 중앙으로 옮겼다.

파도에서도, 바람에서도, 화살 비에서도 가장 먼, 모든 것에서 보호 받는 안전한 장소다.

그가 살며시 소녀의 입에 화주를 머금어주는 것을 곁눈질로 보며, 고블린 슬레이어는 낮게 신음했다.

"어떻게 보나?"

"그 밖에도 포로가 있을 걸세. 덧붙여서, 호흡의 반지가 있다 한들《워터 워크》는 귀중."

거리가 가까워진 탓이리라. 리자드맨 승려가 든 방패에 부딪히는 것도 늘어났다.

콱콱 소리를 내면서 튕겨나가는 투척에 끄떡도 없이, 그는 기다란 턱에서 송곳니를 드러냈다.

"얼른 상대의 배로 옮겨 타는 것이 좋을 걸세."

"정말 그렇다."

고블린 슬레이어가 고개를 끄덕였다.

"접현해라. 건너가야 한다."

"——."

어안이 벙벙한 것도 아니고, 감탄한 것도 아니다. 두령은 웃고 있었다.

정말이지, 훌륭하다.

물이 흐르는 것 같은 연계는 전쟁에 능숙한 북방인들의 그것과 비슷하지만 틀림없이 다른 것이었다.

지금 그야말로 그들은, 모험가의 「모험」을 본 것이다.

이질적인— 그렇지만 귀한 무언가를 본 전사들 사이에 퍼지는 것을 보면—.

—보람이 있었군.

그렇게 생각했다.

역시, 모험가의 조합은 이쪽에도 필요하지? 안주인.
"내나, 모험가 조합은 이짝도 필요하다 않나? 안들아."

바보 같은 소리 마세요.
"더듬한 소리 마이소."

질문을 들은 안주인이 그 예리한 옆모습을 새침하게 내비치면서 입술을 삐죽거렸다.

"우덜도, 안 진다 안합니꺼."
_{저희들도, 지지 않아요.}

토라졌다. ─이것을 사랑하는 남편이 깨달으면, 그녀는 어떤 사랑스런 표정을 보여줄 것인가?

전쟁 중에서도 여신관은 그 모습을 상상하고, 키득 나오려는 웃음을 죽였다.

물론 안주인의 외눈이 새로운 친구의 태도를 깨닫지 못할 리도 없었다.

땅 끝자락의 공주기사는 「놀구지 마이소」 하고 중얼거리더니, 심호흡을 했다.
_{놀리지 마요}

모험가들이 자신들의 힘을 보였다면, 이번에는 그녀들의 차례다.

얼어붙은 대기를 빨아들이고, 파도 너머를 향해서 기학신의 무녀가 소리를 높였다.

"《바람 있으면 나무를 자르고, 태양 있으면 바다로 나서라. 처녀는 어둠 속에서, 낮의 눈을 피하라》!"

자── 습격과 약탈의 시간이다.
_{바이킹}

§

"피킹그!"
_{전투진형}

"GORIGGB?!"

"GOG! GOBBG!!"

충격과 함께 배와 배가 격돌하고, 휘두른 갈고리가 적선을 놓치지 않고자 콱 깨물었다.

이제 와서 당황한 고블린 놈들이 갈고리를 풀고자 하다가, 실패한 놈이 걷어차이지만 이미 늦었다.

"다말리 치뻬라!!"
_{돌겨어어억}

"오오오오오옷!!"

선두에 나선 두령의 호령 아래, 북방인들이 적선을 향해 뛰쳐나간다.

불행하게도 가장 먼저 핏덩어리가 되는 동포를 눈앞에서 본 고블린이 손에 든 무구를 휘둘렀다.

녹슨 검, 부러져가는 창, 혹은 조잡한 곤봉.

그런 것은 전사들이 단단히 잡고 있는 대형 방패 앞에서는 허망한 저항에 지나지 않는다.

파도에 흔들리며 움직이는 배 위, 그렇지만 흐트러지지 않고 단단하게 진형을 짜고 있는 방패의 벽.

그것이야말로, 우뚝 선 방패의 성이란 것이다.

"미틀라~앗!!"

"호오오오오!!"

"GOROGGB?!"

고블린 놈들의 공격을 받아낸 성벽이 앞으로 확 크게 파고들어서 방패로 때린다.

팍 튕겨나간 고블린 놈들이 비틀거리고, 당황하고, 바다에 첨벙 떨어져 가라앉는다.

겁먹고 뒷걸음질 치는 놈도 있고, 넘어지는 놈, 상황을 이해 못하고 부르짖는 놈도 있다.

그렇지만 어쨌든지— 이 바다에 도망칠 곳 따위 있을 리 없었다.

고블린 놈들은 싸우든 물러나든 서로 떠밀어 대서, 배를 흔드는 것이 고작이었다.

"세피하다, 마!"(가소롭구만)

두령이 송곳니를 드러내며 웃고, 한 칼에 고블린의 목을 날려버렸다.

"뿌사삐라!"(쳐부숴라)

"호오오오!!!!"

창이 으르렁대고, 도끼가 울부짖으며, 검이 외치고, 육척봉이 울렸다.

고블린 놈들의 쓸데없는 저항은 쉽사리 짓밟히고, 단말마의 외침과 함께 지저분한 피가 흩어진다.

인질을 방패삼고자 하면 억지로 빼앗기고, 몸값이라고 하듯 흑철의 칼날이 두개골을 갈랐다.

미약하게 모아둔 재화가 있으면 상자째로 빼앗기고, 매달리는 고블린은 걷어차 빙해로 떨궈 버린다.

목숨 구걸 따위 들어주지 않는다. 죽이고, 처녀와 재보를 빼앗고, 승리의 노래를 노래하는 것이 그들의 기쁨이다.

"—가이각스!!!!"(신을 찬양하라)

"가이각스!! 가이각스!! 가이각스!!"

"아네슨이여, 이를 보소서!!"(검은 늪의 주인)

"잭슨! 리빙스턴에게 영광 있으라!!"(위대한 신 만세 함정의 왕)

습격과 약탈! 습격과 약탈! 습격과 약탈!(핵 앤 슬래시 바이킹 바이킹)

그렇다. 분명히 평지에서, 동굴에서, 미궁에서, 고블린에게 허를 찔리면 무릎을 꿇는 일도 있으리라.

그러나 이 북쪽 대해에서, 얼음과 불꽃과 노래가 울려 퍼지는 해원에서, 전선을 세우고 싸운다면—.

"우덜이 오르크 따구에 지겠냐 카나!!!!"

바이킹이야말로, 그야말로 바다를 제패하는 자들이다.

"전쟁이 되면, 이쪽이 나설 차례가 없네."

"그렇네요."

엘프 궁수와 여신관이 말을 나누지만, 딱히 그녀들도 느긋하게 쉬는 건 아니다.

쳐들어가서 싸우는 와중이라지만, 차례차례 인질이 실려 온다. 상처를 입은 자도 있다.

그것을 지키고, 치료하는 것은 바깥에 있는 모험가들의 역할이었다.

배의 중앙에서 안주인이, 특히 상처가 깊은 자를 상대로 그 기술을 선보이고 있었다.

방패로 지키지 못한 우반신에 많은 상처를 술이나 식초로 씻어내고, 꿰매고, 황갈색 천을 감는다.

여신관이 보기에는 고문 도구와 구분이 안 되는 기구를 이용해 상처를 살피고, 화살촉이나 칼날의 파편을 뽑아낸다.

때로는 혈관을 봉합하여 훌륭하게 지혈을 하는 모습에는 여신관도 눈을 부릅떴다.

그녀가 태어나 자란 사원에서는 이런 때에만 기적을 쓰는 법인데.

물론 북방의 전사들이라도 사람이다.

상처는 그렇다 치고, 상처를 파헤치면 고통에 비명을 지르며 소리치는 자도 있는 모양이지만—.

"가늘라도 아이고, 이칸 기로 울지 마소!"
<small>갓난아기도 아닌데 이 정도로 울지 마세요</small>

안주인이 내치듯 말하고, 겨자나 사리풀의 씨앗 같은 진통제는 그다지 쓰지 않는다.

"이쪽 사람은 이제 괜찮아요……!"

"아짐찮소! 카믄, 이짝에—."
<small>고마워요! 그러면, 이쪽을</small>

"네……!"

—굉장한 사람이다.

자신은 그런 사람과 함께 **싸우고** 있었다.

그것이 참으로 자랑스럽다. 여신관은 붕대를 안고서 서둘러 좁은 배 위를 달려 다녔다.

그런 그녀들을, 그림자를 드리우듯 지키는 것은— 리자드맨 승려의 거구였다.

"이거야 참으로, 소승은 그다지 도움이 되지 않는구려……."

"그러면 단단히 잘 지켜, 줘……!"

면목이 없는 기색으로 중얼거리는 그의 옆구리를 지나서, 뱃전에 한쪽 발을 올린 엘프 궁수가 화살을 쏘았다.

끼이익 당긴 현이 금과 같은 소리를 내면서, 그때마다 고블린의 두개골이 터져나간다.

파도에 흔들려 움직이는 표적이라 해도, 엘프의 활은 눈이나 손기술이 아니라 혼백으로 꿰뚫는 것이다.

북방인의 전사들도 상당한 사수들이 많았지만, 그래도 하이 엘프에게는 크게 미치지 못하리라.

이것에 주술 싸움이 시작되면 또 전장의 양상도 바뀌겠지만—.

"고블린 놈들에게는 주문술사가 없는 모양이로구나."

대기하고 있던 드워프 도사가 이렇다면 손대지 않아도 되리라고 일단 결론을 내렸다.

전쟁을 좌우하는 것은 지휘관의 재량이다. 그 사람은 최전선에 있다.

검을 휘두르고, 소리를 높이고, 북방인을 이끄는 그 모습은— 과연, 두령이다.

이방인임에도 그 지위를 인정 받는 것은, 왕배^{프린스 콘소트}이기 때문만이 아닌 모양이다.

힐끔 곁눈질로 살피자, 안주인이 어쩐지 자랑스럽게 미소를 지었다. 뭐라 인사를 해야 할까?

—뭐, 그 땅에는 그 땅의 영웅이 있는 법인 게지.

언제든지, 어디든지, 자신이야말로 활약해야 기분이 풀린다는 것은 오만이다.

세계의 위기 한복판에 뛰어드는 용사라 해도, 고블린 퇴치에 끼어들어서 잘난 체 하지는 않으리라.

이곳에는 이곳의, 저곳에는 저곳의 이야기가 있는 법이다.

끝없는 이야기란 것은 하나의 이어진 영웅담이 아니라, 이어받고 이어지는 서사시인 것이니까.

"어떻게 보나?"

그때 문득 드워프 도사에게 말을 건 것은 말할 것도 없이 고블린 슬레이어였다.

포로를 구한 다음, 「열, 열하나」하며 자갈을 던져 고블린을 줄이면서 그는 전장을 내려다보고 있었다.

이 전쟁에서는— 모험가가 할 수 있는 일에 한계가 있는 법이다.

돌진할 심산은 있었지만, 저 흐트러짐 없는 연계에 외부인이 끼어들면 오히려 위태롭다.

"호오, 나에게 묻는 게냐?"

물론, 이 남자의 경우는 그것뿐이 아니리라. 씨익. 드워프 도사는 수염 난 얼굴을 미소로 일그러뜨렸다.

"뭐, 아무리 봐도, 저것이 저쪽의 대장이겠지."

그것은, 맞은편 진에 있는 배의 잔해 중에서도 한층 커다란 주검에 군림하는 고블린이었다.

고블린 슬레이어와 마찬가지로 전장에 뛰어들지 않지만, 대조적으로 소리쳐대는—.

"GOOROOGGBB!!"

썩어가는 곰의 가죽을 보란 듯이 뒤집어쓴— 고블린이다.

북방의 고블린은 대개 몸집이 크지만, 그 중에서도 한층 더 거한이었다.

그렇지만, 홉처럼 거대하다고 말하기에는 부족하다. 영웅^{챔피언}이라고 부르기도 꺼려진다.

"베르세르크 행사를 하던^{곰 가죽의 전사 행세를 하지만, 별 것도 아니랍니다}, 벨 거도 아임더……!"

그러나, 안주인은 그렇게 단정했다. 자신이 사랑하는 남자가, 사람들이, 고블린 따위에게 뒤쳐질 리 없다.

고블린 슬레이어는 「그렇고말고」 하고 고개를 끄덕였다.

"어쨌든지, 저건 고블린에 지나지 않는다."

§

그것은 대단히 조용하게, 아무도 눈치채지 못하게— 침략을 하고 있었다.

깊숙하고 깊숙한 곳에서, 소리도 빛도 닿지 않는 곳에서, 먹잇감을 잡아 마음껏 먹어 치운다.

그에게 그것은, 꿈결 속에서 울리는 북의 음색처럼 단조롭고 마음 편안한 나날이었다.

아니, 나날이라고 부르기에는 다소 어폐가 있으리라.

그가 태양과 달의 순환 따위를 신경 쓴 적은 단 한 번도 없었다.

그는 자신이 지금 어디에 있는지 따위 생각해본 적도 없었다.

그에게는 자신의 공복과 식사가 어디에 있는가 하는 것이 사방의 전부였다.

먹어 치우기에 그가 있으며, 그가 있다는 것은 곧 먹어 치운다는 것과 다를 바 없었다.

여기가 언제고, 지금이 어디든지, 머리 위가 소란스러워지면 때가 왔다는 걸 그는 알고 있었다.

그러니까, 손을 뻗는다.

죽음마저 죽음을 맞이하는 물거품 같은 잠 속에서, 그저 그것만이 분명하다.

따라서— 소리를 내며 다가오는 그것에 끌려가고 있다는 것을 깨달았을 때는—.

모든 것이, 늦었다.

§

푸와악. 바다가 폭발했다.

하얀 파도가 기둥처럼 솟아오르고, 휩쓸린 배들이 산산조각나서 춤추며 날아가 버린다.

공중에서 부서져 흩어진 파편과 함께 파도 사이로 떨어지면, 사람이든 고블린이든 평등하게 터져 버린다.

밀려드는 커다란 파도에 남아 있던 배가 격렬하게 흔들리고, 공중에 떠오른 것 같은 감각과 함께 바닥에 떨어진다.

"무슨—?!"

신음한 것은, 파티 중에서 누구였을까?

반사적으로 뱃전에 매달리고, 바짝 엎드린다. 혹은 리자드맨 승려의 꼬리와 발톱이 그 몸을 지탱했다.

고블린들은 물론이고, 북방인의 전사들마저 무슨 일이 일어났는지 몰라 눈을 크게 뜨고 그것을 올려다보았다.

아니— 이미 물보라 너머에는 아무것도 없다.

그것은 다름아닌 암흑의 바다 깊숙한 곳에서, 무차별로 공격해오는 포학이었으니.

그저 한 가지 지각할 수 있는 것은— 어쩌면 그것은, 입이었을 지도 모른다.

무수한 송곳니가 돋아 있는, 그저 무언가를 먹어 치우기 위해서만 존재하는 아가리.

그것이 꿈틀거리고, 꾸물대고, 파도치면서, 깊숙한 곳에서 뛰쳐나왔다는 것은— 알 수 있었다.

불행하게도 수면에 떨어지지 못한 자는 모두 그 아가리에 씹혀서 잡아 먹혔다.

폭풍처럼 쏟아져 내리는 바닷물에 섞여서, 검붉은 핏물, 내장, 흩어진 사지.

제정신을 의심하게 되는 광경은— 때로는 말조차 잊게 만드는 법이다.

커다란 파도에 빙글빙글 휘둘리는 그 한순간, 전장에서 파도 소리가 아닌 것은 사라져 있었다.

"아, 지…… 지, 지금 그건……?!"

여신관이 손발로 바닥을 짚은 채 석장에 매달려, 비틀거리면서 일어섰다.

"바다뱀, 인가요?! 하지만, 전에 봤을 때하고는, 전혀……!"

언제였던가 봤던 거대 바다뱀하고는 모든 것이 다르다.

그것도 무시무시한 괴물이었지만, 그러나 저 정도로 역겹지는— 않았다.

"이거야 참으로, 소승들이 아는 선조와 비슷한 것은 아니겠네만—!!"

"밑에서 온다……!"

리자드맨 승려에게 매달려 있던 엘프 궁수가 기다란 귀를 흔들며, 활을 당기는 것도 잊고 찢어지는 소리를 질렀다.

"또, 온다……!!"

말 그대로, 또 다시 푸악 바다가 크게 부서졌다.

물기둥에 휩쓸린 것은 모험가들이 타고 있는 배— 바로 옆의 한 척이다.

고블린 놈들과 싸우고 있던 전사들은 믿을 수 없다는 표정을 남기고 바다 속으로 가라앉았다.

"아, 아……?!"

안주인이 지른 비명은 동포를 잃었기 때문일까? 전복될 정도로 배를 덮친 흔들림 탓일까?

어쩌면— 다음에 공격 받는 것이 두령이 탄 배일지도 모른다는 두려움 탓일까?

"구신! 구신이 씨인다?!"
<small>괴물! 괴물이 온다?!</small>

"드라우그다……!"
<small>유귀다</small>

북방인들도, 무심코 소리를 지르며 당황했다.

두려움을 모르는 그들조차 두려워하는 것은 바다의 악마다. 정체 모를 심연의 주인이다.

물론, 그 정도로 고블린 놈들에게 뒤쳐질 그들이 아니지만—

"GOROGGB! GOOGGB!!"

상황을 이해하지 못하는 고블린 놈들은 자신들의 힘에 적이 약해졌다고 생각했다.

아마도, 저런 것에 겁을 먹다니 멍청이들, 자신은 다르다. 그렇게 생각하는 것이리라.

기세가 늘어난 고블린 놈들이, 태세를 바로잡기 전의 전사들을 공격한다.

"뱀의 눈이 나왔구나."

드워프 도사가 이 커다란 흔들림 속에서마저 한 방울도 흘리지 않고 술을 들이켜며 표정을 찌푸렸다.

"인과가 돌았구나. 뒤집혀버릴 지도 모를 일이다……!"

상황은, 나쁘다.

전장음악은 더욱 격렬해진다. 전사들의 함성과 단말마의 절규가 뒤섞이며, 다시 바다가 끓어오른다.

이미 이것은 전쟁의 모습이 아니었다.

정체 모를 괴물이 휘젓는 이 자리에 필요한 것은, 병사가 아니었다.

이 혼돈의 소용돌이 한복판에 뛰어드는 것이야말로— 틀림없는 모험이리라.

"그러면……."

고블린 슬레이어가 조용히 중얼거렸다.

"……다음은 뭐지?"

적어도— 고블린은 아닌 모양이다만.

제 6 장 『심연에서 오노라』 Deep rising

Goblin
Slayer
He does not let
anyone
roll the dice.

그것이야말로 신화의 시대부터 전해지는, 폭식의 화신이었다. 더 그리드

"GOOROGB?!"

"우, 오아, 아아아……?!"

비명이 들리고, 파도에 휩쓸린 자가 발버둥 치고, 그런 보람도 없이 모습이 사라져 죽어간다.

흙도, 고블린도, 그곳에는 아무 구별도 없다. 모든 것이 평등했다.

아비규환이란, 그야말로 이 광경 자체였다.

처음에는 하나였던 물기둥이, 하나, 둘, 늘어난다.

해저에서 나타난 것은 역겨운 괴물의 무리가 아닐까?

세 군이 뒤엉키는 전장은 혼돈과 혼란과 살육의 도가니로 변해 있었다.

"─서방님아!" 서방님

따라서 안주인의 목소리에 희색이 넘치는 것도 무리가 아니었다.

흑철의 장비를 검붉게 더럽히고서, 두령이 동료들을 이끌고 귀환을 이루었으니까.

"오오, 안들아. 내 왔다!" 오오, 안주인, 돌아왔다!

그리 외친 그는 마치 놀러 다니다가 집으로 뛰어 들어온 어린아이처럼 장난기가 넘치며 명랑했다.

전장을 마음껏 휘젓는 해마 따위 별 것도 아니라는 모양새지만, 그러나 그렇지는 않으리라.

전쟁의 흥분이 식지 않은 두령은 안주인이 내민 물바가지를 벌컥 들이켜고 말했다.

"저건 뭐지?"

"모른다."

응답한 것은 고블린 슬레이어였다.

그는 뱃전에 서서 전사들의 노호와 고블린의 비명, 으르렁대는 파도가 뒤엉킨 전장을 노려보며 덧붙였다.

"고블린은 아니군."

"그리고 칼날은 통하는 모양이다!"

동료들에게 바가지를 건네고, 마음껏 마시라고 명하면서 두령이 말했다.

철벅. 그가 갑판 위에 던진 것은 깔끔하게 잘려나간 해마 한 마리였다.

그렇다면 그 칼에서 떨어지는 점액은, 이 괴물의 피 같은 것일까?

갑판에 떨어져서 튀어 오르는 그 괴물은 무시무시한 생명력을 발휘하여 아직도 경련하며 몸부림쳤다.

무심코 「힉」 소리를 낸 것은— 안주인일까? 여신관일까? 엘프 궁수는 「으헥」 하며 신음했다.

"끌어낼 수 있겠나?"

두령의 물음은 단적이었으며, 고블린 슬레이어의 대답도 마찬가지였다.

"그 다음은."

"죽인다."

아무렇지도 않게 말하지만, 그 증거는 발치에서 몸부림치고 있는 촉수로 충분하리라.

송곳니를 드러내 보인 두령은 검을 지팡이 삼아 쉬면서 쓴 웃음을 짓고 어깨를 으쓱거렸다.

"뭐, 적어도 싸울 수야 있겠지. 고블린 놈들이 방해만 하지 않는다면야."

"좋다."

그렇게 정해지면, 고블린 슬레이어의 판단은 빠르다. 속전속결이 중요하다고 배웠으니까.

"그 수다. 할 수 있나?"

"커다랗지 않느냐."

드워프 도사가 재미있다는 기색이면서도 「그것이구먼」 하고 표정을 찌푸렸다. 술법의 악용 중 하나였지만.

"더 다가가고 싶구나. ……보거라, 길쭉귀야. 놈의 바로 위가 어디더냐?"

"으에에…… 저 안으로 가는 거야?"

싫은데. 엘프 궁수가 표정을 찌푸렸지만, 그 미모에 그늘이 없는 것은 종족 탓일까?

그녀는 훌쩍 몸을 내밀었다. 리자드맨 승려가 허리를 지탱해준다. 그들의 배 너머에서는 다시 물기둥이 치솟는다.

푸아악. 소리와 함께, 고블린의 것인지 북방인의 것인지 모를 배가 한 척 끌려들어갔음이 틀림없다.

서둘러야 한다는 것은 그녀도 잘 알고 있었다.

기다란 귀를 쫑긋거리며, 그 보석과 닮은 눈동자에 힘을 주어 깊숙한 곳을 꿰뚫어보고, 한숨.

"저 곰 가죽 쓴 녀석. 저 근처, 같은데……. 아무래도 너무 크니까, 단언은 못하지만."

"그러면 거기까지 갈뿐이다."

어쨌든지, 고블린은 죽여야 하리라.

고블린 슬레이어는 결단적으로 잘라 말하고, 허리에 찬 북방인의 검을 확인하며 고개를 끄덕였다.

어중간한 길이로 갈아낸 익숙한 검이다. 평소보다 훨씬 날카롭게 연마되어 있었다.

그리고 철 투구를 돌려서 여신관 쪽으로 눈길을 주었다.

"어쩔 텐가."

"당연히 가야죠……!"

"그런가."

망설임은 없었다. 그녀는 분명하고 힘차게 잘라 말했고, 고블린 슬레이어는 응답했다.

그걸로 결정됐다. 모든 것은 해마를 치기 위해서다. 짤막하게.

"기적과 술법은 얼마나 남았지?"

"아까 한 번뿐이다. 아껴 뒀느니라."

"저, 저도 그래요! 오늘은 아직 한 번도."

여신관이 힐끔 안주인을 보고 호오, 숨을 내쉬었다.

"……기적 없는 시술로도, 그 정도로 까지 할 수 있군요."

아아, 아직 나는 미숙하다.

사방세계에 존경스럽고 동경하는 선배들이 얼마나 많단 말인가?

마녀나, 검의 처녀, 혹은 이 북방의 공주기사인 안주인 같은 여성이 될 수 있을까?

—어떤 모험가가 될 것인지는, 스스로 정해야, 하는 거죠.

여기사가 지난번에 해준 말을 떠올리면, 오히려 행운이라고 생각해야 할 것이다.

"《퓨리파이》의 기적이라도 쓸래?"

"그건 위험하니까 안 돼요."

엘프 궁수의 발상을 딱 잘라 내치는 모습에, 아직 앳된 구석이 남아 있기는 하지만…….

"소승도 마찬가지. 뭐, 추운 것은 꽤 힘이 드네만. 그렇다 해도……."

그러한 여신관을 지켜보는 리자드맨 승려가 지탱해주고 있던 엘프 궁수를 훌쩍 고양이처럼 내려주었다.

"고마워."

인사를 한 그녀에게 「무얼」 하고 대답하며, 리자드맨 승려가 눈을 빙글 돌렸다.

"배를 수호하려면 용아병을 남겨둬야 할 걸세. 무슨 일이 있으면 전령도 할 수 있을 터."

"놀라게 하지 않도록 조심해라."

그것이 농담이라는 걸 깨달은 자가 있을까? 여신관은 키득 웃었지만.

"부탁하지."

"알겠네, 알겠어. 그렇다면—."

촤르륵. 리자드맨 승려가 품에서 송곳니를 꺼내 뿌리고, 경건한 리자드맨이 기괴한 손놀림으로 합장했다.

《금룡(禽龍)의 선조인 뿔이며 발톱이여, 네 다리, 두 다리, 땅에서서 달리라》!"

곧장 기도를 받은 송곳니가 눈앞에서 부풀어 올라 스스로 조립되더니, 한 명의 병사로 형태를 이루었다.

나타난 용아병을 보고 북방인 전사들이 술렁거리는 가운데, 모험가들이 고개를 끄덕였다.

"우선은 돌진한다. 놈에게."

고블린 슬레이어는 바다를 보았다.

"술법을 거는 것이 최우선이다."

"그렇다면, 《워터 워크》는 절약을 해야겠구먼. 떨어지면 어찌할 수가 없으니, 조심해야겠느니라."

"수중호흡의 반지는 미리 끼워두는 편이 좋겠어요."

응. 여신관이 입술에 손가락을 대면서 생각했다. 상당히 차가워졌네. 엉뚱한 감상.

"겨울잠쥐 아가씨도, 떨어지고서 잠깐은 괜찮았으니까. ……잡아먹히지만 않는다면 말이죠."

"그건 이제 하늘에 운을 맡겨야지……."

포기한 것처럼 까르르 웃으며, 엘프 궁수가 활에 느슨하게 화살을 메기고 어깨를 으쓱거렸다.

"힘내. 여기서 떨어지면, 우리는 끌어올릴 수가 없으니까."

"으음. 지금이 바로, 끝까지 버텨야 할 때일세. 빙하에 져서야, 선조를 뵐 면목이 없지."

좋다. 기합을 넣은 리자드맨 승려가 드워프 도사의 작은 몸을 들어 올리면 준비는 만전.

모험가들은 흐르는 것처럼 작전회의로 순서를 정하고, 의기양양하게 괴물에게 도전하러 간다.

그것은 북방인들의 용기와 비슷하지만 다른, 그러나 존귀한 모험가의 용기였다.

"대장장이 신님아는, 비는 사람한테 용기를 나리 주신다 들었다 안 함니꺼…….
대장장이 신님은, 기도하는 자에게 용기를 내려주신다 들었습니다만"

안주인이 그 하나의 눈동자를 눈부신 것처럼 가늘게 떴다.

"모험가는."

두령이, 검을 단단히 쥐었다.

"필요하지?"

"예…….
네"

기학의 무녀는 사랑하는 사람의 말에 고개를 끄덕이고, 풍만한 가슴에 한껏 바닷바람을 들이쉬었다.

재화는 잃고 일족은 끊어지며
그대 자신도 이윽고 죽는다
그러나 나는 아노라
결코 스러지지 않는 것은 오직 하나

죽은 자가 움켜쥔 무훈일지니

자아낸 것은 드높은 신들의 말. 모험가를, 전사들의 무훈을 칭송하는 기도의 말.

무녀의 바람을 듣고서 천상의 주사위 소리가 울렸다.

그것은 분명히, 바다를 향해 달려가는 모험가들의 귀에 닿았다.

주사위는 던져졌다. 그렇다면 여기서부터 무엇이 일어날지는 말할 것도 없다.

그러나, 굳이 말로 표현하자면, 그것은 단 한 마디.

"자, 가라. 모험가여……!"

모험이, 시작됐다.

§

"《자비 깊은 지모신이여, 어둠 속 길 잃은 우리들에게 성스러운 빛을 베푸소서》!!"

"GOOROGBB?!"

"GOBBB?! GOBRGBB?!?!"

싸움의 효시가 된 것은 폭풍 속에서 찬란하게 반짝이는, 지상의 별 그 자체였다.

모두와 함께 달리는 여신관이 드높이 치켜든 석장의 불빛은 추악한 고블린 놈들의 눈을 태웠다.

"방해돼!!"

얼굴을 누르며 몸부림치는 고블린 놈들을 엘프 궁수가 말 그대로 쏜살같이 화살로 해치우고 길을 연다.

"─뛰어라!!"

배 위를 달린 모험가들은 고블린 슬레이어의 호령을 듣고 갑판을 박찼다.

갈고리로 고정된 배와 배 사이, 파도가 부서지는 절벽을 숨돌릴 틈도 없이 넘어서 앞으로.

"열둘……!"

"GBBOGB?!"

고블린 슬레이어는 착지점에 있던 고블린의 목을 일절 자비도 없이 차버렸다.

경추가 부러지는 메마른 소리를 짓밟고, 이어서 오른쪽에 있는 고블린에게 북방의 철검을 때려 박았다.

"열셋!"

"GOOB?! GBGR?!"

목을 한 일자로 베여 찢긴 고블린이 피이이 피리 같은 소리를 내면서 피를 뿜어내고, 무너졌다.

그 죽음을 한 번 보지도 않고 고블린 슬레이어는 달린다. 적은 많고, 목적지는 멀다.

등 뒤에 남겨진 고블린 놈들이 성스러운 빛의 충격에서 재기하여 꿈틀거리기 시작한다.

하이 엘프. 지모신의 딸. 그렇지 않아도 모험가 놈들은 마음에 안 든다.

제각각 손에 잡다한 무기를 들고, 계속 달리는 놈들을 따라잡고자
뛰어들어—.

"후으음……!!"

"GOROGBB?!!"

거침없이 때린 강인한 꼬리의 일격에 말 그대로 휩쓸렸다.

오른쪽으로, 왼쪽으로. 손톱과 송곳니도 쓰지 않았지만, 무시무
시한 용의 후예는 꼬리의 일격도 치명적이다.

두갑룡이 아니라도 그 꼬리는 근육과 뼈의 덩어리. 살아 있는 채
찍 그 자체니까.

너덜너덜하게 뭉개진 고블린 놈들은 동포를 끌어들이면서 배 밖
으로 날아갔다.

회색 바다 너머로 가라앉으면, 설령 살아 있다고 해도 기어 올라
올 수는 없으리라.

"그런데 자네 외투가 끈적거리는구먼……!"

"바닷바람을 생각하지 못했다네!"

그 등에 있는 드워프 도사는 깃털의 외투에 매달리면서 주위를 내
려다보았다.

저 정도 거물에 술법을 걸려면, 얼마나 집중하고 정령에게 말을
걸어야 할까?

어쨌든 해마는 바다의 생물이다. 물과 대기와 바다의 정령과 가까
운 것은 그쪽이리라.

"뭐 주사위 눈에 따르는 것도 나쁘지 않구나……!"

"——또 온다아! 아래!"

엘프 궁수가 기다란 귀를 파르르 떨면서 소리를 높이는 것과 동시에.

치솟아 오르는 충격과 함께, 그들이 딛고 있던 배가 커다랗게 하늘로 튕겨 올랐다.

"꺄, 아……?!"

견디지 못하고 여신관이 비명을 질렀다.

넘어질뻔하면서 보는 곳에는 바다가— 벽처럼 융기하여 덮치고 있었다.

아니—— 천지가, 뒤집힌 것이다.

바로 근처에 그 해마가 뛰쳐나와 배가 전복된 것을 깨달았을 때는 이미 늦었다.

여신관은 자신이 공중에 날아간 것을 깨닫고, 무심코 꼬옥 눈을—.

—괜찮아. 떨어져도 숨은…… 쉴 수 있어요……!

눈을 단단히 뜨고서 반사적으로 석장을 뻗으며 붙잡을 곳을 찾았다. 자신이 할 수 있는 일을 했다.

물에 떨어져도 즉사는 안 한다. 포기하면 거기서 모험은 끝이다. 그런 것은 용납되지 않는다.

오오, 북풍의 가호 있으라!

"무사한가……!"

"네!"

휘두른 그 석장을 고블린 슬레이어의 장갑이 붙잡아 쑤욱, 소녀의 몸을 끌어올렸다.

찌르는 듯한 냉수가 그녀의 몸을 때리지만, 그래도 여기는 바다 한복판이 아니었다.

해마가 튕겨 올린 것이 행운이 되어, 파티는 뒤집힌 배의 바닥으로 내려서는 것에 성공했다.

물론 꿈틀거리며 뻗은 촉수가 다른 배를 잡아먹는 모습을 가까이서 보는 것은 행운인지 아닌지 모를 일이다.

배에서 떨어져도 발버둥 치면서, 가차 없이 잡아먹히는 고블린과 북방인의 전사들.

한 걸음 잘못 디디면 그렇게 되는 것을 생각하면, 현재 주사위 눈은 모험가에게 미소를 짓고 있지만.

"저거, 절대로 물뱀의 무리 같은 게 아냐……! 정체는 불명이지만 뭔가 굉장한 거야……!"

고양이처럼 파르르 떨어서 물방울을 떨쳐낸 엘프 궁수가 하이 엘프에게 안 어울리는 욕지거리를 뱉었다.

그렇다. 이번엔 살았지만 그것도 한때다.

전복된 배는 파도에 흔들리는 나뭇잎 그 자체이며, 그리고 눈앞에서 계속 가라앉고 있었다.

배와 배를 이어서 고정한 갈고리는 당연히 풀렸다. 목적지까지 진로가 끊어진 거나 마찬가지.

어쨌거나 이대로는, 머지않아 빙해에 가라앉는 수밖에 없지만―.

"갈고리, 있어요……!"

여신관은 언제나 가지고 다니도록 마음먹은 모험가 툴에서 갈고리 밧줄을 끄집어냈다.

모험에 나설 때는 잊지 말 것. 언제나, 그녀는 이 도구에 도움을 받았다.

"좋다……!"

그녀가 내민 그것을 받은 고블린 슬레이어가 훌륭한 투척으로 그
것을 다음 배에 걸었다.

빠지는 고블린이 매달리고자 하는 것을 걷어차고, 모험가들은 가
라앉는 배에서 순식간에 뛰어 이동했다.

"GOORGGB!!"

"열넷!"

그 갑판에서 기다리고 있던 고블린은 관짝의 못처럼 정수리를 맞
아서 그 생애를 마쳤다.

반할 정도로 날카로운 칼날. 북방인의 검이 손맛도 없이 고블린을
베어 버리자 혈풍이 휘몰아쳤다.

시체의 산을 쌓으면서, 앞으로, 앞으로. 다음 배로. 모험가들은
바다를 뛰어넘어 돌진했다.

"그러고 보니 오르크볼그, 이번에는 별로 안 던지네."

종횡무진으로 화살을 쏘아내면서, 엘프 궁수가 문득 생각난 것처
럼 중얼거렸다.

"아까워졌어?"

"하하하, 카미키리마루치고는 드문 일이로구나."

드워프 도사가 놀리듯이 웃는 것에, 고블린 슬레이어는 답하지 않
았다.

무엇보다도 일단은, 눈앞의 고블린을 죽여야 하리라.

"열다섯이다……!"

"보이기 시작했다네!"

고블린의 시체를 걷어차 날려버린 고블린 슬레이어는 리자드맨 승려의 목소리를 듣고 전방을 우러러 보았다.

돛대에 매달린, 이미 종족의 판별도 안 되는 여자의 시체가 미쳐 날뛰는 바람에 흔들리고 있었다.

추악한 깃발이다.

그 아래에서, 고블린의 우두머리는 선두에 서는 것이 아니라 소리쳐대면서 버티고 앉아 있었다.

—참으로, 고블린다운 모습이다.

"뛴다!"

고블린 슬레이어는 그 이상의 감상을 품지 않고, 다음 배를 향해 뱃전을 박찼다.

무엇보다도 일단은— 눈앞의 고블린을 죽여야 하리라.

§

—정말이지, 느려터진 놈들.

그 고블린은 자신의 배에 모험가가 올라왔을 때, 우선 동포에 대한 분노부터 품었다.

이놈이고 저놈이고. 제멋대로 소란이나 피우고, 제대로 일을 하질 않는다.

입만 열면 키약키약 소리쳐대고, 자신에게 이거 해줘, 저거 해줘, 입만 살았다.

그런 주제에, 이거다. 저런 멍청한 흄 놈들을 막아내는 것조차 못한다.

그렇다. 멍청한 흄 놈들이다.

놈들을 이끄는 것은 저 시끄러운 남자인 모양인데, 정말이지 바보란 생각밖에 안 들었다.

가장 높은 녀석이 맨 먼저 뛰어들다니, 무슨 생각을 하는 것일까?

자신이 가장 영리하고, 강하고, 잘났으니까, 무리도 강한 것이다. 자신이 죽으면 모든 것이 끝나 버리지 않는가?

이놈이고 저놈이고 그것을 이해하지 못하니까, 덕분에 이렇게 일부러 움직여야 하게 된다.

고블린의 우두머리는 지긋지긋하단 기색으로 코웃음을 치고, 빛나는 전투 도끼를 손에 쥐었다.

그것은 이 곰가죽의 외투를 두른 시체가 가지고 있던 것이며, 우두머리에게 걸맞은 무구라고 확신할 수 있었다.

칼날에 달라붙은 불가사의한 빛이 마력이라는 것은, 고블린도 알 수 있는 것이다.

그렇기에, 그 고블린은 자신이 죽지 않는다고 확신하고 있었다.

이렇게 지금도, 첨벙, 첨벙. 해면이 파열되면서 배가 흔들린다.

멍청하게도 바다에 떨어진 고블린이, 흄이, 게걸스레 잡아 먹혀 죽어간다.

그러나 그는 자신이 잡아먹히는 일이 없다는 것을 분명하게 알고 있었다.

왜냐하면 그는 우두머리이며, 저 멍청한 놈들과 전혀 다른 존재니까.

상황을 냉정하게 관찰하고 있는 자신이라면, 저런 식으로 떨어지는 일이 없다는 건 말할 것도 없는 일이다.

그렇다— 상황의 파악이다.

고블린의 우두머리는 손에 든 전투도끼를 과시하는 것처럼 대기를 쓸었다.

바람을 가르는 소리를 들으면, 고블린 놈들은 그것만으로도 겁을 먹고 순종적으로 따른다.

그리고 흠이든 수인이든 포로들은 히이익 비명을 흘리며 우두머리를 만족시켰다.

"——GORRGGBB……!"

그렇기에 그 빈약한 장비의, 자신과 전혀 다른 모험가의 리더가 보여주는 태도는 다소 불만이었다.

표정이 조잡한 철 투구 탓에 보이지 않는 것은 그렇다 치고, 움찔거리지도 않는다니.

—뭐, 좋다.

어차피 이쪽에 이길 셈이겠지만, 저 리더를 죽이면 그걸로 모두 끝이다.

짜리몽땅한 드워프도, 그것을 짊어지고 구석에 웅크리고 있는 둔한 도마뱀도, 자신의 적이 못 된다.

눈앞에 있는 이 남자만 죽이면— 그러면 하이 엘프도, 빼빼 마른 계집아이도 자기 것이다.

팔다리를 부러뜨리고, 질릴 때까지 가지고 논 다음, 그래도 살아 있으면 부하들에게 줘도 되리라.

물론— 그 역겨운 외눈의 여자도 그렇다.

남은 눈알도 파내면 어떤 식으로 지저귈까?

고블린의 우두머리는 지저분한 모험가 따위를 넘어서, 멀지 않은 미래의 승리를 확신하고 웃음을 지었다.

그렇다면, 일단 시작 삼아서 이 남자를 얼른 처리해야 한다.

"GOOROOOGGBB!! GOOROGGBB!!!!"

고블린의 우두머리는 맹렬하게 짖으며, 그 손에 쥔 전투도끼로 폭풍을 일으키는 것처럼 휘둘렀다.

직격하면 빈약한 투구와 함께 상대의 두개골을 부수고, 팔다리라면 갑옷과 함께 날려버린다.

이것을 보고도 평정을 유지할 수 있는 자는 없으리라. 봐라, 저 모험가는 허리에 찬 검을 뽑으려 하지도 않는다.

"GOOOOROOGGBB!!!!!"

물론, 그렇다고 용서해줄 이유 따위는 없다.

지금까지 놈들이야말로 고블린을 죽여 왔으니까, 이것은 정당한 보복이다.

고블린은 고블린다운 사고를 하면서, 그 울분을 토해내고자 도끼를 치켜들며 파고들어—

"GOOROGGBBB?!"

다음 순간, 그 오른팔을, 상상을 넘어설 정도로 흉흉한 칼날이 깨물어 뜯어내 버렸다.

§

"GOOROGGBBB?!"

새로 마련한 남양식 투척 나이프는 여전히 기대한 그대로의 성능을 발휘하여 고블린의 오른팔을 잘라버렸다.

전투도끼를 쥔 팔이 빙글빙글 공중에서 춤을 출 때는 이미, 고블린 슬레이어가 갑판을 박차고 있었다.

고블린이 뭔가 소리쳐대고 있는 모양이지만— 그것을 들을 필요도, 의미도 아무것도 없으리라.

역시, 북방인이 벼린 강철의 칼날. 그것에 깃든 신비. 무시무시한 물건이다.

곰 가죽을 두른 자. 두려움을 모르는 전사. 그저 위협적이다.
^{베르세르크}

방패를 깨부수고, 사람을 갈갈이 찢어내고, 신들마저도 산산조각 내는 만용. 어마어마하다.

그러나——.

—고블린의 무엇을 두려워한단 말인가?

공포를 모르는 위대한 야만인이야 두렵지만, 자기 몸과 목숨을 아끼는 고블린의, 무엇을?
^{바바리안}

"GORROGGBB?!"

고블린 슬레이어의 오른손이 허리에서 북방인의 검을 뽑았다.

짧고, 어중간하고, 그렇지만 잘 연마된 강철의 칼날이다. 아무런 불만도 없다. 자신에게는 아까울 정도다.

고블린은 오른팔을 누르면서 떠들어댄다. 고통에 몸부림치고, 울부짖으며, 모든 것을 저주하고 있었다.

거리는 앞으로 하나, 둘, 셋. 목을 노리는 것이 좋겠지만, 아무래도 좀 커다란 놈이다. 배라도 충분할까?

—뭐, 뒤처리는 북방의 바다가 해준다.

"GOROOGGBB?! GBB!"

쌓인 눈을 찌르는 것처럼 손맛조차도 없이, 내지른 검은 고블린의 배를 파헤쳤다.

내장을 휘젓는 것처럼 자루를 비틀자, 고블린이 탁한 비명을 질렀다.

"이걸로, 열여섯……!"

고통에 몸부림 친 것인지, 아니면 매달리고자 한 것인지 알 수 없다. 절대로 저항은 아니리라.

이쪽에 한손을 내밀고 휘두르는 고블린의 머리에 그는 왼손을 뻗어서, 그 곰 가죽을 쥐었다.

—아아, 그렇고말고.

"과분한 물건이다."

그리고 고블린 슬레이어는 가차 없이 고블린을 걷어차 버렸다.

쑥. 칼날이 빠져나오며 지저분한 피가 뿜어져 나오고, 고블린은 간단히 얼어붙은 바다에 떨어졌다.

고블린에게 걸맞을 정도로 맥 빠지는, 첨벙하는 물소리. 그것도 파도에 휩쓸려 사라지리라.

같은 때에 몇 번 공중에서 회전한 전투도끼가 둔탁한 소리를 내며 갑판에 박혔다.

왼손에는 썩어가는 곰 가죽. 그리고 전투도끼. 고블린 슬레이어는 숨을 내쉬었다.

"그건 그렇고……."

그는 칼집에 검을 넣고, 곰 가죽을 가방에 밀어 넣으며 한 번 고개를 끄덕였다.

"역시, 던지기에는 이게 더 좋군."

고블린 슬레이어는 만족스럽게 중얼거리고, 남양식의 단검에 이어둔 밧줄을 잡아당겼다.

새로 마련한 것에 전혀 후회가 없었다.

적어도 그가 가진 다른 장비보다 아무래도 가격부터가 다른 것이다.

"—그쪽은 어떻지?"

"어떻게든 되는 거 아냐?!"

엘프 궁수가 화살을 쏘면서 외쳤다.

"저거에 먹히지만 않으면!"

허리 뒤의 칼집에 투척 나이프를 넣으면서, 고블린 슬레이어는 파도에 튕기는 갑판 위를 달렸다.

무지한 것은 죄이지만, 모르는 것은 행복이기도 하다.

고블린의 족장이 탄 배는, 해마와 — 무리인지 한 마리인지는 모르지만 — 가까운 곳으로 흘러가고 있었다.

그럼에도 고블린 놈들이 전혀 신경 쓰는 기색이 없는 것은 어차피 고블린이기 때문이리라.

다음 우두머리는 자신이라고 떠들어대는 고블린 놈들이 다가오지 못하도록, 엘프 궁수와 여신관이 분투하고 있었다.

"술법만, 걸리면…… 아마도, 다음은—!"

빈약하고 가녀린 팔이라지만, 이 정도의 수라장은 몇 번이고 헤쳐 나왔다.

석장을 휘두르는 모습은 아직 서투르지만, 고블린 정도를 떨쳐내기에는 충분하고 남을 정도였다.

그 두 사람에게 보호를 받는 모습으로 뱃전에 몸을 내민 리자드맨 승려와 그 등 위의 드워프 도사.

"─좋구나, 붙잡았느니라!"

드워프 도사가 작지만 두껍고 듬직한 손으로 허공을 쥐면서 쾌재를 올렸다.

끌어 올리는 팔의 주술적인 움직임은, 마치 낚싯대를 치켜드는 움직임과 같았다.

"비늘 친구야, 단단히 버티거라!"

"소승도 떨어지기는 싫다네."

남쪽 바다에 사는 리자드맨에게, 북해의 혹독함은 어느 정도인 것일까?

그러나 늪지에 사는 그들은 물가와 친숙한 생물이기도 했다.

젖고, 흔들리고, 기울어지고, 가차 없이 사람을 떨어뜨리려는 배 위에, 날카로운 발톱을 박아 넣는다.

마치 커다란 나무처럼 그 체구와 꼬리를 구사하여, 리자드맨 승려는 몸을 안정시켰다.

드워프 도사가 보이지 않는 낚싯대를 확 당기고, 수중의 그것을 포착하는 손맛에 송곳니를 드러냈다.

그리고 물 위로 사냥감을 끌어올리고자, 정령에게 내리치는 것처럼 외쳤다.

"《춤추거라 춤을 춰. 물의 정령[님프]에 바람의 정령[실프], 육지와 바다 사이
에서 넘어지지 않도록 조심하거라》!"

비유가 아니라— 바다가 폭발했다.

누더기 배는 병 속의 과자처럼 파도 사이에서 격렬하게 위 아래로
흔들리고 처박혔다.

솟아오르는 바닷물은 태양을 뒤덮어 감추고, 단숨에 모든 것을 암
흑으로 칠해버렸다.

물보라는 안개처럼 하얗게 세계를 칠한다. —그러나 그래도, 그
존재를 감출 수는 없었다.

"OOCCCTAAAAAAAAAAAAAAAALLUUUUUUUUUUUUUU
SSS!!!!!!!"""

"무슨…………!"

"히……익!"

제정신을 깎아내는 것 같은 광경이었다.

바닷물에서 튕겨 나와 수면에서 춤추는 그것을 직시하면, 누구든
지 한때의 공황에 빠질 것이다.

거대한 바다뱀의 무리. 역시, 그렇게 생각한 것도 틀린 것은 아니
리라.

산처럼 우뚝 선, 비 기하학적으로 꿈틀대는 촉수와, 살과, 모든
것을 집어삼키는 송곳니의 덩어리.

여기저기서 긁어모은 그것을 점토처럼 반죽해서, 두족류의 형태
로 만든 것 같은— 하나의 괴물.

오랜 옛날, 아마도 신화시대의 전쟁 무렵부터 바다의 바닥에 살고 있었을 심연의 주인.

그것이야말로 신화시대부터 전해지는, 폭식의 화신이었다.^{더 그리드}

"흠."

모두가 말을 잃게 되는 그 위용 앞에서, 고블린 슬레이어는 작게 중얼거렸다.

그것은 놀라움 이상으로 확신을 품은, 대단히 만족한 것 같은 말이었다.

"역시, 그 사람들이 고블린 따위에게 질 리가 없는 것이다."

§

"하하하하, 이거야 원, 커다랗군! 거물이다!"^{빅 네임}

한 명의 영걸이 폭풍우 치는 바다 가운데 돌진했다.

무너져가는 배에서 배로 뛰어 다닌다. 흑철의 사슬 갑옷을 입고, 강철의 검을 손에 든 한 명의 사내.

남방에서 찾아와 북방의 두령이 된, 한 명의 기사다.

그를 따르는 것은 말없이 방패를 든 용아병 하나.

물론, 폭식의 화신인 해마는 그런 작은 먹잇감이라도 놓치지 않는다.

억지로 지상에 끌려 나와 얕은 잠에서 깨어난 그 촉수가, 단숨에 밀려든다.

그러나— 검을 둔기라고 비웃는 자가 있다면, 자신의 부족함을 부끄러워하리라.

"흐, 음……!!"

한칼, 이었다.

틱. 한 발 파고든 두령은 몰려드는 그림자를 일망타진하여 베어 버리고 앞으로 파고들었다.

뒤덮듯 따라오는 촉수를, 대검을 머리 위로 휘둘러 떨쳐내고 잘라 내 버린다.

창처럼 찔러 들어오는 촉수를 아래에서 위로 흘려 넘기고, 뿌리 부분을 이면의 날로 흘려 벤다.

그것은 그야말로 홍련의 깃발과도 같았다. 검을 오른쪽, 왼쪽으로 휘두르고 찌르며 슬금슬금 앞으로.

연마하고 연마한, 가다듬고 가다듬은, 이것이야말로 무의 극치. 그 중 하나가 틀림없었다.

"OOCCCTAAAAAAAAAAAAAAAALLUUUUUUUUUUUUUUU UUSSS!!!!!!!"

해마가 과연 통각이 있는지는 알 수 없었다. 지성도, 이성도, 그 존재는 분명치 않다.

무한에 가까운 촉수 몇 개가 잘린 정도다. 머리칼 정도의 느낌밖 에 없는 것일까?

그러나— 그러나, 그럼에도, 해마는 짖었다.

하품이겠지만, 자고 일어난 참에 몰려드는 벌레에 대해서겠지만, 해마는 분명하게 짖은 것이다.

오로지 한 명, 눈앞에 선 흄을 향해서.

"오늘이 네놈의—."

두령은,,노래하듯 이를 드러냈다.

"제삿날이다……!"

강철과 괴이가 소리를 내며 격돌했다.

꿈틀거리는 촉수 몇 개가, 그저 그것만으로 전사 한 명을 짓눌러 죽일 기세로 밀려들었다.

두령은 한 걸음도 물러서지 않고, 오히려 앞으로 돌진하면서 맞섰다.

검을 휘두르면 움직임을 멈춰선 안 된다. 그 기세야말로 다음 공격으로 이어지는 것이다.

수호의 검은 언제나 칼끝을 상대에게 향하며 쐐기의 모양으로 휘둘러야 한다. 공격선을 비껴내고, 앞으로 나선다.

^{타르호} ^{레베츠} ^{알티바소}
우좌, 좌우, 상하!!

종횡무진 휘두르는 칼날은 결코 모든 공격을 떨쳐내고 있는 것이 아니다.

용아병이 두령을 대신하여 일격을 받아내고, 방패와 함께 간단히 부서졌다.

"훌륭하다!"

두령이 외치고서, 더욱이 앞으로, 앞으로.

그렇다. 두령의 검은 분명히 해마에게 닿고 있었다.

──그렇다면, 문제는 없다. 계속 맞추면 죽일 수 있는 법이다.

발치의 배가 부서지면 다음 발판으로 뛰어 옮기고, 검으로 고기가 시를 쓸어 떨쳐낸다.

두령은 서고, 때리고, 베었다.

일검마다 피가 튀고, 고기가 터지고, 그 모든 것을 커다란 파도가 씻어내 버린다.

내쉬는 숨이 하얗게 피어오르는 것은 두령의 피가 뜨겁기 때문이리라.

오오, 신들이여 보소서! 북방의 마해에서 펼쳐지는 영걸과 괴물의 싸움을.

백수거인이나 대철기와 비등하게 평가되는 혼돈의 기수.

그것에 오로지 한 명의 영걸이 맞서는 이 광경을.

이러한 광경을 만들어낸—— 모험가들의 빛나는 모험을.

사방세계의 수많은 모험, 그 모든 것이 모두 남김없이 반짝이는 기라성이니.

"……베르세르크 따구야, 벨 거도 아임더!"

안주인이 미쳐 날뛰는 바다의 파도에도 겁먹지 않고, 사랑하는 남자의 싸움을 그저 바라보며, 웃음을 지었다.

그 모습을 보고, 북방인의 전사들은— 마주보았다.

우리는 뭘 하고 있지? 상태를 이해 못하는 고블린 놈들과 놀고 있는 것뿐인가?

보라, 모험가는 약정을 지키지 않았는가?

자신들이 놀라고, 당황하고, 태세가 무너진 가운데, 아주 간단하게 저 해마를 끌어올린 것이다.

그리고 우리들의 두령이 싸우는 모습을 보라.

우리들이 아무것도 못하고 지켜보는 가운데, 저 해마에게 강철의 검 한 자루로 도전하고 있는 것이다.

만약에— 만약에. 이 싸움을 마쳤을 때, 살아남은 자신들을 보면 사람들은 뭐라 할 것인가?

흠집 하나 없는 투구를, 갑옷을, 방패를 보고, 이도 빠지지 않은 검을 보고. 무슨 생각을 할 것인가?

모험가들에게 적을 끌어올리도록 맡기고, 두령이 싸우는 사이에 그저 보고만 있었다?

우리들은 잔챙이를 해치웠다. 할 일은 했다. 그러니까 영웅의 결판을 지켜보고만 있었다?

아아, 그런 일은— 그런 일은, 참을 수 없다.

미천하다 해도 전사, 불명예를 지고 살아가기보다는 죽는 것이야 말로 바람이다.

"……가이각스!"

"가이각스!!"

여덟 개 원의 아홉째 기둥, 성신 너머로 떠난 위대한 신에게도 닿으리라고 전사들이 드높이 부르짖었다.

뭐 어떠리. 죽더라도 두 사람째, 세 사람째의 형제가 후사를 이을 것이다. 무엇을 두려워하리?

"GOROGGB?!"

"GOB?! OROGGBB?!?!"

그 기개는 미래 영원토록 꾀만 부리는 고블린 놈들은 알 수 없으리라.

겁먹고, 당황하고 있던 전사들이 드높이 부르짖으며 상처를 돌보지 않고 돌진하지 않는가.

이렇게 되면 이제, 고블린 따위가 어떻게 할 수 있는 것이 아니다.

전사들의 함성이, 고블린 놈들의 단말마가, 폭풍의 바다에 울려 퍼지며 메아리친다.

"해마가 우짰다 캅니꺼. 울 서방님아는, 겂을 모린……."
<small>해마가, 어쨌다는 건가요. 우리 서방님은. 두려움을 모르는</small>

따라서 그녀는 웃었다. 이런 것에, 사랑하는 낭군이 질 리 없으니까.

"『베오울프』라 안 합니꺼……!"
<small>「벌을 죽이는 자」 니까요</small>

으르렁대는 촉수는 고기 채찍으로 변하여, 소리의 속도를 넘어 두령의 갑옷을 친다.

사슬 갑옷의 철고리가 터지며 흩어지고, 살이 찢어지고, 피가 튀어 오른다. 그러나, 그것이 어쨌다는 건가?

그 일격과 맞바꾸어, 두령은 해마의 품으로 파고들 기회를 얻었다.

"차아……압!"

파고드는 것과 동시에 쏘아낸 고기창을, 두령은 가볍게 좌우로 떨쳐내고, 더욱이 한 걸음 앞으로.
<small>타르호</small>

참격의 기세는 나선이 된다. 두령은 그것에 저항하지 않고 배 위에서 해마에게 뛰어들었다.

이것이 바로 양손검을 쓰는 극의 중 하나. 죽음을 의미하는, **제14의 형태**와 다름 아니다.

강철의 칼날이 해마의 촉수를 날려버리고, 파도보다도 높고 역겨운 체액이 뿜어져 나왔다.

"OOCCCTAAAAAAAAAAAAAAAAALLUUUUUUUUUUUUUUU USSS!!!!!!!"

"《배에는 속도를, 방패에는 수호를, 칼날에는 혈풍을》!"

해마의 절규보다도 드높이, 안주인은 자신의 기도를 노래했다.

안대에 가려진 눈동자에서 떨어지는 빛은 번개가 되어 그녀의 팔에 새겨진 나무를 통해 흘러나갔다.

빛의 화살은 스파크가 되어 치달리고, 두령의 심장을 때렸다.

"——《그리고 처녀에게는 입맞춤을 바라노라》!!"

번개는 포효를 지르며 그 몸을 감쌌다. 춤추는 빛이 두령의 투구를 통해 허공으로 튀어나갔다.

그것은— 여신관의 눈에는 금색으로 빛나는 사나운 뿔처럼 보였다.

그렇다. 어린아이가 몽상하는 용맹한 북방인들의 투구에서 뻗은, 위대한 신의 뿔처럼.

두령의 칼에 달라붙은 번갯불은 그 칼날을 한없이, 한없이 부풀렸다.

그는 웃으며 그 뇌전의 검을 휘두르고자, 자신의 어깨로 끌어올렸다.

고통이 있기에 삶의 기쁨이 있다.

가열하고 식혀야 강철은 단련되는 법.

번개를 두른 철의 신. 그것은 부부신의 축복이 깃든, 진정한 기적의 결실이었다.

이것이 바로— 강철의 비밀을 해명한 자만 짊어지는, 참철(斬鐵)의 검과 다름 아니다.

"이봐, 모험가!!!!"

원수를 노려보면서, 두령이 명랑한 목소리를 질렀다.

"——맞춰라!"

© Noboru Kannatuki

§

"고블린 슬레이어 씨!"

누구보다도 빨리, 석장에 등불을(스파크) 밝힌 것은 여신관이었다.

폭풍우의 바다. 무너져가는 배 위. 대해마. 고블린의 무리. 전쟁의 한복판. 북쪽 여행. 모험.

그 찰나. 고블린 슬레이어의 뇌리에 섬광과도 같은 직감이(인스피레이션) 번뜩였다.

"─《테일윈드》(순풍)다!"

"오냐!"

방금 거물을 낚아 올린 참인데, 드워프 도사는 피로한 기색도 보이지 않고 한순간의 주저도 없이 응답했다.

이럴 때 반드시 뭔가 저질러주는 것이 이 남자라는 것은, 잘 알고 있었다.

"《바람의 처녀야(실프), 처녀들아. 입맞춤을 다오. 우리들의 배에 행운이 내리기를》……!"

북해의 처녀들은 노래하고 춤추며, 자신들의 벗에게 도움을 주었다.

썩어가는, 이미 배의 형태를 하고 있을 뿐인 목재가 바람에 밀려 달리기 시작했다.

그것은 엘프 궁수조차도 무심코 비틀거릴 정도였다. ─그녀는 힐끔 여신관 쪽을 보았다.

뱃머리에 선, 나이 차이가 큰 소중한 친구는 석장을 치켜든 채 한마음으로 기도를 바치고 있었다.

─정말이지. 어엿해졌다니까.

분명히 깨닫지 못하는 것은 당사자뿐이리라. 흄은 빠르다. 그것이 부럽고, 조금 쓸쓸하다.

"아아, 정말이지……. 언제나 이렇다니까!"

엘프 궁수는 괜히 밝은 소리를 지르면서, 리자드맨 승려의 등을 두드렸다.

"앞으로 한 번 버텨야 돼. 떨어지지 마……!"

"어허, 물론일세."

그의 꼬리가 다리에 감기자 간지러운 듯 웃으면서, 엘프 궁수는 갑판 위를 달렸다.

뭐, 오르크볼그가 무슨 짓을 저지르든 저 해마를 치는 것은 틀리지 않으리라.

하이 엘프의 화살을 한 번이라도 많이 맞춰두면, 확실하게 놈의 집중력^{히트 포인트}도 깎아낼 수 있으리라.

물론— 오르크볼그가 끈적한 액체가 든 병을 꺼냈을 때는「으엑」하고 신음했지만.

"상고의 난쟁이^{하이라 드워프} 흉내는, 전에 관두라고 말 안 했나?"

"그것과는 다른 책략이다."

고블린 슬레이어는 아무렇지도 않게 말했다.

"준비해라."

"핫핫하……."

—나중에 꼭 걷어차 줄 거야.

그 생각마저 유쾌하게, 엘프 궁수는 뱃전에 발을 올리고 대궁을 당겨 화살을 쏘았다.

"OOCCCTAAAAAAAAAAAAAAAALLUUUUUUUUUUUUUU
SSS!!!!!!!"

그리고 고블린 슬레이어의 손에 불이 붙었다.

병에 담겨 있던 검은 액체에 붙은 불꽃을, 그는 있는 힘껏 갑판의 커다란 구멍에 던져 넣었다.

이것이 바로 메디아의 불, 페트롤레움, 혹은 이라니스탄의 기름.

"다시 말해서, 타오르는 물이다."

퍼엉. 꿍음과 함께 불꽃이 솟아올랐다.

업화는 순식간에 배를 어루만지고, 모든 것을 검붉게 물들이며 비추어낸다——.

"《자비 깊은 지모신이여, 그 손길로, 부디 이 땅을 정화해 주소서》!"

그 안에서도, 소녀의 기도가 하늘에 닿지 않을 리 없으리라.

영혼을 깎아낼 정도의 순수한 기도는 천상에 닿고, 소녀가 기원하는 바람은 자비 깊은 지모신의 어전에 닿는다.

그 신은 앞날을 생각하여, 조금 쓴 웃음을 지었음이 틀림없다. 그렇지만 그것을 긍정했다.

아리따운 보이지 않는 손가락이 고블린이 더럽힌 배의 갑판을 어루만져, 정화했다.

불꽃이 오르는 가운데, 이 갑판에 가득한 것은 틀림없이 성스러운 공기 자체였다.

물론— 불꽃이 빨아들이고 있으니, 호흡의 반지가 없다면 서 있는 것도 위태롭겠지만.

화염은 배의 속도와 계속 불어오는 바람까지, 모든 것을 삼키며 더욱 격렬해졌다.

"역시 이만큼의 불을 피운다면, 이 반지는 필요하군."

새삼 그 사실을 확인한 고블린 슬레이어는 북방의 전사가 남긴 전투도끼를 주워 허리띠에 끼웠다.

그리고 발치에 굴러다니는 고블린의 팔을 「홍」 하고 재미없다는 듯, 바다에 걷어차 떨어뜨렸다.

이제는, 돌아보지도 않는다. 해야 할 일은, 오로지 하나.

"술법을 풀어라!"

고블린 슬레이어가 외쳤다.

"뛴다!"

"비늘 친구야, 맡긴다!"

"알겠네……!"

"햐……악?!"

"역시, 나중에 찰 거야!"

고블린 슬레이어가 여신관을 짊어지고, 리자드맨 승려가 드워프 도사를 업고, 엘프 궁수가 즐거운 기색으로 공중으로 뛰었다.

그리고 모험가들은, 자신의 모험에 결판을 지었다.

§

그 고블린은 자신의 행운에 감사하며 몰래 음험한 웃음을 지었다.

온몸을 베이고, 배를 찔리고, 팔도 다른 곳도 바닷물이 스며들어 지독하게 아프다.

그러나 그래도 그 고블린은 살아 있었다. 간신히, 이기는 했어도.

굴러 떨어진 배의 벽면에, 그 고블린은 걸려 있었다. 덕분에 살아남았다.

바보 같은 모험가들은 멍청하게도 자신을 놓쳤다. 언젠가 호되게 갚아주마.

아무것도 안 했는데 이런 꼴을 당한 것이다. 같은 꼴로 만들어주어도 괜찮을 것이다.

고블린은 팔 하나로 지독하게 고생하면서, 어떻게든 갑판으로 기어올랐다.

—어째선지, 머리가 어질어질하다.

"GOROGB……?"

깨닫고 보니, 주위에 불길이 오르고 있었다.

견디기 어려울 정도로 뜨거울 텐데, 어째선지 그렇게 열이 느껴지지 않는다.

그러나— 지독하게 거슬리는 역겨운 공기였다. 구역질이 나올 것 같았다.

고블린은 모든 것을 저주하면서도, 그래도 자신의 처지에 만족하고 있었다.

어째선지 배는 힘차게 나아가고 있는 모양이다. 이거면 살 수 있다. 자신은 살아남았다.

그러니까 돌아가서, 그리고 모험가 놈들을, 언젠가 반드시, 죽이고———.

"GORRGGB?!?!"

고개를 든 고블린이 마지막으로 본 것은, 커다란 아가리 너머에 펼쳐지는 허무의 암흑이었다.

§

지상에서 뇌전룡의 포효가 울려 퍼졌다.

전광의 칼날은 노린 곳에 정확하게 박히고, 타오르는 배가 커다란 창으로 변해 찌르고 파헤쳤다.

"OOCCCTAAAAAAAAAAAAAAAALLUUUUUUUUUUUUUUU SSS?!?!?!"

해마가 비명을 지르며 몸부림쳤다.

전광을 두른 참격의 일격, 불꽃의 배— 모두 무시무시한 위력이지만…… 그걸로는, 부족하다.

그저 그것만으로는, 결코 치명적 일격^{크리티컬 히트}이 되지 못한다.

무엇보다도 해마에 충격을 준 것은, 지금까지 느껴본 적이 없는 위대한 신^{플레이어}의 기운이었다.

지모신이 축복을 내린 **성스러운 배**의 무게가 해마를 뒤덮은 것이다.

그리고——《워터 워크》의 술법이 풀렸다.

대해마와 배까지 모조리, 푸와악 물보라를 올리면서 가라앉는다— 떨어진다. 떨어져간다.

지금까지 물의 정령이 밀어 올리고 있던 그 중량과 질량이 단숨에 바닷물을 밀어낸다.

그 굴곡은 바닷물의 흐름을 커다랗게 빨아들이고— 그리고 돌려

주었다.

전장에 흩어진 잔해도, 살아남은 고블린도, 북방인들도 모두 말려들어서 집어삼킨다.

대파도였다.

"버구라앗!!!!"

그러나, 그 정도는 바이킹에게 일상다반사다.

고블린보다도, 해마보다도, 훨씬 상대하기 편한, 매일 어울리는 싸움 동료나 마찬가지인 존재다.

그들은 호령에 맞추어, 조바심 내지도 당황하지도 않고 노를 잡고 돌리더니 배를 저어 파도를 탔다.

어엿한 북방인이라면, 그것은 일류의 전사이며 일류의 뱃사람이라는 것과 마찬가지 뜻이다.

"GORGGB?!"

"GORBBGG?!?!"

그리고 물론 고블린 놈들은 결코 그렇지 않다.

배도, 바다도, 그것이 무엇인지 전혀 이해 못한 고블린 놈들에게 저항 따위는 용납되지 않는다.

휩쓸린다. 집어삼킨다. 고블린 놈들은 결코 살아서 이 바다를 나설 수 없으리라.

사방세계의 자연은 만물 모든 것에 평등하다.

대응할 수 있는 자에게는 은혜를, 못하는 자에게는 파멸을 내린다.

올바르게— 북쪽 바다는, 자신의 손으로 모든 것을 처리한 것이다.

§

"정말이지, 엉망진창으로 일하는군."

상황이 뒤집혀 햇빛이 내리쬐는 하늘 아래, 두령은 기가 막힌 기색으로 웃음을 지었다.

해마와 전광의 검과 교차하는 형태로, 불꽃의 배에서 뛰어내린 모험가들.

갑판에 내려서서, 서서히 온화함을 되찾고 있는 바다 앞에서 그들은 건재했다.

"그런가?"

고블린 슬레이어는 철 투구에서 바닷물을 떨어뜨리며, 고개를 갸웃거리고 말했다.

"늘 하던 일이다만."

엘프 궁수는 있는 힘껏 그를 걷어찼다.

훌륭하게 넘어진 고블린 슬레이어를 하이 엘프가 손가락질하며 웃고, 허둥지둥 여신관이 달려갔다.

"제, 제가 생각해낸 거니까요……!"

그 말에 엘프 궁수가 하늘을 우러러 보며 얼굴을 감쌌다.

지모신은 눈길을 피하고 있을 테니 분명히 그녀의 바람은 닿지 못한다.

그런 세 사람을 바라보며 리자드맨 승려가 유쾌한 기색으로 눈을 돌리고, 드워프 도사가 아이고야 하며 허리춤의 술병을 붙잡았다.

"그걸로 죽었을꼬? 그 커다란 것은. 조금 수상하다만……."

"글쎄."

리자드맨 승려가 묵직하게 중얼거렸다.

"그렇다 해도, 그것이 마지막 한 마리라고 생각하긴 어렵다네."

"그건 또 뭣이더냐."

이 커다란 싸움에서 가장 많이 일한 술사는 친구의 농에 벌컥벌컥 맛있는 기색으로 술을 들이켰다.

"……돌아가면, 또 드레카로군."^{연회}

두령이 보는 곳에서, 북방인들이 하늘을 향해 검을 치켜 올리며 승리의 함성을 지르고 있었다.

구해낸 포로들이 울면서 얼싸안고, 북방인들 사이에서 밀고 밀리며 소란을 피우고 있었다.

그 커다란 환호성을 기분 좋게 들으면서, 두령은 자신의 검에 기대어 웃었다.

"일단은, 네 기대에는 부응했을까? 안 그래—."

두령의 부름을 들은 안주인은 키득키득 소리를 흘렸다.

"서방님아. 말투, 돌아와삤소."^{서방님. 말투가, 돌아와 있어요.}

"어이쿠."

지적을 받은 두령이 어색한 기색으로 볼을 긁적였다. 아무래도 아직 미숙하다.

"그러니까…… 안들아. 노상 아짐찮다."^{안주인. 언제나 고맙군}

그렇게 말하며 수줍게 웃은 두령에게, 안주인이 살며시 얼굴을 가까이 댔다.

투구 안쪽, 빈틈투성이인 입술에 살며시 닿도록 하면서.

"사랑하고 있답니다, 나의 폐하."

"_____."

"아가?"
_{어머나}

"한 번 더! 안들아, 부탁해!"
_{안주인}

"시럽심더~."
_{싫답니다}

장난스럽게 웃으며, 안주인은 두령에게서 춤추듯 도망쳤다.

허리춤에서 흔들리는 흑철의 열쇠를 소중하게 어루만지면서, 그녀는 한없이 행복해 보였다.

두 사람을 바라보면서, 천천히 몸을 일으켜 갑판에 앉은 고블린 슬레이어가 말했다.

"이건, 나중에 그쪽에 돌려다오."

가까이 있는 북방인 — 그 상처 난 얼굴의 전사다. 상처는 늘어 있었다 — 에게 내민 것은, 두 개의 무기였다.

지금까지 허리에 차고 있던 북방인의 검과, 그리고 마법의 전투도끼였다.

"개않나?"
_{괜찮나}

"좋은 무기다."

그는 말했다. 그리고 덧붙였다.

"나에게는 아까울 정도야."

흠. 상처 난 얼굴의 전사는 작게 숨을 내쉬더니 「알궜다」 하고 공손히 무기를 받았다.
_{알았다}

후미의 백성은, 설령 나이프라고 해도 누군가에게 건넨다면 대가를 받으라는 말이 있다.

다툼이 끊이지 않는 땅이다. 그렇다 보니 다툼을 피하기 위한 약정도, 지혜도 많은 땅이다.

그냥 받기에는— 너무나도 많은 것을 받았다.

젊은 연인, 부부들의 행복해 보이는 미소가 이 북방에서 얼마나 귀한 것인가?

"멋보당도, 좋은 쌈했다 아이가."^{무엇보다도, 좋은 싸움이었으니까.}

"흠?"

"보수 이바구다."^{보수 이야기다}

상처 난 얼굴의 전사는 정중하게 검과 도끼를 품에 들고서 말했다.

"너그들 모험가가 도독 아이꼬, 용병 아이가?"^{너희들 모험가는 도둑이 아니라, 용병 아닌가}

"아니."

고블린 슬레이어는 고개를 옆으로 저었다. 반사적이라고 해도 될 정도였다.

그래서 그는 말을 찾기 위해, 몇 초 동안 침묵해야만 했다.

"……아니."

그는 거듭해 말했다.

"모험가는, 모험을 하는 자다."

모험가란, 위험을 무릅쓰는 자다.

부, 명예, 무훈, 혹은 민초를 위해 황야를 나아가, 미궁에 도전하고, 용을 해치우는 자다.

그래야 하며— 그리 되고 싶다고, 생각했다. 그렇게 되고 싶다고, 생각하고 있다.

"나는 소귀를 죽이는 자다."^{고블린 슬레이어}

고블린 놈들에게 방해 받는 것만큼 짜증나는 일은 없었다.

그러나 고블린 놈들을 방해하는 것만큼, 통쾌한 일은 없었다.

"보수는…… 이제부터, 이 땅에 모험가가 찾아왔을 때, 모험가로서 취급해주면 된다."

"그쿠면 되겄나?"
<small>그거면 되는 건가</small>

"아니."

멀리서 지켜보던 여신관은 잘못 들었나 싶어서 살짝 눈을 홉떴다.

그게 아니라면. 그것이 아니라면. 그녀는 혹시, 처음 들었을지도 모른다.

그러나 결코, 지금까지 느낀 것처럼 불편함은 느끼지 않았다.

왜냐하면, 그렇지 않은가?

그가 — 녹슨 경첩이 삐걱대는 것처럼 소리를 내며 — 소리를 내며, 웃은 것이다.

"그게, 좋은 거다."

그리고 고블린 슬레이어는, 대단히 중요한 일인 것처럼 덧붙였다.

"그리고, 칼집을 하나 마련해 다오."

제 7 장

Honeymoon
『밀월』

Goblin
Slayer
He does not let
anyone
roll the dice.

봄의 도래는, 하품을 하고 싶어지는 온기로 알 수 있는 법이다.

쿠아. 무심코 흘러나온 그것을 감추지도 않고, 소치기 소녀는 느긋하게 울타리에 앉아서 다리를 흔들었다.

하늘은 파랗고, 햇살은 따끈따끈하고, 바람은 기분 좋다. 더할 나위 없다고 해도 좋은 낮.

"응⋯⋯."

딱히 일을 땡땡이치고 있는 건 아니다.

오늘은 해야 할 일은 대강 전부 끝내 버렸다.

그렇지만 오늘 해둬야 하는 편이 좋은 일이나 며칠 걸리는 일에 손을 댈 생각은 안 들었다.

—딱히 문제없겠지.

그런 날이 있어도 말이야. 그녀는 생각했다.

일이 끝나고 시간이 생겼다고 해서, 그렇게까지 일을 할 필요는 없는 법이다.

해야 할 일은 끝냈고, 느긋하게 지낸다고 누구한테 불평을 들을 이유도 없다.

"⋯⋯영, 차⋯⋯."

소치기 소녀는 나무 타기를 하는 어린애가 그러는 것처럼, 울타리에 체중을 기울이고 상체를 뒤로 젖혔다.

빙글 시야가 뒤집어지고, 위아래가 거꾸로 된 세계가 펼쳐진다. 하늘은 녹색 잔디, 발치는 온통 파란색.

어렸을 때는 스커트를 입고 있었으니까 버릇없다고 혼나기도 했었지만─.

─어, 아니. 지금도 버릇은 없는 걸까?

백부가 보면 잔소리를 할 것 같다고 생각하자, 그것 또한 유쾌했다.

겨울에 멀리 가는 건 아직도 엄격하게 말리지만, 누군가에게 혼난다는 경험은 꽤 오랜만이었다.

물론─ 오랜만이고 유쾌하다고 해서, 혼나고 싶은 건 아니다.

─들키면 들켰을 때 생각하지 뭐.

소치기 소녀는 놀이에 열중하는 아이가 그러는 것처럼, 수상쩍은 사고를 내던졌다.

지금은 느긋하게, 이 햇살이나, 바람이나─ 다시 말해서 봄의 기운을 즐기면 되는 것이다.

"─앗."

그 거꾸로 된 시야에, 누더기 천과 비슷한 장식 천이 훌쩍 내려왔다.

녹색의 머리 위에서 흔들려 움직이며 내려오는 것은─ 싸구려, 익숙한 철 투구.

평소보다 짐이 많은 것은, 아무래도 이번에는 원정이었으니 어쩔 수 없으리라.

아무래도 남쪽으로 내려와서 더워졌는지, 외투는 넣어둔 모양이다.

그의 성격을 생각해보면 분명하다. 정성스레 접어서, 배낭 안에 넣어뒀을 게 틀림없다.

신경 쓰이는 점이라면— 그야말로 훌륭한 검이, 허리에서 흔들리고 있다는 것이지만.

"이번에는, 동물은 없네~."

거꾸로 서 있는 그에게, 소치기 소녀가 생글생글 말을 걸었다.

그는 「음」 하고 작게 소리를 내며 멈춰 서더니, 빤히 그녀의 모습을 바라보았다.

"……뭘 하고 있지?"

"응~? ……그게 말이지…….."

소치기 소녀는 다리를 흔들며 반동을 주어 몸을 일으켰다.

빙그르 시야가 다시 돌아서, 이번에 보이는 것은 방금 전과 반대로 울타리 안쪽.

톡 디딘 발로 그대로 스텝을 밟는 것처럼, 소치기 소녀는 몸을 돌려 돌아보았다.

그곳에는 역시 여전히 지저분한 철 투구. 그녀는 그것이 참으로 기뻤다.

"기다렸어."

"……그런가."

"응, 그렇습니다."

소치기 소녀가 생글생글 웃자, 그는 「그런가」 하고 다시 한 번 끄덕 철 투구를 세로로 흔들었다.

그래서, 그녀가 해줄 말은 단 한 마디면 된다.

"어서 와?"

"그래. ……다녀왔다."

§

목장의 본채까지 결코 멀지 않은 길에서, 그의 이야기를 듣는 것이 그녀는 즐거웠다.

물론 그 말은 모두 너무 단적이라서, 일일이 이것저것 물어봐야 했지만.

—왜냐면, 안 그러면 말이지.

산을 넘었다. 고블린을 죽였다. 북쪽 나라를 구경했다. 잘 모르는 괴물이 나왔다. 고블린을 죽였다.

그걸로 이야기가 끝나버릴 지도 모르는걸. 소치기 소녀는 생각했다.

그렇다고 모험의 세세한 부분을 이야기해도, 소치기 소녀는 역시 잘 모른다.

드워프의 지하도시라고 해도 감이 딱 오지 않는다.

북방 사람들의 집들도, 생활도, 얼음의 바다도, 배도, 흐릿한 그림이 떠오를 뿐이다.

다리가 많이 달린 괴물—이라고 해도, 소치기 소녀가 아는 것은 벌레 정도다.

"지네 같은 느낌?"

"그건, 아닐 거라 생각한다."

그는 고개를 좌우로 흔든 다음 잠시 생각에 잠기고서, 덧붙였다.

"악마 생선, 같은 것이라고 하는데. 자세히는 모른다. 본 적도 없다."

"흐응……."

매사가 이런 식인 것이다.

그렇지만 질문에는 반드시 대답하고, 띄엄띄엄 이야기하는 그의 설명을 듣는 것이 소치기 소녀는 좋았다.

잘은 모르겠지만, 봉을 돌려봤던 것을 손짓과 몸짓을 섞어서 설명하는 부분이—.

—즐거웠던 거겠지.

라고 생각했다. 그것이 무엇보다도 기쁜 일이었다.

"다행이네?"

"그래."

그는 고개를 끄덕였다.

"돌리진 못했지만."

"커다랬잖아? 그럼, 어쩔 수 없어."

그렇게 말하며, 소치기 소녀는 본채 문을 열었다.

집안은 어째선지 아직 겨울이 조금 숨어 있어서, 공기가 살짝 쌀쌀했다.

백부는 아직 작업 중이라 돌아오지 않았을 것이다.

그와 둘이서, 몰래 본채로 돌아온 것에 어째선지 마음이 통통 튄다.

"차 타올게."

소치기 소녀는 타박타박 식당을 지나 부엌으로 가며 말했다.

무엇을 하든 일단은 불을 피워야 한다. 불을 피운다면 물도 끓이고 싶다.

"기념품이 있다."

그래서 그가 그렇게 말한 것은, 소치기 소녀가 바쁘게 움직이는 것을 바라본 다음이었다.

불에 올린 물이 끓는 사이에 그녀가 자리에 돌아오자, 그는 짐을 두고 묵직하게 말했다.

"뭔데에?"

"일단, 이거다."

그렇게 말하고 그가 탁상에 덜컥 놓은 것은 허리에 차고 있던 훌륭한 장검이었다.

초보자인 소치기 소녀의 눈으로 봐도, 그것은 참으로 훌륭한 검인 것 같았다.

자루에는 정성 들여 가죽을 감았고, 칼코등이는 번득이도록 연마되어 있었다. 분명히 날도 그럴 것이다.

장식다운 장식이 없는데도, 그것이 대단히 좋은 물건이라는 것은 한눈에 알 수 있었다.

왜냐면, 그렇다.

검도 훌륭하지만, 무엇보다도 이 칼집이 근사하다고 생각하는 것이다.

흑철과 구리로 장식한 금속구는 반짝반짝하도록 닦여 있고, 모피도 정성스레 기름을 발라 빛나고 있었다.

어떤 마음이 담겨 있든지, 그 가치는 분명히 이해할 수 있다.

"와."

소치기 소녀가 눈빛을 반짝였다.

"신경 쓰였었어. 이거, 어쩐 일이야?"

"검은 주웠다. 칼집은, 그쪽에서 만들어줬다."

그의 대답은 단적이었지만, 그것만으로 소치기 소녀에게는 충분한 설명이었다.

그가 의뢰하여, 만들어준 것이다. 그는 좋은 만남을 한 것이다.

"다행이네."

그렇게 말하자 그는 조금 입을 다문 다음에 「장식할까 하는데」하고 주저하며 말했다.

소치기 소녀는 탁상에서 양손을 깍지 끼더니, 그 위에 볼을 올리고 그를 보았다.

철 투구의 면갑 너머에 어떤 표정이 있을까? 그녀는 아주 잘 알고 있었다.

"헛간에 장식하면 될 것 같아."

그래서, 그 말을 들은 그가 입을 다물고 이쪽을 바라보는 것도 알고 있었다.

"……괜찮은가?"

"그게 제일 딱 맞는다고 생각하니까."

그는 「응」 하며 작게 고개를 끄덕이고, 정말 기쁜 기색으로 그 검을 손으로 집었다.

그것을 주의 깊게 바라보고, 칼집에서 칼날을 조금만 뽑고, 투구를 위아래로 움직였다.

오래 전에, 축제에서 목검을 샀을 때와 같은 태도 같다고 그녀는 생각했다.

그래서 그것을 방해하지 않도록, 소치기 소녀는 살짝 자리에서 일어섰다.

아침의 남은 불을 다시 한 번 일으켜서, 물통에서 옮겨 담은 물이 끓었으니 다음은 차다.

모험가 길드의 접수원이 나눠준 찻잎이지만, 타는 법은 어깨 너머로 흉내 낸 것이다.

뭐 사방세계에서 제일 맛있는 차를 타려고 하는 게 아니면, 그걸로 충분하다.

"또 하나, 있다."

그리고 그가 조용히 중얼거린 것은, 그녀가 컵 2개를 들고 탁자에 돌아왔을 때였다.

그는 짐 안을 주섬주섬 뒤져서, 소중하게 감싼 술 단지를 꺼내 탁자에 덜컥 놓았다.

소치기 소녀의 머리에 물음표가 떠오른 것을 알았으리라. 그는 대단히 담담하게 그 이름을 고했다.

"벌꿀주^{미드}다."

"헤에……!"

이것은, 방금 전의 장검 때와 태도가 다른 것을 용서해 주면 좋겠다.

벌꿀로 만든 술. 물론 알고 있고, 마셔본 적도 있다.

그러나 북쪽에서 만들어진 것은 또 다르리라. 흥미롭게, 소치기 소녀는 술 단지를 향해 몸을 내밀었다.

"이것도, 받았어?"

"그래."

그가 고개를 끄덕였다.

© Noboru Kannatuki

"잘은 모르겠지만, 집에 대해서 물어보더군."

"집?"

"독신이고, 너와 백부와 함께 살고 있다고 대답했다. 그랬더니 『이걸 가지고 가라』 그러더군."

"흐응……. 양이 상당히 많네. 같이 마시라는 걸까?"

술 단지는 뚜껑을 단단히 막아놨어도, 은근히 달콤한 냄새가 풍겼다.

흔들어 보면 그것만으로 찰랑 듣기 좋은 소리가 날 것 같아서, 어쩐지 가슴이 설렌다.

"그러면, 저녁 때 마셔볼까?"

"그래."

그가 고개를 끄덕였다.

"나는 그다지, 술 마시는 법은 모르지만."

"나도 잘 몰라."

그렇게 말하고, 소치기 소녀는 키득키득 소리를 내어 웃었다.

"있지. 북쪽 사람들은, 뿔이 난 투구 썼어?"

그 웃음을 남긴 채, 소치기 소녀는 빙그르 공중에 검지로 2개, 머리 위에 호를 그렸다.

"있잖아. 네가 옛날에 썼던 것처럼."

"그래."

고블린 슬레이어가 고개를 끄덕였다.

"나는, 분명히 봤다."

두 사람은 따뜻한 차에서 김이 피어오르는 사이에, 갖가지, 대단히 많은 이야기를 나누었다.

북쪽으로 가는 여로에서 백부에게 받은 외투가 상당히 도움이 되었다는 것.

처음 보는 북방의 땅은 옛날에 둘이서 들었던 서사시와 달랐고, 하지만 그대로였다는 것.

북방인의 전사들이 듬직한 것. 강한 것. 영걸이 모여 있다는 것.

북쪽의 추위. 북쪽의 따스함. 눈이 트이는 문화나, 놀이, 요리, 노래.

미처 날뛰는 바다의 무시무시함. 그곳에 숨어 있는 정체 모를 괴물. 붙잡혀 있던 아가씨들.

해마에게 도전한 북방의 영걸. 그리고 그를 사랑하는 땅 끝자락의 공주기사. 두 사람의 정다운 모습.

그 영웅이 휘두르는 거대한 검. 그의 투구에서 뻗은 용맹하고 사나운 위대한 신의 뿔.

구해낸 여자애가 몇 명은 고향으로 돌아가고, 몇 명은 북방인들 곁에 머물러 결혼을 했다는 것.

지모신을 섬기는 신관에게, 승급 이야기가 들어왔다고 들었다는 것.

그 밖에도, 잔뜩, 잔뜩. 그는 서투른 말투와 적은 어휘를 구사하여, 열심히 이야기했다.

그녀는 그 이야기에 맞장구를 치고, 때로는 질문을 하고, 때로는 재촉을 하고, 진심으로 즐기며 귀를 기울였다.

그것은 참으로 가슴이 설레는 이야기들이었으며—.

다시 말해서, 모험이란 그러한 것이다.

제
8
장

『빵 한 조각과 나이프, 램프』

Goblin
Slayer

He does not let
anyone
roll the dice.

그것은 몇 년 뒤일지도 모르고, 그 다음 금방이었을지도 모른다.

"푸아……!"

소녀 한 명이 설원에 머리를 박고 넘어져서, 웅얼거리는 소리를 질렀다.

산등성이에 쌓여 있는 눈에 발을 붙잡힌 그녀는 우~으, 하고 한심한 소리와 함께 일어섰다.

그녀는 자신이 잘못 디딘 것이 설비(雪庇)라고 불린다는 것을 몰랐다.

운이 나쁘면 ― 주사위 눈이 나쁘면 ― 그대로 산자락까지 굴러간다는 것을 몰랐다.

그렇게 되면 철과 같은 얼음과 날카로운 바위에 베여서, 다진 고기처럼 갈려버린다는 것을 몰랐다.

그러나― 그렇게 되지는 않았다.

소녀는 그저 자신의 서투름과 심술궂은 눈을 저주하고, 입을 꾹 다물며 일어섰다.

휘휘 머리를 흔들자, 머리 보호대에서 삐쳐 나온 검은 머리칼이 활짝 펼쳐지며 달라붙은 눈이 흩어졌다.

그것은 봄을 미처 기다리지 못하고 뛰쳐나온 토끼 같은 모습이었고, 실제로 큰 차이도 없었다.

　—산간 쪽으로 내려가지 말라는 거, 정말이었구나.

　출발하기 전에 그녀는 선배들에게 그런 조언을 들었다. 길을 잃어도 산간 쪽으로 내려가지 마라. 산등성이로 올라가라.

　실제로 이유는 몰랐다. 왜냐면 내려가는 편이 마을이 나오지 않을까? 지금도 생각한다.

　애당초 소녀는 산간이라는 걸 몰랐다.

　어쩐지 모르게, 물이 흐르고 있는 게 아닐까 생각했다.

　실제로 산간이라는 것은 다르게 말하면 계곡이었고, 길을 잃고 내려가 버렸더니 엉망이었다.

　계곡은 춥고, 햇살도 안 들어오고, 아래밖에 안 보이고, 눈도 쌓여 있어서 미끄럽고……응.

　—다음에 길을 잃으면, 산등성이에 올라가야지.

　응. 소녀는 기합을 넣었다. 동시에, 뱃속 벌레가 꼬르르 한심한 소리를 내며 소란을 피웠다.

　그녀는 미덥지 못할 정도로 빈약한 배에 손을 대고서, 꾹 다물고 있던 입술을 살짝 깨물었다.

　그도 그럴 것이 중간에 들렀던 토끼 수인의 마을에서 받은 커다란 빵은 진작에 다 먹어 버린 것이다.

　그러고 보니…….

　—그 집에 장식해 놓은 괴물의 송곳니는, 굉장했었지…….

　언젠가 자신도, 그런 괴물과 싸우게 될까? 싸울 수 있을까?

　상상만 해도 조금 무섭고, 아주 조금, 두근거렸다.

"……아, 그렇지……!"

소녀는 멋을 부리며 곱은 손가락을 퉁겼다. 소리는 안 났지만 만족한 모양이다.

그러고 보니 물주머니 안에, 아직 분명히 물로 희석한 포도주가 남아 있었을 거다.

그녀는 위태로운 손놀림으로 가방을 내리고, 익숙지 못한 방식으로 담은 짐에서 물주머니를 꺼냈다.

그리고 꿀꺽꿀꺽 목을 울리면서, 남은 양을 신경 쓰지 않고 텅 빈 배에 쏟아 부었다.

호오. 숨을 내뱉은 소녀는 우물쭈물 짐을 담고서 가방을 메고 천천히 일어섰다.

자신이 생사의 경계를 주사위 눈에만 의지하여 돌파했다는 것을 모르는 채, 소녀는 산을 내려갔다.

—이런 곳은 처음 왔어.

지저분하고 좁은 집. 응어리진 눈동자의 아버지. 차가움 밖에 없는 사람들이 사는 마을. 웅크리고 있는 자신.

과거의 자신은 도저히 상상도 못하던 장소— 세상의 끝…… 아니.

—여기는, 끝이 아니야.

소녀의 시야에는 산자락을 내려간 곳에 있는 기이한 양식의 도시와 바다가 보였다.

바다 위에 자그마한 — 그렇지만 커다랄 것 같은 — 배가 더욱이 북쪽을 향해 달리고 있었다.

여기는 북쪽 끝이 아니다. 더욱 북쪽이 있다. 훨씬 멀리, 훨씬 너머에.

"……후, 후……!"

그저 그것뿐인데, 어째서일까? 그녀는 정말로 기뻤다.

눈을 차고 달릴 때마다, 달각달각 등에 멘 가방이 튕겨서 소리를 냈다. 볼이 뜨겁고, 시야가 하얗고 눈부시다.

옆에서 보면, 별 것도 아니다. 어린 여자애가 눈 내린 산에서 구르는 것처럼 내려오는 것뿐이다.

허리에 찬 검은 위태롭게 무거워 보이고, 발자국에 더해서 또 한 줄기 선을 눈길에 그리고 있다.

봐줄 수가 없다. 그야말로 그녀가 이미 반쯤 잊고 있는 고향 사람들이라면 손가락질을 하며 웃었을 것이다.

그러나 그녀는 아무 상관없었다. 그녀는 있는 힘껏 자랑스럽게, 용감하게, 걸어갔다.

왜냐하면 소녀의 가슴에 있는 것은, 그 마음과, 흥분과, 검은 호마노의 부적뿐이다.^{블랙 오닉스}

등에 시원의 소용돌이를 진 그녀를 움직이는 것은, 그거면 충분했다.^{프로파테르}

약삭빠른 자는 이것저것 말을 하겠지만— 그밖에 대체 무엇이 필요하단 말인가?

"아……!"

검은 머리칼의 소녀가 소리를 흘린 것은, 하얀 눈의 경치 너머에 번지는 검은 점을 발견했기 때문이다.

눈의 빛이 눈부셔서 몇 번이나 깜박이기를 반복하여, 드디어 그것이 사람— 도시의 사람이라는 걸 알아볼 수 있었다.

훌륭한 양모의 옷을 입고 허리띠를 꾹 메었다. 투박한 도끼를 찬 커다란 남자.

수염이 무성하게 난 얼굴은 드워프와 비슷하지만, 체격이 전혀 달랐다.

—뿔이 난 투구는, 안 썼네.

그것은 아주 약간 아쉬웠지만, 그리고 역시 조금 무서웠지만, 소녀는 숨을 들이쉬었다.

"저기, 죄송합니다……."

모기가 우는 것 같은 가는 목소리였다. 그러나 그래도 한껏 커다란 소리를 내려고 짜낸 소리였다.

그리하여— 북방인의 남자는 그녀를 발견한 모양이다.

물론 그것은 목소리가 아니라 소녀의 그림자를 본 걸지도 모르지만, 소녀는 어느 쪽이든 상관없었다.

"오오, <ruby>아시 보는 에식아레이<rt>오오, 처음 보는 여자애구만!</rt></ruby>!"

몸과 비슷하게 커다란 목소리와, 커다란 웃음이었다.

"<ruby>오대서 왔나<rt>어디서 왔나</rt></ruby>?!"

"저쪽, 에서……요……."

소녀는 그 작은 나뭇가지 같은 가는 팔을 붕붕 휘둘러서, 자신이 내려온 산 위를 가리켰다.

필사적으로 산길을 나아가, 벼랑에 달라붙어서, 넘어서, 드디어 여기까지 온 것이다.

혼나지 않을까? 호통을 치지 않을까? 덮치면 어떡하지? 짐에 뭔가 있었던가?

조금 대화를 나누며 갑자기 불안해진 소녀는 우물쭈물 그 자리에 서 있었다.

남자는 그런 소녀를 가늠하는 것처럼 가만히 본 다음, 잠시 지나서「아아」하며 고개를 끄덕였다.

"니 모험가가?"
<small>너, 모험가냐</small>

"……아! 네."

소녀는 해가 떠오르는 것처럼 활짝 미소를 짓고서, 검은 머리칼을 튕기면서 커다랗게 고개를 위아래로 움직였다.

"모험가, 예요!"

작은 가슴에 한 가득 긍지를 담고서, 그녀는 활기차게, 사방세계에 그 발을 디디고 나아갔다.

안녕하세요? 카규 쿠모입니다!

고블린 슬레이어 14권, 재미있으셨나요?

이번에는 북해에 고블린이 나와서 고블린 슬레이어가 고블린 퇴치를 하는 이야기였습니다.

그 야만인 코난을 비롯하여, 그 땅을 무대로 갖가지 영웅담이 오래 전부터 펼쳐지고 있습니다.

본작을 계기로 그러한 것에 흥미를 가져 주신다면, 그것은 참으로 기쁜 일입니다.

전에 후기에서 이야기를 했던, 활만 잘 쏘는 히어로의 캠페인.

그것도 몇 년에 걸쳐 무사히 완결을 맞이하고, 또 다시 TRPG는 좋은 것이구나 생각했습니다.

취미로 히어로 놀이를 하고 있던 허풍선이 소년이 도시를 위해서 분주하고.

혼자서는 무리니까 여러 사람의 힘을 빌어서, 동료를 의지하고, 이윽고 히어로로서 자립한다.

사방세계에도 수많은 모험가가 있으며, 영웅이 있고, 제각각의 이야기를 펼치고 있습니다.

이야기의 주역은 고블린 슬레이어 씨지만, 세계의 중심에 있는 것이 아니니까요.

용사 일행이나 해결사들, 혹은 북방의 두령이나 안주인, 변경의 모험가들.

그들이 무엇을 하고 어떻게 하는 것인가도 역시 중요한 이야기의 일부이기도 합니다.

그런 이야기의 일환인 악명의 태도도, 집어주시면 감사할 거라 생각합니다.

하권이 늦어지고 있는 것은 죄송합니다만.

그런 모험가들이 될 수 있는, 고블린 슬레이어 TRPG의 서플리먼트가 발매 결정됐습니다.

그러한 모험가들의 모습을 볼 수 있는 고블린 슬레이어 애니메이션 2기도 제작 결정이 됐습니다.

이럴 수가 있나. 깜짝 놀랐어요.

자기 작품이 만화가 되고 애니메이션이 되고 TRPG가 되고 극장판에, 서플리먼트와 2기.

이것은 상당히 굉장한 일이 됐다고 생각합니다. 그리 자주 체험할 수 있는 일이 아니죠.

이것도 역시 수많은 여러분의 응원이 있었기 때문이니, 정말로 감사합니다.

언제나 응원해주시는 독자 여러분, 담당 편집자님, 편집부나 관계 각처 분들.

이번에도 근사한 일러스트를 그려주신 칸나츠키 선생님, 코미컬

라이즈 담당 만화가 여러분.

　게임 동료 친구들에, 창작 관련 친구들.

　정리 사이트 관리인님, 웹에서 응원해주시는 여러분.

　앞으로도 부디 잘 부탁드립니다.

　15권에서는 초원에 고블린이 나와서 고블린 슬레이어가 퇴치하는 이야기가 될 거라 생각합니다.

　서플리먼트, 애니메이션, 외전, 신간, 있는 힘껏 노력하고자 하니, 재밌게 즐겨주시면 다행이겠습니다.

■ **역자 후기**

불초 역자입니다. 일단 들어보세요.

역자는 노력했습니다. 정말입니다. 노력은 했다니까요. 노력은 했지만 적이 너무 강했던 겁니다!

게다가 적이 하나가 아니었어요. 하나의 강대한 적이 버티고 선 가운데 그 그림자 속에 또 다른 강적이 숨어 있었습니다.

역자는 그래도 적이 하나뿐이라면 맞서 싸울 수 있으리라 생각하여 용감하게 도전했습니다. 도전은 했지만, 만만치 않았습니다.

goði, húsfreyja, Konungr, þræll, bóndi, skýr, epli, skjaldborg, skáli, stofa, öndvegi, hær, herrskip, drekka, gyðja, brullaup, bruð-laup, veizla, veisla, skáld, baðstofa, Festalmar, ætt, þing, thing (‡), Hnefatafl, fylking,

고디랑 후스프레이야까지는 그래도 괜찮았어요. 코눙그는 인명이라 바로 나왔습니다만, 귀댜는 뭐냐고 귀댜는. 스칼리? 어디서 많이 들어본 FBI로군요. 근데 내가 최근에 인연이 있던 FBI는 어째선지 등장할 때마다 옷이 바뀌는 모 시티의— 아, 생각해 보니까 그 여자는 사칭이었죠. 스칼드보르그는 그래도 유명한지라 검색 한 방에 나왔습니다.

드레카 얘기는 또 안 할 수가 없어요, 이건 또 무슨 단어인지 감을 잡을 수가 없어서 낑낑거리고 있다가 본문의 내용에서 드링크!

드링킹! 그거랑 어원이 같은 단어라는 번득이는 힌트를 얻은 다음에야 간신히 단어를 찾아낼 수가 있었습니다.

마지막의 마지막까지 역자를 괴롭힌 단어는 언트베이입니다. 이건 뭐 찾을 수가 있어야죠. 바이킹 관련 자료를 찾고 찾다가 간신히 고대 바이킹의 집회소 내부 구조에 대한 자료를 하나 찾았고, 거기서 다시 öndvegissúlur라는 걸 발견한 다음, 거기서 또 다시 매의 눈으로 öndvegi를 추출해냈습니다. 참고로 öndvegissúlur라는 건 본문에서도 언급이 되는 건데, 양 옆의 기둥 2개를 말하는 겁니다. 본문을 보시면 뭔지 짐작이 가실 겁니다.

독자 여러분들은 역자처럼 고생하지 않으려면 평소부터 미리미리 바이킹 문화와 고대 스칸디나비아의 생활 양식, 고대 노르드어와 현대 노르웨이-아이슬랜드어를 익혀두시기 바랍니다.

그리고 역자는 네이티브 서울 사투리 구사자입니다.

서울 촌놈이라 죄송합니다. 다른 지역 사투리에 조예가 깊지를 않아요. 평소에는 그냥 사이비로 대강 어미만 슬쩍 바꾸는 꼼수로 넘어갈 수도 있겠습니다만, 내용이 내용인지라 그러지도 못하고 이러지도 못하고 저러지도 못하고.

결과적으로 역자는 멘탈이 탈탈 털려버렸습니다.

그 탓에 작업 진도가 지지부진했습니다. 저 자료 조사를 어떻게 해야 하는가 걱정 때문에 집중력은 떨어지고 아주 난리도 아니더라고요.

그렇게 바스라져 흩어진 멘탈을 추슬러서 다시 작업을 궤도에 올렸을 때는 이미 예정했던 마감 기한을 훌쩍 넘겼다는 대참사가 일어나고 말았던 것이지요. 담당자 님께 죄송한 마음뿐입니다.

무엇보다 웃기는 점은, 막상 전집중 자료 조사의 호흡을 발휘하여 낑낑거리며 조사를 해봤더니 애당초 우려했던 것만큼 어마어마 무지무지하게 어려운 조사는 아니었다는 겁니다. 역자는 괜히 과도한 염려 탓에 페이스가 와장창 무너졌던 겁니다. 이럴 수가 있나.

자신의 미숙함을 통감했던 작업이었습니다. 그래도 이것으로 한 단계 성장했으면 좋겠습니다.

그러면 또 다음에 만나요!

고블린 슬레이어 14

초판 1쇄 발행 2021년 7월 20일

지은이_ Kumo Kagyu
일러스트_ Noboru Kannatuki
옮긴이_ 박경용

발행인_ 신현호
편집부장_ 윤영천
편집진행_ 김기준 · 김승신 · 원현선 · 권세라
편집디자인_ 양우연
관리 · 영업_ 김민원 · 조인희

펴낸곳_ (주)디앤씨미디어
등록_ 2002년 4월 25일 제20-260호
주소_ 서울시 구로구 디지털로 26길 111 JnK디지털타워 503호
전화_ 02-333-2513(대표)
팩시밀리_ 02-333-2514
이메일_ lnovelpiya@naver.com
L노벨 공식 카페_ http://cafe.naver.com/lnovel11

ISBN 979-11-278-6083-7 04830
ISBN 979-11-278-4050-1 (세트)

값 10,000원